Silvia García Ruiz

Mi perfecto sapo azul

Esencia/Planeta

El papel utilizado para la impresión de este libro es cien por cien libre de cloro y está calificado como **papel ecológico**.

Los personajes, eventos y sucesos presentados en esta obra son ficticios. Cualquier semejanza con personas vivas o desaparecidas es pura coincidencia.

Avinguda Diagonal, 662, 6.ª planta. 08034 Barcelona (España)
www.esenciaeditorial.com
www.planetadelibros.com

Diseño de la cubierta: Booket / Área Editorial Grupo Planeta
Imagen de la cubierta: Shutterstock
Primera edición en Colección Booket: mayo de 2017

Depósito legal: B. 7.220-2017
ISBN: 978-84-08-17176-8
Composición: Víctor Igual, S. L.
Impresión y encuadernación: Liberdúplex, S. L.
Printed in Spain - Impreso en España

Biografía

Silvia García Ruiz siempre ha creído en el amor, por eso es una ávida lectora de novelas románticas a la que le gusta escribir sus propias historias llenas de humor y pasión. En la actualidad vive con su amor de la adolescencia, quien la anima a seguir escribiendo, y compagina el trabajo con su pasión por la escritura. Reside en Málaga, cerca de la costa. Le encanta pasear por la orilla del mar, idear nuevos personajes y fabular tramas para cada uno de ellos.

Encontrarás más información sobre la autora y su obra en: https://www.facebook.com/profile.php?id=100004625625675&fref=ts

Para Abraham, mi perfecto
sapo azul particular,
a quien amo con todos
sus defectos y virtudes.

Capítulo 1

Whiterlande era un pueblo fantástico, con multitud de casitas coloniales idénticas: los mismos metros cuadrados, pareja arquitectura, igual número de escalones desde el porche hasta la entrada... Todo en el pueblo donde nací resultaba perfecto: los vecinos se conocían unos a otros, los pequeños locales comerciales permanecían inalterables, todos nos ayudábamos, sonreíamos... Mi vida era maravillosa cuando tan sólo tenía ocho años.

Yo era la intachable niña que iba siempre impecable, que contestaba invariablemente con amabilidad a los mayores y que nunca daba una voz más alta que otra. Mis hermanos decían que era un muermo; mi madre, que era simplemente perfecta.

Quizá fue porque todo el mundo me señalaba siempre lo única y estupenda que era por lo que decidí confeccionar mi lista. En ella indicaba cómo debía ser el hombre ideal porque, dadas todas mis virtudes, yo no merecía algo menor que la perfección.

La comencé el primer día de las vacaciones de verano. Mi madre se sentó en la mecedora del porche con su delicado vestido de diario mientras bebía una limonada y observaba cómo los salvajes de mis hermanos jugaban a los superhéroes.

Yo salí con mi primoroso y nuevo vestido blanco, regalo de mi queridísima abuela, y llevé conmigo mi inseparable libreta de dibujo. Pero esta vez, en lugar de dibujar, me decidí a escribir mi lista.

Después de mucho pensar la titulé «Mi perfecto príncipe azul», un encabezamiento adecuado para mis fines, pero, claro, ¿qué narices podía saber una niña de ocho años acerca de cómo debía ser el hombre ideal? Así que con paso decidido me acerqué a mi madre, que en esos momentos empezaba a gritar a pleno pulmón a mis hermanos, y esperé el instante adecuado para pedir su inestimable ayuda.

—Mamá —dije dulcemente a la vez que tiraba de su vestido para llamar su atención.

—¡Josh, como no bajes del árbol te juro que mañana mismo lo talo! ¡Dan, deja ahora mismo de perseguir al gato de la señora Taylor! —gritó mi madre sulfurada al mismo tiempo que se levantaba amenazadoramente de su mecedora.

Finalmente mis hermanos se dieron cuenta de la furiosa mirada de mamá y dejaron de hacer estupideces. Fue entonces cuando ella volvió a sentarse y me prestó todo su interés.

—¿Qué quieres, mi vida? —inquirió suavemente.

—Mamá, ¿cómo debe ser el hombre perfecto? —pregunté mostrándole mi lista vacía.

—Cielo, aún eres muy pequeña para pensar en chicos.

—Lo sé, mamá, pero la lista no es para ahora, sino para cuando sea mayor.

—Menos mal —suspiró ella aliviada—. Entonces deberías crearla cuando fueras mayor, ¿no te parece?

—Pero, mamá —insistí—, tengo que hacerla ahora porque cuando crezca estaré muy atareada con mis estudios y mi futuro, y no tendré tiempo para chicos.

—Eso te lo ha insinuado tu padre, ¿verdad?

—Sí, papá dice que lo primero son los estudios, luego el trabajo y, por último, los chicos. Me ha indicado que no debo salir con niños hasta que cumpla los treinta.

—Tu padre está loco y no debes hacerle ningún caso en lo que respecta a salir con chicos; si por él fuera, te encerraría en tu habitación hasta que fueras vieja.

—¿Por qué? ¿Es que papá no me quiere? —pregunté preocupada.

—No, mi cielo —replicó mi madre mientras me subía a su regazo—. Verás, papá te quiere demasiado, por lo que, en su opinión, ningún hombre será suficientemente bueno para ti.

—¡Ah, entonces tengo que confeccionar la lista para que papá vea que sé escoger al mejor de todos! —exclamé contenta a la vez que cogía mi libreta y mi lápiz y me sentaba a los pies de mamá dispuesta a tomar notas.

Mi madre me miró sin saber qué hacer y después de un tiempo suspiró resignada.

—Hay un hombre perfecto para cada mujer, y ella es la que debe decidir las cualidades que quiere que destaquen en su futura pareja —afirmó.

—Entonces, ¿cómo es mi hombre perfecto?

—Eso lo tienes que decidir tú.

—Pero yo no sé, soy muy pequeña.

—Pues no la hagas ahora. Tan sólo comiénzala y, cuando a lo largo de los años se te ocurran cualidades que debería tener tu príncipe azul, anótalas.

—Sí, ¡pero así será interminable! —protesté.

—Veamos —dijo mi madre tomándose unos momentos para reflexionar—. Pondremos sólo diez atributos y no podrás añadir ni quitar ninguno, así que debes pensar muy bien lo que vas a escribir.

Yo asentí con la cabeza y decidí estrenar la lista: «1. Tiene que ser el más guapo».

Sin duda querría casarme con un hombre tan guapo como papá. Incluso más, ya que, como yo era la niña bonita de Whiterlande, no podía tener por marido a un hombre que fuera menos que yo, así que debía ser el hombre más atractivo del pueblo.

Me pasé la tarde pensando en más cosas que poner en mi lista, pero, como mamá me había recomendado que me lo tomara con calma, decidí sentarme a leer junto a ella mientras mis hermanos hacían de las suyas.

Por la tarde mis hermanos habían cambiado sus trajes de superhéroes por los de indios y vaqueros. Yo volví a mi lista.

La familia Lowell era una familia típica. Sarah se había casado con John al finalizar el instituto, él había encontrado un trabajo de vendedor inmobiliario y con su gran habilidad muy pronto pasó de un pequeño puesto en una empresa minúscula a un negocio próspero y propio.

Sarah era un ama de casa dedicada a su familia que en ocasiones escribía novelas románticas que nunca llegaban a publicarse. Tenía tres hijos de los que siempre, o casi siempre, se sentía orgullosa.

Josh, con once años, era el mayor: un diablillo rubio de ojos claros, al que en todo momento seguía su nervioso y escandaloso hermano Dan, una copia igual a aquél pero con un año menos.

La joya de esta familia era, sin duda alguna, Elisabeth, una adorable niña de rizos rubios y ojos azules, serena y calmada, a la que nada podía afectar. Esta chiquilla siempre era educada y amable, y parecía que nunca, jamás, sería capaz de ser desagradable con nadie... o eso era lo que creían todos.

La guerra entre Elisabeth Lowell y Alan Taylor comenzó una tranquila tarde de verano.

El camión de la mudanza llamó mucho la atención por su aspecto destartalado y su tubo de escape, que exhalaba un extraño y denso humo negro que lo ensuciaba todo a su paso.

Milisent bajó rápidamente del porche donde había estado esperando para recibir a su hija Penélope y a su revoltoso nieto Alan, un niño encantador de diez años, con el pelo negro como el tizón y unos preciosos ojos castaños que serían capaces de derretir a las mujeres en cuanto éste creciera, ya que eran los mismos que los de su abuelo Jerry, que en paz descansara, quien había sido hasta el día de su muerte un gran conquistador.

Madre e hijo salieron de un escacharrado coche de segunda mano con sus pesadas maletas.

Definitivamente ésa era la última vez que su yerno, Mayson, pegaba a su hija, pensaba Milisent. Penélope por fin se había decidido a abandonar al bruto de su marido, por lo que ella y su hijo, desde ese momento y para siempre, vivirían bajo su protección, y nadie en ese pueblo osaría decir nada en contra de los suyos o se las tendría que ver con Milisent Taylor.

En el momento en el que las maletas fueron colocadas en su lugar, las miradas entre las mujeres se cruzaron y silenciosamente decidieron deshacerse de la presencia de Alan para poder hablar de cuestiones más serias, así que la señora Taylor pidió a su nieto que buscara a su amado gato *Botitas*, un viejo minino blanco de pezuñas negras, en el jardín trasero de su amable vecina.

Alan entró con decisión en el jardín. Estaba harto de la carretera, de las peleas de sus padres, de tener que salir corriendo de un lugar a otro... Estaba tan habituado a dejarlo todo que, cuando por fin su madre le había comunicado que vivirían con su abuela, él aún no había terminado de creérselo.

Temía dejar sola a su madre, por si su padre volvía a aparecer, pero esta vez parecía que todo iba a salir bien y, si nadie lo impedía, él nunca se marcharía de ese lugar.

Por fin disfrutaría de un hogar.

Nada más entrar en el jardín de los vecinos, vio cómo unos niños de su edad perseguían al gato de su abuela disfrazados de vaqueros, disparándole con sus pistolas de agua sin descanso alguno. El felino se escondió tras él y los chavales cesaron en su persecución.

—Hola, ¿eres amigo o enemigo? —preguntó el mayor apuntándole con la pistola.

—Soy el nuevo vecino —contestó Alan algo confundido—. El gato es de mi abuela —aclaró mientras cogía al temeroso animal.

—¡Entonces eres enemigo! —señaló el más pequeño dispuesto a usar su arma.

Alan ya se veía empapado de arriba abajo por esos dos cuando oyó una chillona voz de mujer que exigía la rendición de esos dos personajes.

—¡Josh, Dan, como mojéis un solo pelo de ese niño os quedaréis sin tele durante un mes!

La mujer se dirigió corriendo hacia donde él se encontraba y miró furiosa a sus hijos.

—¿Qué os he dicho sobre empapar a la gente?

—Que no debemos mojar a nadie mientras jugamos a indios y vaqueros —recitaron ambos al unísono y monótonamente, como si de una lección se tratase.

—Perdónalos, pequeño —le pidió la vecina—. A veces se emocionan demasiado. Tú eres el nieto de Milisent, ¿verdad?

—Sí, señora, me acabo de mudar aquí con mi madre.

—¡Penélope está aquí! —exclamó la mujer emocionada.

—Sí, en casa de la abuela. Ella me envió a por su gato —añadió Alan mostrándole el animal.

—¡Pobrecito! —se compadeció la mujer al ver el lamentable estado de *Botitas*, que descansaba entre los brazos de Alan, mojado y lleno de barro por las trastadas de sus hijos.

—Dámelo, yo se lo llevaré a tu abuela y así de paso saludaré a Penélope. ¡Hace tantos años que no la veo! De pequeñas era mi mejor amiga, ¿sabes? —comentó alegre la mujer a la vez que recogía amorosamente a *Botitas* de los brazos de Alan—. Tú mientras tanto puedes sentarte en el porche. Si quieres tomar una limonada, mi hija Elisabeth te hará compañía. Ella es una damita educada, nada que ver con sus hermanos.

La mujer desapareció con el gato y Alan, sin saber qué hacer, se dirigió hacia el porche de la casa seguido de cerca por los dos chicos.

Cuando llegó allí, una preciosa niña de rizos rubios, perfectamente vestida de blanco y sin una sola mancha en su inmaculado vestido, servía limonada para sus hermanos y, por último, para él. Antes de entregarle su vaso, miró de arriba abajo sus ropas viejas, ahora llenas de barro a causa del gato, y frunció el ceño como si le molestara lo que estaba presenciando. Luego le tendió el vaso cogiéndolo con dos dedos para no rozarlo, como si por tocarlo se le fuera a pegar algo de su suciedad.

Alan se molestó bastante, por lo que terminó de un trago su limonada y buscó con la mirada a «Ricitos de oro».

Ésta estaba tan pensativa sobre qué agregar a su lista que apenas se dio cuenta cuando Alan le arrebató la libreta y comenzó leer en voz alta lo que ponía.

—«Mi perfecto príncipe azul. 1. Tiene que ser el más guapo.» ¿Eso es todo? —preguntó bruscamente para molestarla.

—No, tengo que ir añadiendo las demás cualidades a lo largo de los próximos años hasta que sea mayor.

—Pues yo soy guapo, ¿soy yo tu príncipe azul? —interrogó el niño provocando a Elisabeth.

—¡No! —gritó ella rápidamente, espantada porque ese chico sucio y maleducado pudiera imaginar llegar a ser algún día su pareja.

—Pero soy muy guapo, y mi abuela dice que soy el más guapo de todos los niños y que cuando crezca todas las chicas irán detrás de mí. Por lo que soy el más guapo. Y como en tu lista quieres al más guapo, me quieres a mí. Entonces, cuando crezcas, ¿nos casamos, ricitos? —preguntó Alan con una sonrisa en los labios al advertir lo molesta y ofuscada que estaba Doña Perfecta.

—¡No, no, nunca jamás! ¡Tú eres feo! ¡Eres el niño más feo que he visto en mi vida! —chilló Elisabeth a la vez que le tiraba el resto de su vaso de limonada a la cara.

Todos se quedaron asombrados ese día.

Los hermanos de la «señorita muermo» presenciaron la escena con la boca abierta y se declararon acérrimos amigos del vecino que había conseguido lo que ellos nunca lograron: sacar de quicio a su inalterable hermana.

Sarah quedó espantada ante el comportamiento de su hija, sobre todo porque detrás de ella venían Penélope y Milisent, a las que había invitado a su casa mientras no dejaba de alabar lo buena y educada que era su chiquilla y lo bien que se llevaría con su nuevo vecino.

Milisent, asombrada, no le quitaba ojo a aquella pequeña damita que siempre la saludaba amablemente y la ayudaba en las tareas.

Penélope fue la única que no se extrañó ante la escena; pasó ante las dos mujeres y, poniéndole una mano en el hombro a su amiga, comentó:

—No te preocupes, Alan suele afectar así a la gente. O lo amas con todo tu corazón o lo odias con toda tu alma. Parece que tu niña se ha decidido por la segunda opción.

—¡Ninguna hija mía va a tratar así a nadie! —exclamó Sarah furiosa mientras con paso decidido se plantaba delante de Elisabeth y, por primera vez en ocho años, la castigaba.

Ella aguantó la regañina de su madre y se mostró, ante todos, arrepentida. Pero, antes de entrar en casa para encaminarse a su habitación, le dirigió una mirada de odio al vecino. Éste le contestó con un sonrisa burlona que decía «a ti te han reñido, pero a mí no».

Pasaron los días y, excepto por aquel único incidente con la limonada, Elisabeth parecía ser la misma criatura adorable de siempre, así que las madres decidieron amigablemente hacer un nuevo intento de acercamiento.

Se reunieron otra vez en el porche de los Lowell y disfrutaron de una refrescante limonada mientras observaban cómo los brutos de sus hijos jugaban entusiasmados a indios y vaqueros. Como de costumbre, Elisabeth se mantenía al margen de las idas y venidas de sus hermanos, pero en esta ocasión su madre la animó con gran optimismo a participar.

La niña se negó, pero cedió ante la insistencia de Sarah y se acercó lentamente a sus hermanos y al niño desagradable, al que, aunque sabía que se llamaba Alan por las conversaciones de sus hermanos y su madre, prefería seguir llamando así, «niño desagradable».

—Mamá me ha dicho que juegue con vosotros —indicó con desgana mientras abrazaba su muñeca preferida.

—Tú nunca juegas con nosotros —comentó Josh.

—No nos hacen falta chicas —declaró Dan.

—¡Eso decídselo a mamá! —contestó la niña, orgullosa, señalando a su madre.

—Dejémosla participar: cuantos más, mejor —intervino Alan con un brillo malévolo en los ojos.

—Vale, pero ¿ella qué será, indio o vaquero? —preguntó Josh señalando los sombreros y las plumas.

—¡No pienso ponerme nada de eso! —exclamó disgustada Elisabeth mirando con desagrado los sucios disfraces de sus hermanos.

—¿Ves cómo es un muermo? —se quejó Dan ante la poca cooperación de su hermanita.

Alan observó su pulcro vestido y su limpia y preciada muñeca y propuso:

—Ella no puede hacer ni de indio ni de vaquero. Será una mujer que vive en una pradera infestada de indios y a la que vosotros tendréis que defender, vosotros seréis la caballería —decidió Alan dirigiéndose a Josh—, y yo seré el indio —declaró adjudicándose el papel de malo.

—¿Yo qué tengo que hacer? —preguntó Elisabeth confusa.

—Cuidar a tu bebé en este sitio, que será tu casa —le explicó su hermano Josh. Después se alejó con los otros para planear su estrategia.

Elisabeth jugó tranquila a peinar su delicada muñeca mientras pensaba que sus hermanos y el vecino la habían dejado de lado y excluido de sus juegos, aunque eso no le importaba lo más mínimo, ya que ella no quería jugar con los cafres de Josh y Dan. Cuando se creía sola, porque ya había pasado más de media hora sin la presencia de los niños, Alan apareció de repente y cogió con brusquedad su muñeca por los pelos.

El «niño desagradable» iba vestido con un disfraz de indio: llevaba un chaleco negro y unos pantalones marrones, así como una cinta con plumas en la cabeza. En la espalda portaba un arco y flechas de juguete.

Elisabeth se puso histérica al ver su muñeca preferida en los brazos de aquel salvaje; no obstante, se serenó.

—¡Dame mi muñeca! —exigió sin inmutarse.

—No sabes jugar, se supone que soy un indio que te ha atacado. Tengo a tu bebé y le cortaré la cabeza si no consigo lo que quiero —explicó Alan, sonriente, a Doña Perfecta.

—¿Y qué es lo que quieres, indio? —preguntó Elisabeth siguiéndole el juego.

—Como soy un indio solitario y el más guapo del lugar, quiero que te cases conmigo.

La cara de la perfecta damita cambió y su rostro se llenó de furia mientras le gritaba al salvaje del vecino:

—¡No, nunca jamás! ¡Ni en un millón de años!

Alan, metido en su papel, le sonrió malvadamente.

—¡Entonces, despídete de tu bebé! —gritó con voz de malo al mismo tiempo que le arrancaba la cabeza a su muñeca preferida delante de sus ojos; luego se paseó alrededor de ella bailando una especie de danza comanche de la victoria.

Elisabeth lo miró a él y después a su adorable muñeca, cuyo cuerpo se encontraba tirado en el suelo repleto de barro y cuya cabeza era paseada frente a sus narices, balanceada de un lado a otro. Se remangó las mangas de su vestido, se quitó sus preciosos zapatos blancos y... adiós a la perfecta damita.

Cuando llegó la caballería, ésta no sirvió de mucho, pues el indio había sido reducido por la mujer, quien se le había subido encima y no paraba de golpearlo una y otra vez con sus zapatos en la cabeza.

—¡Jo! Hemos llegado tarde —se quejó Dan a su hermano.

—Sí, pero Alan dijo que la caballería siempre llegaba tarde —indicó Josh—. Además, Elisabeth no sabe jugar, se suponía que nosotros teníamos que capturar al indio, no ella.

—¿Crees que dejará algo para nosotros? —preguntó Dan.

—Parece que no.

Josh y Dan se quedaron quietos observando cómo su hermana apaleaba al vecino sin piedad alguna. Por primera vez se sintieron orgullosos de ella: Doña Perfecta sabía cómo utilizar los zapatos después de todo.

Pronto las madres fueron advertidas por los gritos de pelea de los niños de que algo ocurría. Separaron a sus hijos con algo de dificultad y esta vez ambos fueron castigados.

En el momento en el que Elisabeth fue apartada de Alan, nuevamente pasó a ser la perfecta damita y Alan, bueno..., Alan siguió siendo el mismo.

Al mes siguiente, cuando había pasado un tiempo prudencial desde la última disputa entre ambos, las madres lo volvieron a intentar. Esta vez la muñeca de Elisabeth acabó calva y Alan terminó con un corte de pelo al cero.

Elisabeth estuvo a punto de librarse del castigo, pero, aunque su cara de inocente parecía sincera, ya todos sabían que, con respecto a Alan, a ella le salía la fierecilla que llevaba dentro.

De nuevo habían vuelto a jugar a indios y vaqueros. En esta ocasión quiso ser un indio, para que nadie la pudiera atacar, pero Alan propuso que se dividieran en dos bandos de indios. Ella se negó en rotundo a ser la esposa india de Alan en el juego, así que le tocó ser la hermana de Josh, jefe Ojo de halcón.

En el momento en el que estaba descuidada haciendo una trinchera con su hermano, su preciada muñeca desapareció y más tarde apareció en las manos de Alan, calva.

Él se paseaba de lo más orgulloso ejecutando su baile de la victoria de un lado a otro, con la muñeca calva en una mano y la cabellera en la otra. Los ojos de Elisabeth brillaron con furia, y con la más absoluta calma le dijo a Josh que iba a beber agua un instante y desapareció. Cuando volvió, su hermano la miró extrañado al ver que ella esbozaba una sonrisa ladina, nada habitual en ella. Pero dejó de lado los pensamientos sobre Elisabeth mientras planeaba cómo conseguir una victoria.

Al final del día el equipo de Josh ganó, y ella convenció a su hermano de retener como rehén a Alan un poco más, mientras ellos iban al baño.

Sarah vio a sus hijos salir de la cocina y rápidamente les preguntó, alarmada, dónde estaban Alan y Elisabeth. Al saberlos solos, ambas madres corrieron temiéndose lo peor.

Como no oyeron gritos, se tranquilizaron un poco, pero en el mismo instante en el que estuvieron cerca de ambos advirtieron que Alan estaba atado al árbol del jardín y su precioso pelo negro había sido cortado por completo a trasquilones. La pequeña Elisabeth estaba sentada en el césped vigilando al prisionero como una perfecta damita.

Sarah se disponía a regañar a los brutos de sus hijos por lo ocurrido al vecino, pero vio que junto a su hija se hallaba su preciosa muñeca sin pelo alguno en la cabeza.

—Elisabeth, ¿qué has hecho? —preguntó resignada a que su chiquilla fuera también una revoltosa, aunque sólo en presencia del vecino.

—Jugar a los indios, mamá —contestó inocentemente mientras pasaba junto a ella y se dirigía a su cuarto, conocedora de su castigo. Antes de subir a su habitación escribió algo nuevo en su lista: «2. Que no sea un salvaje».

Luego dejó su libreta en el porche, porque sabía que su sanción excluía cualquier entretenimiento, incluida su preciada libreta de dibujo.

En el momento en el que el vecino se marchaba a su casa, fue obligada a pedirle perdón. Él también tuvo que morderse la lengua y disculparse con ella.

—Perdona, Elisabeth, no debí dejar calva a tu muñeca —dijo con un brillo de satisfacción en los ojos.

—Perdona, Alan, no debí dejarte calvo a ti —contestó Elisabeth sin dejar de sonreírle.

—Toma, te he hecho un dibujo para excusarme —comentó Alan mientras le tendía su libreta de dibujo con una sonrisa irónica—. Ah, por cierto, yo soy un indio, no un salvaje.

Elisabeth lo miró enfurecida al percatarse de que él había estado fisgando en su libreta, donde sin duda le había hecho el dibujo de disculpa. Rápidamente ojeó su libreta en busca de su lista y allí, en medio de ella, vio esbozado un feo y enorme sapo que se burlaba de ella y de su lista.

Elisabeth lo miró furiosa; sin embargo, delante de sus progenitoras sólo dijo:

—Gracias por la vaca tan bonita que me has dibujado.

—No es una vaca, ¡es un sapo! —señaló Alan ofendido.

—Ah, de todas maneras gracias. ¿Me das mi lápiz un momento? —pidió Elisabeth a Alan con amabilidad.

Y luego, al mismo tiempo que escribía en su lista, comentó en voz alta:

—3. Que sepa dibujar.

Alan se marchó airado hacia casa de su abuela, y Elisabeth, enfurecida, hacia el encierro de su cuarto.

A partir de ese día se prohibieron los juegos de indios y vaqueros y las madres nunca más intentaron juntar a sus hijos, pero, independientemente de lo que hicieran, la guerra entre ellos ya había comenzado.

Capítulo 2

Whiterlande era un pueblo de lo más monótono y aburrido en el que nunca pasaba nada. Sus vecinos se podrían haber muerto de aburrimiento si no hubiese sido por las peleas de los dos niños más adorados del lugar.

Elisabeth era siempre perfecta y educada; Alan, un niño revoltoso como cualquier otro; pero cuando se juntaban esos dos en algún evento o celebración, inevitablemente ocurría algo; de hecho, siempre que estaban cerca, estallaba una guerra. Tanto era así que los vecinos hacían apuestas con sus trastadas.

Incluso en el bar de Zoe, el lugar más concurrido del pueblo.

Por la mañana, este local era el típico bar de ambiente hogareño repleto de mesas familiares con sus inmaculados manteles blancos adornados con flores frescas y sus ricos menús del día que tentaban a todos los transeúntes al ser anunciados en la pizarra de la entrada. Pero por la noche, con su gran barra y sus famosos combinados, se convertía en un espacio sólo apto para mayores.

Lo que nunca cambiaba de este singular establecimiento era la gigantesca pizarra con los tantos de cada niño. Todas las semanas se apostaba sobre quién sería el primero en hacerle una trastada al otro, y mensualmente se apostaba sobre cuál de los dos era el vencedor.

En ese momento, Zoe, una mujer de mediana edad, un poco rolliza pero con una preciosa sonrisa y una maravillosa melena de pelo rojizo, dueña, camarera y a veces también cocinera del local, repasaba la pizarra en voz alta para valorar quién ganaría ese mes.

—Bien, veamos: Alan tiene cinco tantos y Elisabeth, seis... ¡por lo que este mes va por delante la angelical chiquilla! —exclamó Zoe llena de euforia, porque le encantaba esa niña.

—¡No puede ser, Zoe, revísalo otra vez! Yo creo que van empatados —protestó Jeff, el tendero local que siempre apostaba por el empate y que regularmente se llevaba el bote.

—¡Esta vez no vas a ganar, Jeff! —gritó otro de los presentes.

—¡Sí, en esta ocasión la cría lleva ventaja! —señaló un admirador de Doña Perfecta, que así era como la conocían.

—De eso nada, seguro que el Salvaje hace algo antes de terminar el mes —apuntó un tercero aludiendo a Alan por su apodo.

—Sí, todo está demasiado silencioso y tranquilo últimamente —opinó Jeff, con el que todos estuvieron de acuerdo.

—Bueno, repasemos las trastadas mensuales —continuó Zoe—: En la celebración de la fundación del pueblo, Alan acabó dentro de la tarta y Elisabeth dentro de la fuente de la plaza.

—Sí —admitieron todos sonrientes al recordar las jugarretas de esos dos.

—En la boda de Mara, Elisabeth acabó atada con un gran lazo rojo en la mesa de regalos, pero cuando se desató, no sabemos cómo, consiguió meter a Alan en el baúl de la banda de música, y juro por Dios que ese niño estuvo a punto de irse de gira si los hermanos de Elisabeth no llegan a darse cuenta de que su amigo no estaba.

—Pobrecita, la castigaron durante mucho tiempo sin salir por eso —se quejó Luke, un anciano pensionista declarado defensor de Elisabeth.

—En el cumpleaños de Dan —continuó Zoe—, la piñata que rompió Elisabeth estaba llena de bichos que le cayeron encima, y Alan, al final de la fiesta, acabó sentado encima de la boñiga del poni.

—Hay que admitir que el niño es imaginativo, ¿cuántas horas le habrá llevado cazar todos esos insectos? —comentó Dylan, el mecánico del lugar.

—En la excursión del colegio, Elisabeth se quedó encerrada en el baño de la gasolinera de Marcus.

—Sí, ¡qué pena! Se pasó horas llorando —apuntó Marcus apenado.

—Sí, pero Alan, al terminar la excursión, fue encontrado en el maletero del autobús que había alquilado el colegio.

—Esa niña da miedo cuando se quiere deshacer de alguien. ¡Y pensar que parece un angelito! —señaló Joanna, la dueña de la tienda de chucherías a quien Alan siempre le sacaba un dulce con su bonita sonrisa cuando pasaba junto al local.

—En la función del colegio, cuando Elisabeth hacía de hada del bosque, Alan la mareó moviéndola de un lado a otro del escenario mientras estaba colgada del techo.

—Sí, recuerdo la función. No sabía si se trataba de un hada o de un cohete, de lo rápido que se movía —rememoró Diana, la directora del colegio.

—Y pocos minutos después de que el hada desapareciera, apareció Alan haciendo de duende, y en mitad de su frase acabó con un saco de purpurina en la cabeza.

—Se suponía que iba a ser polvo de hadas y que se usaría al final de la función para que los niños lo arrojaran alegremente al público —suspiró Diana, resignada ante las obras de sus alumnos.

—¡No te preocupes, así nos divertimos más! —exclamaron los reunidos entre carcajadas al recordar la escena.

—Bueno, para acabar, la última trastada conocida de los niños es la de nuestra maravillosa Doña Perfecta, quien consiguió publicar en el periódico un anuncio en el que regalaba la bicicleta de Alan.

—Te juro que he tenido que ver a ese niño casi todos los días en mi despacho en los últimos días. Por culpa de ese anuncio se pelea con todos los idiotas que quieren quedarse con su bici —apostilló Diana, molesta aún por la última jugada.

—Bueno —concluyó Zoe—, en resumen, la niña va ganando al Salvaje y queda poco para que termine el mes, así que ya sabéis: se admiten apuestas de última hora.

Mientras Zoe anotaba las apuestas de los presentes, Jeff se dedicaba a vigilar por si aparecía alguno de los aludidos o sus familiares, ya que podían molestarse por lo que tan sólo era una sana diversión.

—¡Que viene el Salvaje! ¡Se dirige hacia aquí! —avisó Jeff advirtiendo a todos, por lo que la pizarra y las libretas de apuestas fueron escondidas con la máxima celeridad posible en la cocina.

—¿Hay rastro de la niña? —preguntó Dylan, emocionado ante un posible duelo de titanes.

—No, viene solo y trae un montón de papeles en el brazo. Quizá esté vendiendo algo para alguna excursión.

Tras las conclusiones de Jeff, todos miraron a Diana a la espera de una respuesta.

—Para nada, el colegio no está organizando ninguna salida después del desastre de la última.

Tras escuchar la respuesta de Diana, todos permanecieron atentos a la espera de que sonara la campanilla de la puerta que indicaba la entrada de un cliente.

No tardaron en oír cómo Alan entraba con paso decidido en el bar y, con sus mejores modales de niño bueno, se dirigía a Zoe.

—Buenos días, señorita Norton, ¿puedo colocar esta octavilla en su tablón de anuncios? Es algo de suma importancia.

—Sí, por supuesto, Alan, pon las que tú quieras.

—No se preocupe, con una bastará. Tengo que repartir las demás por todo el pueblo. Gracias, señorita Norton —se despidió educadamente Alan y luego se marchó para proseguir con su tarea.

En cuanto el niño salió por la puerta, todos corrieron dándose empujones y manotazos hasta llegar al tablón de anuncios. Sin parar de reír, Zoe sacó la gran pizarra con ruedas de la cocina y apuntó un tanto en la columna de Alan. Luego leyó el anuncio en voz alta: «Se regala niña molesta y consentida; por favor, si la ven y les gusta, llévensela, su vecino se lo agradecerá eternamente. No se admite devolución una vez adquirido el producto, aunque éste sea defectuoso. De todas formas, ya se lo advertimos: es molesta y consentida».

En la parte superior del anuncio aparecía una foto en blanco y negro de Elisabeth, posando adorablemente, que había sido pintarrajeada, por lo que ahora la criatura adorable tenía cuernos, cola y bigote.

Zoe les enseñó a todos el folleto del pequeño salvaje y declaró en voz alta ante la multitud:

—Tenemos un empate, señoras y señores, por ahora...

Mi vida había sido tranquila y maravillosa hasta que ese niño detestable se mudó a la casa de al lado y trastornó mi mundo. Nunca me habían castigado hasta que conocí a Alan. Nunca me había comportado mal, nunca había hecho ninguna travesura, nunca había fastidiado a nadie ni había tenido pensamientos malvados.

Ahora me pasaba la mayor parte del tiempo planeando cómo devolverle a ese burro sus fastidiosas bromas, porque, aunque seguía siendo la niñita perfecta, en el fondo me negaba a dejarme ganar por un crío estúpido.

Desde hacía tres años Alan no me dejaba en paz; aprovechaba cada oportunidad que tenía de fastidiarme, por lo que yo decidí hacer lo mismo y nuestra guerra parecía no tener fin. Por suerte, con sus estupideces me había ayudado a añadir puntos en mi lista.

Definitivamente, quería un hombre que se pareciera lo menos posible a ese sapo asqueroso de Alan Taylor. Sí, sapo, porque, desde el momento en el que vi el dibujo de un niño sin talento garabateado en mi lista, decidí que ése sería su nuevo apodo: el Sapo.

Este mes me había molestado más que nunca. Sería porque pronto se iría al campamento de verano y estaríamos varios meses sin vernos, pero, como todos los años, cuando él volvía de nuevo a casa de su abuela, la paz en mi mundo terminaba y comenzaba el caos.

Pero esta vez no se marcharía de nuevo de rositas como el año pasado; en esta ocasión sería yo la última en reír. Todavía recordaba indignada cómo me había fastidiado la acampada en el jardín.

Esa tarde había instalado mi tienda de campaña y mi saco junto con el de mis compañeras exploradoras en la parte trasera de la casa. Mi madre les había prohibido a Josh y Dan salir al jardín, y el vecino estaba castigado en su habitación; aunque tenía su ventana hacia donde nosotras estábamos, en la lejanía y desde una segunda planta no podía hacer nada contra mí, o eso al menos era lo que yo pensaba.

La tarde dio paso a la noche. Después de los juegos de búsqueda de tesoros, nos dedicamos a cantar canciones alrededor de una fogata que papá nos había ayudado a encender. Por desgracia, entre canción y canción podíamos oír los desvaríos de un niño que no tenía otra cosa que hacer que mortificarnos.

—¡Por favor, sacrificad de una maldita vez a ese animal moribundo que está sufriendo! —gritó Alan por la ventana, señalándonos.

—¡No somos ningún animal moribundo, somos un grupo de exploradoras y todas nosotras estamos en el coro del colegio! —le contesté indignada.

—Ahora lo entiendo —contestó Alan pensativo.

—¿El qué? —pregunté confusa cayendo en su trampa.

—Por qué el profesor de música es sordo, seguro que fue después de oírte cantar —me acusó vilmente entre las carcajadas de mis amigas.

—¡El señor Johnson no es sordo y tú no tienes oído musical! ¡Si no quieres que le diga a tu abuela que nos estás molestando y añada un mes más a tu castigo, métete en tu habitación y no asomes más tu fea cara por la ventana!

—¡Está bien! ¡Está bien, ricitos! —convino Alan mientras levantaba sus manos mostrando su rendición—. Te prometo no volver a asomar mi cara por la ventana, pero tú deja de cantar, que mañana tengo examen de historia —pidió Alan molesto por su derrota.

—No te prometo nada —contesté feliz, regodeándome en mi victoria.

Lo podía haber dejado así, pero, como siempre que estaba al lado de ese niño me salía la vena malvada, azucé a mis compañeras a cantar sin descanso y a pleno pulmón todo nuestro repertorio de canciones de campamento. Y cuando lo finalizábamos, comenzábamos de nuevo.

En nuestros breves descansos, oíamos cómo Alan gritaba que nos calláramos pues intentaba dormir, pero nosotras seguíamos con lo nuestro hasta que ocurrió lo inevitable: él, como siempre hacía, respondió a mis provocaciones.

Estábamos todas cantando felizmente a la luz de la luna cuando una de mis amigas, Susan, me indicó que algo se movía en la ventana del vecino.

Nosotras continuamos cantando mientras observábamos cómo las ventanas se abrían. Ya estaba preparada para responder a aquel estúpido niño con uno de mis desaires, cuando observamos con atención que no era una cabeza lo que asomaba por la ventana, sino un trasero desnudo. Algunas de nosotras seguimos cantando, otras, como mi amiga Sara, quedaron demasiado traumatizadas como para pronunciar palabra alguna.

Pero eso no fue todo: además de hacernos un calvo, a mitad de nuestra alegre canción fuimos interrumpidas por un sonoro estruendo procedente de las posaderas del chico.

Todas quedamos mudas de repente, el culo desapareció y desde el interior de la casa oí cómo el vecino exclamaba:

—¡Al fin silencio!

Pero eso no quedó así.

A la mañana siguiente le llevé unas deliciosas

galletas como disculpa. Por supuesto inventé que las galletas se las había preparado mi mamá, ya que sabía que no probaría nada que yo hiciera, y con razón.

El muy bruto se las zampó todas en un instante tal como yo esperaba, y gracias a mí y al laxante no volvió a asomar su culo por la ventana, pues éste estaba demasiado ocupado sin poder moverse del inodoro.

Después de eso anoté en mi lista: «4. Que sea educado en todo momento. (No parecerse al cerdo del vecino)», especifiqué.

Otra de las trastadas del verano había comenzado una tarde cuando, paseando con mis hermanos y mi hermosa bicicleta nueva, unos niños horrorosos se metieron conmigo y me intentaron robar la bici.

Alan apareció de repente; aunque en un principio parecía defenderme, luego me percaté de que no podía estar más equivocada acerca de cuáles eran sus intenciones.

—¡Eh, nadie se puede meter con ella! ¡Sólo yo! —gritó interponiéndose entre el matón que me empujaba y yo.

—¡Tú no te metas! Su bici es nueva y la queremos, es demasiado buena para ella —gruñó uno de los niños.

—¿Cómo de buena? —preguntó Alan, más interesado en mi bici que en ayudarme.

—Tiene veintiuna velocidades, ruedas tubulares, faros, suspensión hidráulica, frenos de disco y cuadro de aluminio —recitó uno de los ladronzuelos.

—¡Menuda bici! —exclamó Alan mientras silbaba y la miraba con deseo—. ¿Cómo la has conseguido, ricitos? —me preguntó interesado.

—Saqué muy buenas notas —le contesté orgullosa sin olvidarme de señalar que él no lo hacía.

—¿Y cómo es que no le pediste a tu padre una bicicleta de paseo rosa con una bonita cestita?

—Lo pensé, pero quería la bicicleta perfecta, aquella que tú nunca podrías tener —respondí muy digna.

—Sin duda, ricitos, es la mejor que he visto, pero eso de que yo nunca podré tener una igual está por ver.

Tras decir esto, el muy idiota me arrebató mi bici roja y salió corriendo del lugar a toda velocidad montado en ella.

Los tres matones se quedaron con la boca abierta, y yo corrí histérica detrás de él durante un rato, gritándole que parara. Finalmente, cansada de perseguir al imbécil del vecino, le tiré los zapatos a la cabeza.

Creo que uno de ellos le dio, porque por unos momentos perdió el equilibrio y se tambaleó, pero luego rápidamente volvió a coger velocidad y desapareció de mi vista.

Me volví enfadada y furiosa hacia mis hermanos.

—¡Volvemos a casa! —ordené airada.

Los matones, al verme sin ningún objeto preciado para ellos, desaparecieron, y yo regresé a casa andando con lentitud, llorosa y descalza, detrás de mis hermanos.

Cuando llegué a mi casa, en mi jardín trasero estaba mi perfecta bicicleta, pero ya no era tan perfecta como antes. El Sapo había colocado por todos lados pegatinas de calaveras y monstruos, de esos adhesivos irritantes que no se pueden quitar.

Ese día puse en mi lista: «5. Que me defienda de todos los matones del mundo (incluido mi vecino)».

Una semana después, el niño desagradable, apodado por mí el Sapo, tenía una bicicleta idéntica a la mía, y yo, amablemente, le devolví el favor adornándola con pegatinas de las que no se pueden quitar, en este caso de haditas, unicornios y princesas. Me gasté la paga en ellas, pero mereció la pena al ver la cara horrorizada del chico.

Pero la última trastada sin duda era la peor de todas: había repartido carteles por todo el pueblo donde me regalaba y decía que era defectuosa y, como el muy estúpido no sabía dibujar, había puesto una foto mía y le había pintado cuernos, un rabo y un enorme y espantoso bigote.

Sin embargo, la venganza estaba por llegar y me estaba quedando un retrato perfecto. Después de terminar el dibujo lo escanearía y crearía el cartel adecuado para mi vecino. Haría doscientas copias y lo distribuiría por todo el pueblo...

El jefe de policía, Terence Philips, tenía un día de lo más monótono y aburrido, así que se asomó por la puerta de la pequeña comisaría para observar el tráfico y saludar a los transeúntes.

Le resultó un poco raro ver a Elisabeth Lowell aparcar su bicicleta cerca de la puerta y dirigirse hacia él. Miró confuso los adornos de pegatinas de la bici, preguntándose por qué una niña tan educada y distinguida deseaba tener monstruos y calaveras en su bici, asumiendo al fin que eran cosas de críos que él nunca entendería.

Menos mal que él, con treinta años, aún no tenía perspectiva alguna de casarse o formar una familia, todavía le quedaba tiempo para pensar en todas esas cosas...

Sus pensamientos fueron interrumpidos de repente por una dulce voz.

—Señor Philips, tengo que hablar con usted sobre un crimen.

Terence miró sorprendido a la niña y la condujo dentro. Él se sentó detrás de su escritorio y la pequeña en una silla contigua.

—Bien, preciosa, cuéntame todo lo que quieras, aquí nadie te hará daño —comentó el jefe de policía preocupado por la chiquilla.

—Quiero que detenga a mi vecino por exhibicionismo; sé lo que significa la palabra y he leído por internet que se puede detener a una persona por alteración del orden público y exhibicionismo.

—¿Quieres que detenga a Alan Taylor y lo meta en la cárcel? —preguntó el jefe de policía algo pasmado.

—No hace falta que vaya a la cárcel, puede simplemente echarlo del pueblo —propuso alegremente la niña, segura de haber conseguido su objetivo.

—Bueno, Elisabeth, verás: antes de poder denunciarlo y de que yo lo meta en la cárcel o actúe de algún modo, debes tener pruebas del delito. Exactamente, ¿qué fue lo que hizo Alan?

—¡Sacó el culo por la ventana de su habitación y nos lo enseñó a mí y a mis amigas del club de exploradoras! —contó ella indignada.

—Esto..., yo..., lo siento mucho pequeña, pero no puedo meter a nadie en la cárcel por enseñar el culo —respondió Philips.

—Lo suponía... —suspiró Elisabeth resignada—. Entonces, ¿puedo colgar este cartel en su tablón de anuncios?

—Sí, por supuesto. Pero aquí nadie lo verá. Ese tablón sólo lo usamos para los sospechosos que buscamos.

—No importa, tengo más para repartir por todo el pueblo —comentó Elisabeth mientras colocaba el cartel—. Muchas gracias por su tiempo, señor Philips, y hasta luego.

Cuando Philips vio marcharse a la niña calle abajo hacia las tiendas del lugar, le picó la curiosidad y se acercó al tablón para ojear lo que anunciaba.

«Se busca», ponía en letras grandes encima del dibujo de un trasero. Debajo de éste, en letras más pequeñas, podía leerse: «Por si tienen dudas, el sospechoso de la caricatura es Alan Taylor. Se le busca por exhibicionismo y alteración del orden público. Tengan mucho cuidado: es peligroso, ya que su culo siempre va armado».

Philips no paró de reír ni un segundo mientras se dirigía hacia el teléfono de su oficina y marcaba un número ya conocido por todos en ese pueblo.

Cuando atendieron su llamada, simplemente dijo entre risas:

—Apuesto diez dólares por Elisabeth Lowell.

Un nuevo punto se añadió ese día a la lista de Elisabeth cuando ésta finalmente llegó a su casa: «6. Que no lo busque la policía».

Capítulo 3

Las jugarretas de los niños continuaron. A medida que iban creciendo, éstas se tornaban más ingeniosas. Además, se pinchaban continuamente para ser el mejor y el más perfecto en las actividades extraescolares, y así se pudo ver cómo el pueblo de Whiterlande tuvo al mejor alumno en clase de cocina ante una furiosa Elisabeth, así como a la excelente y más violenta jugadora de *hockey* ante un asombrado Alan.

Cuando los niños competían entre sí, era la guerra pero, cuando se juntaban, resultaba asombroso ver cómo se compenetraban para lograr ser los mejores en aquello que estuviesen haciendo. A pesar de que en ocasiones pactaban una pequeña tregua por el bien de la comunidad, sus pillerías seguían siendo la mejor diversión ante los monótonos días en ese aburrido pueblo.

En todos los años que tenía Milisent, y ya eran muchos pues estaba cerca de los sesenta, nunca había presenciado una serenata tan espantosa como la que dedicó su nieto a la vecina.

Todo había comenzado esa misma mañana, cuando había visto a su nieto de quince años correr de un lado a otro de la casa con sus ahorros en la mano.

—Abuela, ¿me prestas cinco dólares? —preguntó Alan con cara de angelito, por lo que en esos momentos Milisent supo que planeaba algo.

—Espero que no quieras el dinero para hacer alguna de tus trastadas —dijo la abuela mientras le tendía el dinero, sin poder resistirse a la mirada lastimera de esos preciosos ojos marrones.

—No, abuela, es para dar una serenata a una chica. Me faltan cinco dólares para poder alquilar los instrumentos.

—¡Oh, qué romántico! —declaró Milisent conmovida—, tu abuelo también me cantaba al pie de la ventana cuando éramos jóvenes. ¿Y quién es la afortunada...?

Alan no dejó que su abuela terminara la pregunta. Rápidamente le dio un beso en la mejilla agradeciéndole su aportación y se despidió mientras salía por la puerta:

—¡Ya lo verás, abuelita!

En cuanto Milisent vio cómo los ojos de su nieto brillaban emocionados y una sonrisa ladina cruzaba su rostro mientras se despedía con esas palabras, supo que no era nada bueno lo que tenía planeado para ese día, y que, sin duda, la vecina andaba implicada en ello. Ojalá se equivocase, pero conocía demasiado bien a su nieto y esos ojos lo delataban cuando estaba planeando una de las suyas.

La tarde transcurrió plácida, sin que ocurriera nada, por lo que Milisent se preguntó si por primera vez en años se habría equivocado con su nieto. Pero después de cenar Alan corrió a su habitación teléfono en mano y allí se encerró durante un buen rato.

Milisent comenzó a sospechar, y sus sospechas se vieron confirmadas cuando minutos después apareció ante la puerta de su casa un grupo de cinco niños vestidos con vaqueros raídos, camisetas de calaveras y cadenas por todas partes. Uno de ellos, el que menos cadenas llevaba, preguntó amablemente:

—¿Está Alan?

A la abuela no le dio tiempo a contestar cuando apareció su nieto corriendo como un torbellino y vestido como los demás.

—¿Está todo preparado? —quiso saber mientras salía por la puerta hacia el jardín de la vecina.

—¡Todo listo! —contestó uno de ellos.

—Bien, ¡que empiece el espectáculo! —gritó Alan animando a sus amigos.

Milisent, resignada a las correrías de su nieto, se sentó en la vieja silla del porche con una limonada a la espera de que comenzara la función.

En el jardín trasero de la señora Lowell, en el silencio de la noche, habían sido montadas una batería, dos guitarras eléctricas con amplificador, un bajo, una pandereta y un micrófono.

Todos los niños tomaron posición, se encendieron los altavoces y comenzó la serenata. El cantante principal era Alan Taylor y las canciones, sin duda alguna de su creación, ya que cada una de ellas iba dirigida a Elisabeth Lowell.

Podía haber tenido éxito con su serenata, a pesar de cantar como un cuervo apaleado, si las letras de las canciones no contuvieran textualmente frases como «Elisabeth es como un grano en el culo que no me puedo arrancar», y eso lamentablemente era sólo el estribillo.

La agasajada con esta inusual ronda no tardó en asomarse a la ventana.

—¡¿Qué narices estás haciendo, Alan Taylor?! ¡Mañana tengo un examen de ciencias, y con tus mugidos de vaca moribunda no me puedo concentrar!

—¡Ricitos, te estoy ofreciendo una serenata que durará unas tres horas, así que siéntate y disfruta del espectáculo! —contestó Alan con alegría.

—¡Voy a llamar a la policía para que te meta a ti y a tu horrenda banda en la cárcel! —amenazó Elisabeth.

—Lo siento, ricitos, pero dar una serenata no es ilegal, lo he mirado en internet, y lo he consultado con el jefe de policía, así que uno, dos, tres...

Para desgracia de todos, Alan continuó cantando.

Elisabeth lo probó todo: tapones en los oídos, orejeras sobre los tapones e incluso una almohada envolviendo su cabeza, pero nada de lo que hiciera conseguía apartar de sí ese horrendo ruido. Así que finalmente corrió hacia la cocina, cogió un gran cubo de agua y desde la ventana de su habitación lo arrojó hacia el cantante.

Por unos segundos se calló, pero después siguió berreando.

Finalmente, resignada a no poder dormir o estudiar, Elisabeth sacó de nuevo su cabeza por la ventana y suplicó:

—¡Por Dios, haré lo que me pidas, te daré lo que quieras, pero cállate de una maldita vez!

—¿Te casarás conmigo, ricitos? —preguntó Alan malévolamente, sabedor de la repuesta.

Elisabeth, furiosa, le enseñó su lista y escribió mientras recitaba en voz alta:

—¡Siete! ¡Que cante como los ángeles!

Entonces, Alan le informó divertido:

—¿A que no sabes cómo he decidido llamar a mi grupo, ricitos?

—Los sapos apestosos —apostó Elisabeth muy convencida ya de que el cantante principal era un batracio repugnante.

—No, a partir de ahora nos llamaremos Los ángeles del infierno. ¿Te casarás conmigo, ricitos? Ahora canto como los ángeles.

Elisabeth no tardó en hacer llegar su respuesta y fue entonces cuando el cubo voló hacia la cabeza del cantante poniendo fin al concierto.

Milisent no pudo aguantar las carcajadas al ver cómo su querido nieto recibía su merecido. Siguió bebiendo de su dulce limonada mientras observaba a los chicos recoger los delicados instrumentos, ya que Elisabeth había amenazado con prenderles fuego si seguían cantando.

De repente, el coche del jefe de policía aparcó

junto al porche de los Taylor. Philips bajó del vehículo con gran celeridad y preguntó preocupado a Milisent mientras sacaba su arma:

—¿Dónde está la víctima?

—¿Qué víctima? —respondió con extrañeza Milisent.

—Elisabeth me ha llamado diciendo que escuchaba unos berridos infernales que provenían de aquí, que no sabía distinguir si eran de hombre o mujer, pero aseguraba que por el sonido lo más seguro era que estaban torturando a alguien.

—Ah, sí, eso era mi nieto cantando —explicó Milisent entre risas mientras señalaba a los muchachos en el jardín de su vecina.

—¡Por Dios, qué susto me ha dado! —exclamó Philips enfundando su arma—. Espero sinceramente que tu nieto nunca sea admitido en el coro, si no corremos el peligro de quedarnos sordos.

—He escuchado por ahí que se hacen apuestas sobre las trastadas de mi nieto y la vecina —comentó Milisent cambiando de tema.

—Bueno, sí..., no son legales, ya lo sé... Pero este pueblo es muy aburrido y...

—Quiero apostar por mi nieto —interrumpió Milisent divertida—, sin duda es un diablillo, pero no les digamos nada a las madres. Ya sabes cómo se ponen con eso del juego.

Ambos guardaron silencio cuando vieron aparecer a Alan empapado y con una sonrisa de satisfacción en el rostro que indicaba que no estaba nada arrepentido de su trastada. Mientras pasaba junto a su abuela, soltó:

—Abuela, hay algunas mujeres a las que no les gustan las serenatas.

Cuando Alan hubo desaparecido del porche, el jefe de policía preguntó:

—¿Eso era una serenata?

—Según mi nieto, sí.

—Creo que este mes yo también apostaré por tu nieto, Milisent —concluyó el jefe de policía antes de volver a la comisaría.

«Pobrecita», pensaba George, el profesor de ciencias, mientras veía cómo Elisabeth daba una nueva cabezada delante de su examen. Se había enterado, por los cotilleos del pueblo, que la chica había recibido una serenata de Alan Taylor la noche anterior y, por los comentarios de los vecinos, el chico debería haber sido sacrificado antes de empezar el concierto.

Esa mañana una multitud había acudido en masa a la tienda de instrumentos musicales y habían amenazado al dueño con grabar el próximo concierto de Alan y obligarle a oírlo si se atrevía a alquilar más instrumentos a ese chaval.

El chico lo tenía crudo si pensaba dedicarse a la música. El profesor de dicha materia había sido amenazado por la directora: si Alan tocaba aunque sólo fuera una pandereta, estaba despedido. Desafortunada, Elisabeth había tenido que oír la serenata de ese salvaje, ¡a la que muchos habían descrito como parecida a una vaca moribunda mientras era apaleada por un equipo de fútbol! ¡Cómo sería eso...!

Sin previo aviso, a sus oídos llegó un horrendo sonido. Parecía que estuvieran torturando a alguien. Finalmente, tras asomarse a la ventana, pudo ver que Alan esa mañana daba clase de gimnasia al aire libre y que pasaba una y otra vez junto a la ventana cantando *We are the champions*.

El profesor de ciencias, antes de cerrar la ventana, decidió que Alan no tenía talento musical y que la pequeña Elisabeth merecía un diez por su esfuerzo.

Pasó el tiempo y, cuando llegaron a la etapa de la adolescencia, los dos acérrimos enemigos empezaron a acercarse mutuamente atraídos el uno por el otro, pero, como ocurre con dos iones positivos cuando se acercan demasiado, acababan repeliéndose.

Alan, con dieciocho años y muy próximo a graduarse, se había convertido en un joven fuerte y atlético. Con su metro ochenta y cinco de estatura, sus hermosos ojos castaños, su melena negra y su atractivo rostro de rebelde desvergonzado, era el preferido de las chicas. Además era el capitán del equipo de fútbol americano y, aunque sus notas no eran deslumbrantes, todos estaban seguros de que recibiría una beca por ser un gran jugador.

Elisabeth era una hermosa joven de preciosos ojos azules cuya melena de rizos rubios y rostro angelical iban acompañados por un cuerpo que comenzaba a destacar por unas insinuantes curvas, las cuales tentaban a más de un joven atolondrado aunque ella apenas se percataba, ya que estaba muy atareada con sus múltiples actividades:

era delegada de clase, presidenta del club de arte, columnista en el periódico del instituto y formó parte de las animadoras hasta que, entre partido y partido, comenzó a animar al equipo contrario para que placaran a Alan.

Después de eso, las demás animadoras la expulsaron, pero eso no desilusionó a Elisabeth, quien siempre que venía un equipo visitante al campus se unía a él en sus ánimos por abatir al capitán.

Las notas de Elisabeth eran brillantes con tan sólo dieciséis años, y todos creían que tendría un gran futuro relacionado con el arte.

Ambos contaban con admiradores a los que apenas les prestaban atención, y por eso las apuestas ahora giraban en torno a cuándo se darían cuenta de su mutua atracción y, por supuesto, acerca de cuál de los dos espantaría primero a la pareja del otro, porque si bien nunca admitirían que se gustaban, tampoco dejaban que el otro saliera mucho tiempo con nadie. Eran como el perro del hortelano, que ni come ni deja comer.

Por eso nadie se extrañó demasiado cuando una de las apuestas la ganó Jeff, que apostó que el primer beso de Doña Perfecta se lo daría el Salvaje.

Y así fue que a los dieciséis años Elisabeth recibió su primer beso.

Todo empezó el día de San Valentín.

Alan y Elisabeth salieron corriendo de clase. Ese preciado día, el que llegaba antes a casa arrasaba el buzón del otro y se quedaba con los regalos y las tarjetas de admiradores.

Elisabeth había tenido el honor de recibir en años anteriores osos de peluche mutilados y tallos de rosas sin pétalo alguno, pero ese año sería ella la vencedora, ya que había sobornado a su hermano Dan, que estaba en casa resfriado, con darle veinte dólares si saqueaba el buzón de Alan en cuanto llegara el cartero.

Cuando Elisabeth llegó a casa, ignoró la cara de satisfacción de Alan, quien la esperaba junto al buzón; ella entró en su hogar y vio cómo su hermano, tumbado en el sofá, leía muy atento una carta adornada con corazones mientras comía unas galletas caseras.

—Dan, ¿hiciste lo que te pedí? —preguntó Elisabeth emocionada.

—Sí, pero creo que estas cartas son demasiado subidas de tono para ti. ¡Dios! Ni yo sabía que se podían hacer estas cosas. Le voy a tener que preguntar a Alan cómo consigue que las chicas le hagan esto.

—¡Dame eso! —contestó Elisabeth mientras le arrancaba la carta a su hermano y cogía el resto de la correspondencia de Alan para meterla en su mochila.

—¿Y esas galletas? —preguntó Elisabeth nuevamente.

Dan se apresuró a comérselas todas de una vez antes de que su hermana se las arrebatase y luego contestó con la boca llena que eran para Alan.

Elisabeth lo miró furiosa antes de recriminarle.

—¡Ahora no podré comérmelas delante de él! Bueno, ¿y mi correo? —preguntó resignada.

—Se me olvidó recoger el correo. Estaba demasiado liado leyendo las cartas y se me fue el santo al cielo —contestó Dan antes de cerrar los ojos y hacerse el dormido.

Ante la respuesta de su hermano, Elisabeth corrió hacia el buzón donde la seguía esperando el sapo del vecino.

—Este año has recibido una caja de bombones, riquísimos por cierto, un ramo de rosas que le he dado a mi madre, así como una carta, que era demasiado ñoña e imperfecta para ti, así que la he tirado —le comentó Alan tendiéndole una caja de bombones vacía.

Elisabeth lo miró furiosa, guardó la caja vacía en su mochila y sacó las cartas que había recibido Alan, paseándolas por delante de sus ojos. Comenzó a leerlas antes de romperlas una por una. Pero hubo una que no pudo terminar de leer:

—«Querido Alan, soy yo: tu amada y ardorosa Maddie. Quiero volver a hacer cosas prohibidas contigo, besarte hasta que los dos estemos calientes, lamer tu pecho fuerte y vigoroso y bajar tus...».

Elisabeth, sulfurada y toda colorada, dejó de leer en voz alta.

—¡Sigue, quiero saber cómo termina! —dijo Alan entre risas—. ¿Al final me baja o no me baja los pantalones? —preguntó burlonamente.

Elisabeth lo miró rabiosa, rompió la carta de Maddie en mil pedazos más que las anteriores y, cuando observó a Alan muerto de risa, sin pensar en las consecuencias, le tiró un zapato a la cabeza.

Alan lo cogió después de que le golpeara y, antes de que ella pudiera decirle nada, se lo llevó consigo al interior de la casa de su abuela. Desde fuera Elisabeth oyó cómo la señora Taylor preguntaba a su hijo:

—Cariño, ¿qué te han regalado este año por San Valentín?

—Un zapato de chica, mamá —respondió Alan.

—¡Un zapato! Qué cosas más raras os regaláis los jóvenes de hoy en día.

Elisabeth no esperó más en el camino de casa. Ella ya sabía que Alan no volvería para devolverle su calzado, así que subió al porche de su casa y gritó a su madre:

—¡Mamá, he vuelto a perder otro zapato!

—¡Otra vez! ¡Te juro que no sé lo que haces con ellos! —vociferó su progenitora irritada.

—Yo tampoco, mamá, yo tampoco —contestó Elisabeth resignada a quedarse sin sus zapatos de diario favoritos.

Por la tarde, mientras se arreglaba para la fiesta de San Valentín del instituto, su hermano Josh entró en su cuarto, como de costumbre sin llamar, y soltó en medio de su habitación una gran bolsa negra de basura con un gran lazo rosa.

—¿Qué es eso? —preguntó Elisabeth confusa y molesta.

—Un regalo de San Valentín que han dejado en la puerta.

—¿Quién?

—Y yo qué sé, para tu información lo he abierto y sólo son un montón de zapatos viejos que...

Elisabeth no dejó que su hermano terminara de

hablar, corrió hacia la gran bolsa negra y leyó la gran tarjeta de San Valentín que incluía: «Feliz día de San Valentín, Cenicienta. PD: Al final me bajó los pantalones».

Elisabeth volcó furiosa la bolsa y encontró en ella cada uno de los zapatos que le había tirado al vecino desde que tenía ocho años.

Airada por saber que los había guardado durante tanto tiempo y no se había dignado a devolvérselos, sacó la cabeza por la ventana de su habitación y gritó a pleno pulmón para que el vecino la oyera:

—¡Ocho! ¡Que siempre sepa cuál es el regalo perfecto y cuándo debe dármelo!

Alan, que por lo visto estaba con sus hermanos en el porche, se asomó al jardín al oírla.

—¡Tomo nota, ricitos! Entonces, ¿te ha gustado el regalo? —preguntó con sorna.

Elisabeth le contestó arrojándole un zapato. Eso sí, de los más viejos y feos que había en la bolsa.

—¡Éste lo guardo para el regalo del año que viene! —indicó Alan mientras se lo guardaba.

El baile de San Valentín se celebraba todos los años en el instituto.

Sólo podían asistir los alumnos de los dos últimos años y, por supuesto, aquellos que habían sido invitados por alumnos mayores. Elisabeth había sido invitada por un chico de la clase de Alan, y todo el pueblo estaba expectante ante la idea de que los dos fueran a un baile.

Se hacían apuestas sobre si Alan acabaría en la

fuente de ponche, si Elisabeth sería encerrada en el lavabo, si se pelearían en mitad de la pista de baile o si, por el contrario, acabarían por fin dándose cuenta de lo perfectos que eran el uno para el otro.

El baile comenzó como cualquier otro.

El gran salón de actos del instituto se había convertido en una inmensa pista de baile iluminada por luces parpadeantes, acompañado por un *disc jockey* local y una decoración un tanto recargada repleta de ostentosos globos rojos de corazones y estúpidos muñecos de papel que pretendían representar a Cupido. En un rincón se hallaba la gran fuente de ponche atentamente vigilada por los profesores, que en algún que otro momento serían distraídos para el tradicional sabotaje de tan insulsa bebida.

Elisabeth, hermosísima con su vestido negro de noche y un recogido de sus brillantes rizos rubios que caían en cascada haciéndola parecer mayor, bailaba con su acompañante, Eddy Grubber, un joven de unos dieciocho años, vestido con un esmoquin negro.

Grubber le susurraba al oído una hermosa poesía y alabanzas sobre su persona, sin saber que Alan Taylor le lanzaba miradas asesinas cada vez que se acercaba demasiado a Elisabeth.

Alan estuvo más pendiente esa noche de dónde estaban Doña Perfecta y el pegajoso Grubber que de su propia pareja, por lo que Maddie, una radiante y voluptuosa rubia de poco cerebro que lucía un cortísimo y escotado vestido rojo, acabó enfurruñada en un rincón.

Casi al final de la velada Alan perdió de vista a Elisabeth, por lo que se enfureció con ella, con él mismo por prestarle atención a Maddie y también con los hermanos de Elisabeth por no saber dónde estaba cuando él les preguntó.

—Dan, ¿sabes dónde está tu hermana? —inquirió Alan al verlo pasar junto a él de camino hacia el coche alquilado que los llevaría a todos de vuelta a casa.

—¡Yo que sé! Pero como no se dé prisa va a tener que volver en el coche de Eddy —contestó Dan despreocupadamente.

—¡Joder, Dan, es tu hermana y tiene dieciséis años! ¡Deberías preocuparte más por ella! —le recriminó Alan furioso y con ganas de golpear a alguien.

—Posiblemente esté detrás del escenario —conjeturó Dan—, allí es donde van todas las parejas a darse el lote.

—¿Qué? ¿Que Elisabeth va a manosearse con ese imbécil? ¡Por encima de mi cadáver! —gritó Alan mientras se dirigía hacia el escenario.

—¿Qué pasa? ¿No ibas a ir tú en busca de Elisabeth? —preguntó Josh a Dan mientras entraba por la puerta instantes después de que Alan desapareciera—. El coche está fuera esperando y le dije a papá que nuestra hermana no llegaría muy tarde a casa —señaló molesto por la espera.

—No te preocupes, Alan ha ido a por ella —respondió Dan.

—¡Joder! ¿Estás loco? ¡Eso puede ser una masacre!

—No, Alan nunca le haría nada a Elisabeth. A Eddy puede que lo machaque, pero a Elisabeth no le hará nada.

—¡Lo de la masacre lo decía por Elisabeth, no por Alan! —repuso Josh—. Ahora mismo voy a buscarlos antes de que la líen.

—Un momento —dijo Dan interponiéndose en el camino de su hermano—, tú has apostado a que no pasaría nada en el baile, ¿verdad?

—Y tú a que esos dos se pelearían, ¿cierto? —dedujo Josh viendo al fin la brillante jugada de su hermano.

Definitivamente en el baile hubo una pelea: los Lowell se apalearon mientras decidían si ir o no en busca de su hermana.

Alan la encontró tal y como Dan le había dicho: detrás del escenario y poniéndole morritos a Eddy a la espera del beso que nunca llegó. En lugar de besar a Elisabeth, Eddy besó la mano que Alan puso en medio de los dos tortolitos.

—Gracias por el beso —dijo Alan sonriendo burlonamente a ambos mientras se aguantaba las ganas de machacar al baboso de Eddy—. Elisabeth, es hora de irse a casa.

—¡Pero, Alan, yo no quiero irme todavía, y mis hermanos no han venido a por mí, así que date una vuelta con Miss Tetona y dile a mis hermanos que no me has visto! —se quejó Elisabeth ganándose una mirada de odio de Alan.

—Tus hermanos te están esperando en el coche y me han enviado a por ti. Así que vamos —apremió Alan enfurecido, apartándola de Eddy.

—Déjame que yo hable con él, cielo. Entre

hombres nos entendemos —se entrometió Eddy muy chulito.

«Oh, cada vez tengo más ganas de golpear a este imbécil», pensó Alan mientras se apartaba de Elisabeth y se alejaba para hablar con Eddy en un rincón. «Sí, eso, escoge un rincón oscuro y apartado —continuó pensando Alan maliciosamente—, así nadie me verá darte de hostias.»

—Venga, Alan, amigo, tú sabes lo fogosas que son estas chicas con los jugadores como nosotros, y cómo te agradecen haberlas invitado a un baile de mayores. Déjame que la lleve a casa después de unos cuantos magreos. Me cubrirás las espaldas, ¿verdad, compañero?

Cuando Eddy vio la mirada de odio del muchacho se dio cuenta del error que había cometido, pero ya era demasiado tarde para él. Alan agarró a Eddy por el cuello, lo golpeó contra la pared y lo retuvo allí mientras le advertía:

—No soy tu amigo, ni tu colega, vas a desaparecer del baile y como te vuelva a ver rondado a Elisabeth te rompo las piernas, por lo que creo que perderás la oportunidad de una beca.

Tras esta amenaza lo soltó, dejándole vía libre para poder escapar, pero el muy estúpido no lo hizo.

—¿Qué pasa? ¿Te gusta Doña Perfecta? ¿Te da rabia que vaya a aceptar besos de mí, pero que a ti siempre te rechace? Como me pegues, te suspenderán. Ya sabes que no puede haber broncas entre los jugadores, y si te suspenden, despídete de la universidad, después de todo tú no eres un estudiante brillante.

«¡Dios, cuántas ganas tengo de pegar a este imbécil!», pensó Alan antes de hundir el puño en la pared junto a la cara de Eddy.

Y el idiota le sonrió, y se dispuso a marcharse de rositas cuando la pérfida mente de Alan, acostumbrada a las gamberradas, despertó.

—Eso es lo que me parecía a mí —dijo el cretino orgulloso de verse libre—. Que tu beca era más importante que una simple mujer.

Cuando Eddy se alejaba, oyó a su espalda cómo Alan le comentaba de lo más convincente al capitán del equipo de lucha:

—Eh, Héctor, ¿no querías saber quién iba detrás de tu chica? Pues aquí el seductor me ha estado contando cómo planeaba tirársela por diversión. Me ha dicho que se aburría con Doña Perfecta y que ahora iba a por ella.

Eddy no pudo dar ni un paso más cuando una masa llena de músculos se le tiró encima y empezó a golpearlo sin piedad.

Los del equipo de fútbol intentaron acudir en su ayuda, pero el capitán se interpuso en su camino.

—Chicos, no podéis lesionaros antes del partido. Pensad en los ojeadores. Además, Eddy iba detrás de la chica de otro y eso no se hace.

Todo el equipo estuvo de acuerdo con Alan y se alejaron esperando que el capitán solucionara la pelea, ya que eran un equipo y él siempre los ayudaba.

Cuando Alan pensó que el idiota había recibido su merecido, convenció a los chicos del equipo de lucha para que lo ayudaran a separar a Héctor de la piltrafa sanguinolenta que era Eddy.

Alan se agachó como si estuviera ayudando al herido y le susurró:

—Esta paliza no es nada comparada con la que te daré cuando termine la temporada. Tú solamente acércate a Elisabeth y verás.

Después de estas palabras Alan se marchó la mar de contento en busca de Doña Perfecta, que lamentablemente ya no tenía pareja de baile, pues se lo llevaban para el hospital.

Elisabeth no dejaba de dar vueltas de un lado para otro preocupada por Eddy, pero segura de que el salvaje de Alan no le haría nada a uno de sus compañeros de equipo.

A lo mejor hacía algo para espantarlo. Últimamente tenía la sensación de que todos los chicos huían de ella. ¡A saber por qué! Serían sus hermanos, nuevamente con su vena protectora.

Al fin, después de media hora, apareció Alan, pero, como había supuesto desde un principio, Eddy no lo acompañaba.

—¿Dónde está Eddy? —preguntó furiosa.

—Ha tenido que marcharse rápidamente a un sitio, no me ha dicho dónde. —Y era verdad, ya que atontado con la medicación antes de entrar en la ambulancia, Eddy no había dicho nada.

—¡Seguro que le has hecho algo! —lo acusó Doña Perfecta.

—Te juro, ricitos, que yo no le he puesto ni un dedo encima.

«Ahora bien, ¡Héctor se los ha puesto todos!», pensó Alan con satisfacción.

—Bueno, pues no me voy a marchar de aquí hasta que aparezca Eddy. Él y yo tenemos cosas pendientes.

—Ya te he dicho que se ha ido y el coche nos está esperando, así que vamos —ordenó Alan enfadado mientras la cogía de la muñeca y la arrastraba hacia la salida.

—¡Suéltame, Alan! ¡He venido aquí dispuesta a dar mi primer beso y no me iré hasta dar mi primer beso! —gritó Elisabeth rabiosa zafándose de Alan.

—¡Pues eso tiene fácil solución! —respondió Alan con un brillo malévolo en sus ojos a la vez que agarraba a Doña Perfecta fuertemente contra sí y bajaba sus labios hacia los que tantas veces lo habían tentado durante ese último año en el que Elisabeth comenzaba a convertirse en una hermosa mujer.

La besó con dulzura al principio, luego mordisqueó sus sensibles labios, animándolos a abrirse, y en cuanto pudo aprovechó el asombro de Elisabeth ante lo sucedido para meter la lengua en su boca, probándola, buscándola.

Elisabeth no tardó en reaccionar, y por unos instantes contestó a su beso con dulzura e inocencia, pero cuando el beso se tornó más fogoso y las manos de Alan descendieron hacia su trasero juntando sus cuerpos para que notara su excitación, ella se asustó.

Por lo visto, sí era su primer beso, porque en cuanto se separó de él le lanzó los zapatos a la cabeza y salió corriendo.

Cuando Alan corrió tras ella, el coche de alquiler había desaparecido y Elisabeth y sus hermanos se habían esfumado. A él tan sólo le quedaban dos zapatos de tacón alto y una larga caminata hasta casa.

Capítulo 4

John Lowell, por primera vez en dieciséis años, estaba preocupado.

Sabía que ese momento tenía que llegar algún día, que su hija se haría mayor y saldría con chicos, pero, para él, Elisabeth aún era su niñita.

Su pequeña había ido a un baile y aunque suplicó y rogó a su mujer que le dejara ir al instituto a espiar, Sarah se lo había prohibido rotundamente, así que no le había quedado más remedio que esperar en casa sentado en el viejo sillón del salón que había situado delante de la puerta con la lámpara del salón encendida y un viejo libro como compañía.

Como no podía hacer nada para vigilar a su hija, le pidió a los gamberros de sus hermanos que la espiaran durante toda la fiesta y que no la dejaran a solas con ese jovencito lleno de hormonas ni un solo instante, pero sus hijos eran unos tarambanas y seguro que se habían olvidado de su hermana en cuanto llegaron al baile.

Su último recurso antes de resignarse a perder a su pequeña había sido pedir a Alan que compartiera el coche de alquiler con sus hijos. Con suerte esos dos volverían a las andadas y pasarían todo el tiempo discutiendo, sus parejas se cansarían de ellos y su Elisabeth volvería a casa diciendo que odiaba a todos los chicos y los bailes.

—Dios, por favor, que vuelva a casa despotricando del vecino y no con una sonrisa radiante de «me he besado con un joven adolescente y quiero más» —rezó John Lowell antes de que la puerta de su casa se abriera con brusquedad y su hija entrara descalza y gritando.

—¡Odio a Alan Taylor y no pienso volver a ir a ningún estúpido baile con chico alguno! ¡De hecho, no pienso salir con ningún chico! ¡Nunca!

—Gracias, Dios mío —murmuró John antes de levantarse del sofá para calmar a su hija.

Sus hermanos, que entraron tras ella, intentaron calmarla y muy pronto no tardó en unirse a la reunión Sarah, que salió de su habitación en la planta superior dispuesta a solucionar una vez más el enfado que su hija tenía con el vecino.

Cuando la madre de Elisabeth entró en el salón adormilada, terminó de despertarse de golpe en cuanto vio a sus hijos con las ropas destrozadas y llenos de morados peleándose, a su hija buscando la escopeta de perdigones con el vestido de noche y descalza, y a su marido persiguiéndola una vez más portando el folleto de ese instituto «sólo de chicas», que no paraba de sacar en cada conversación desde que se había dado cuenta de que Elisabeth era toda una mujer.

—¿Qué demonios pasa aquí? —gritó Sarah a pleno pulmón poniendo fin a todo el alboroto.

—Elisabeth odia a los hombres y las fiestas —contestó John muy ilusionado.

—Mis hermanos se han peleado en el baile —cotilleó Elisabeth en un intento de distraer a su madre de lo que estaba haciendo.

—Alan ha besado a Elisabeth... —comentó Dan evitando la mirada furiosa de su madre.

—Y por eso... Elisabeth quiere pegarle un tiro al vecino —señaló Josh librándose de la atención de su madre, que finalmente recayó en su hermana.

—¡Ésa es mi niña! ¡Así se hace! ¡Ven aquí, que te enseño a disparar! —animó John a su hija bajo la mirada reprobatoria de su mujer.

—¡Nadie va a disparar al vecino! —gritó Sarah histérica—. Elisabeth, ¿te has vuelto loca? ¡Suelta la escopeta de tu padre ahora mismo!

—¡Pero, mamá, me besó en la boca y me metió la lengua! ¡Fue asqueroso! ¡No voy a volver a besar a un chico en mi vida! —protestó Elisabeth mientras bajaba la escopeta.

—¡Gracias, Dios, porque el vecino no sabe besar! Mañana mismo le regalo una cesta de frutas —murmuró John.

—¡John, cállate y déjame a solas con tu hija! ¡Me estás poniendo histérica! —dijo Sarah señalando la puerta del salón.

—Vale, pero luego me lo cuentas todo, y tú, hija, piensa lo del instituto de chicas. Ahí te dejo el folleto para que le eches un vistazo —respondió alegremente el padre de Elisabeth antes de marcharse.

—Y vosotros dos estáis castigados durante un mes sin paga y sin salir, por pelearos en el baile como animales, ¡y ahora a vuestro cuarto! —ordenó Sarah a sus hijos, que salieron de la habitación refunfuñando.

Después de comprobar varias veces que nadie escuchaba tras la puerta, pues en las dos primeras ocasiones todos estaban con la oreja pegada cotilleando, Sarah se sentó junto a Elisabeth en el sofá y la animó a acompañarla y soltar la escopeta.

—¿Qué pensabas hacer: dispararle al vecino y volver a casa como si tal cosa? Podrías hacerle daño o hacértelo tú.

—Pero, mamá, era mi primer beso... Mi primer beso me lo ha dado el vecino, que es todo lo contrario a mi hombre ideal. Estaba tan ilusionada con que fuera especial... —manifestó Elisabeth entre sollozos.

—A lo largo de los años tendrás otros besos, algunos serán más especiales que otros, pero el más especial será cuando encuentres a tu media naranja, tu otra mitad. Él te besará y el mundo desaparecerá para ti, sólo existirá él —explicó Sarah—. Lo de hoy sólo ha sido el primero, eso no es especial. El del hombre adecuado es el que importa.

—Gracias, mamá —dijo Elisabeth más calmada mientras besaba la mejilla de su madre y subía a su habitación.

Una vez en su cuarto, Elisabeth sacó su lista y escribió: «9. Que sus besos sean especiales».

A la mañana siguiente Alan recibió una gran cesta de frutas.

Mientras miraba la tarjeta algo extrañado, preguntó a su abuela Milisent mientras ésta arreglaba las plantas de su jardín:

—Abuela, si una chica te manda una cesta de frutas después de un baile y un beso, ¿qué significa?

—Cielo, eso es como cuando tú le mandas unas flores a una chica después de una cita. Seguro que el baile le encantó y el beso la fascinó.

—Esto... Abuela, ¿y si el que te manda la cesta de frutas es el padre de la chica?

—Entonces, hijo mío, es mejor que la olvides... ¿Qué pone la tarjeta? —preguntó Milisent curiosa.

—«Gracias por besar a mi hija» —leyó Alan algo molesto.

—¿Tan mal besas, hijo mío? —preguntó Milisent bromeando con el granuja de su nieto, sabedora de su respuesta.

—Hasta ahora nunca se han quejado —respondió Alan con chulería—. Pero supongo que tendré que seguir practicando —comentó con una sonrisa pícara mientras dirigía una mirada a casa de la vecina.

Poco después sonó el teléfono y su nieto entró apresuradamente para atender la llamada. Milisent no pudo aguantar la curiosidad y se acercó para ver quién firmaba la tarjeta. Le pareció casi imposible, pero ante sus ojos aparecía la firme letra de John Lowell. Al fin comprendió por qué su nieto volvió a casa una hora después del baile, a pie, sin pareja alguna y con dos zapatos de mujer en las manos.

Me pasé las semanas siguientes planificando cómo vengarme del estúpido del vecino por arruinar mi primer beso. Planeé romperle el coche, pero no tenía. Hacer que cortara con la novia, pero tampoco tenía. Mi madre me había prohibido rotundamente acercarme a la escopeta, por lo que tampoco podía dispararle. ¿Bajarle la nota en los exámenes? Pero ya eran demasiado malas para bajar más. ¿Y dejarlo sin jugar? Sería peor para el instituto que para él...

¿Cómo demonios iba a vengarme de él por robarme mi primer beso, que, aunque protestara y dijera que había sido horrible, realmente había sido lo mejor que me había pasado en la vida? Porque, como dijo mi madre, el mundo se había parado por unos instantes y no había en él nada más que nosotros, y no era justo, porque esa sensación, esa pasión, la tenía que sentir con otro, no con él.

Él era el hombre imperfecto, el que siempre lo hacía todo mal, el que no cumplía ni uno de los requerimientos de mi lista. El que no sería nunca mi príncipe azul. Siempre salía con chicas que tenían más delantera que cerebro, y nunca dos veces con la misma. Dedicaba el mínimo tiempo posible a sus estudios y nunca pensaba en su futuro.

El odio que había entre nosotros dos era demasiado grande como para que de repente se convirtiera en otra cosa. Y yo jamás me arriesgaría a quedar en ridículo por un simple beso, prefería ignorar ese estúpido beso que había sido un error y seguir como hasta ahora.

Planearía cómo continuar fastidiándole y proseguiría con mi lista en busca del perfecto príncipe azul.

Cuando por fin se me ocurrió el modo de llevar a cabo mi plan, a la hora de ponerlo en práctica no fue tan bien como debía: por poco acabamos con un cadáver en el maletero; pero, como soy simplemente perfecta, lo solucioné con la rapidez y la excelencia que caracterizaban todo lo que yo hacía.

Estaba tremendamente cansado cuando llegué a casa después del partido. Por suerte, mi equipo ganó por tres puntos y mis compañeros y yo destacamos ante el equipo rival a pesar de recibir pocos ánimos por parte de una loca rubia que sólo quería que me derribaran.

Gracias a la animosidad de esa molesta Doña Perfecta, y a los saltitos que daba con su ajustada camiseta y sus cortos pantalones, perdí la concentración en varias ocasiones y fui placado como si fuera un principiante, pero, a pesar de todo, varios ojeadores me ofrecieron buenos tratos para distintas universidades. Ahora únicamente tenía que conseguir terminar los estudios y elegir adónde ir y qué hacer.

Cuando me acerqué a casa de la abuela, ahora vacía porque ella y mi madre estaban realizando un viaje, vi una vez más la figura tan temida por mí estos últimos años: mi querido padre, que nuevamente había venido a ver cómo estaba y lo que podía sacarme.

Observé cómo la fuerte figura de un hombre robusto de mediana edad bajó del oscuro porche hacia mí; su rostro enfurecido, muy parecido al mío, no mostraba alegría alguna al ver nuevamente a su progenie, y sus palabras fueron bruscas y amenazantes:

—Una vez más, a pesar de venir sin avisar, no encuentro a tu madre o a tu abuela en casa, sólo a ti.

—Se han ido de viaje —contesté intentando pasar de largo, algo que con él nunca funcionaba; sin previo aviso, me empujó contra la pared y, con su brazo apoyado fuertemente contra mi cuello, me retuvo allí sintiéndose superior mientras yo forcejeaba inútilmente tratando de zafarme de él y respirar con normalidad.

—¿No te parece extraño que después de tantos años de búsqueda, cuando hace unos meses por fin doy con el paradero de tu madre, ella nunca esté?

—Ella no quiere volver a verte y yo tampoco, ¿por qué no te marchas de una vez y nos dejas en paz? —contesté entrecortadamente intentando respirar.

Él me golpeó fuertemente con su puño en la cara y volvió a la carga con sus peticiones.

—¡Ella es mi mujer y no me marcharé de aquí sin Penélope! Aunque intentes protegerla, no podrás estar siempre a su lado. He oído que lo más seguro es que el año que viene te vayas a una buena universidad. Esas universidades siempre dan grandes becas. Tal vez si me dieras algo de dinero no tendría que venir a molestar a tu madre con mis problemas.

—Ah, por fin llegamos al centro de la cuestión: el dinero. ¿Cuánto tiempo más vas a seguir amenazándome?

—Todo el que quiera, ¡si no fuera por mí, tú no habrías nacido...!

—Y si no fuera por ti, mi madre sería una mujer feliz —interrumpí irónico ganándome un nuevo puñetazo.

Estaba resignado a recibir una nueva paliza de mi adorado padre cuando oí un golpe seco y, segundos después, fui libre. Miré atontado la escena que tenía ante mí sin poder terminar de creérmelo.

Mi padre, en el suelo, gemía semiinconsciente mientras era aporreado con un palo por un jugador de *hockey* del instituto que llevaba puesta una máscara parecida a la de *Viernes 13*, pero que portaba un lacito rosa.

Pensé que los golpes de mi padre habían comenzado a producirme una conmoción al presenciar una escena tan irreal, cuando escuché unos grititos asustados de mujer en el momento en que mi padre quedó inconsciente en el césped.

—¡Oh, no! ¡Lo he matado! ¡Mierda, lo he matado! Como vaya a la cárcel por ti... ¡No puedo ir a la cárcel por ti!

—¿Elisabeth? —pregunté confuso al reconocer sus chillidos histéricos.

Ella se quitó la máscara enfurecida porque no la había reconocido, ¡qué mona se ponía cuando se enfadaba!

—¡Se suponía que te tenía que dar un susto! Pero cuando vi cómo ese matón te golpeaba me enfadé: nadie que no sea yo puede vapulearte —declaró iracunda—. Pero ahora iré a la cárcel por matar a tu agresor y entonces no encontraré a un hombre especial, seguro que acabaré gorda y foca, y con tatuajes, y cuando salga de la cárcel seré vieja y fea, y terminaré casada con un hombre llamado Buba... ¡y todo será por tu culpa! —exclamó señalándome enojada después de finalizar su increíble historia.

¡Dios mío, qué imaginación!

Podía haberme deleitado un poco más con sus extravagantes historias, en las que planeaba cómo deshacerse del cadáver, si no fuera porque temía que en cualquier momento mi padre volviera a la consciencia y esta vez atacara a la inocente Elisabeth, así que sin más le expliqué por qué no podía cargar con mi padre hasta el lago y colocarle un bloque de cemento en los pies.

—Entonces cuando el cemento se seque... ¿Tardará mucho en secarse?... Bueno, da igual, cuando se seque...

—Elisabeth... —traté de interrumpirla.

—Espera a escuchar mi plan y luego discutimos sobre él, aunque mis planes siempre...

—Elisabeth... —lo intenté nuevamente.

—¿Qué quieres, Alan? ¡Estoy intentando salvarnos el cuello y tú no haces otra cosa que interrumpirme!

—Elisabeth, mi padre no está muerto, sólo inconsciente —le indiqué cuando me di cuenta de que comenzaba a moverse.

—¡¿Qué?! ¿Ese hombre horrendo es tu padre? —preguntó confusa.

—Por desgracia, sí —contesté avergonzado.

Entonces fue cuando ella hizo algo que me hizo reír a pesar de la paliza, del agotamiento y del día tan desastroso que llevaba. Ella golpeó nuevamente a mi padre dejándolo otra vez inconsciente y me comentó mirándolo con furia:

—Mi propuesta de deshacernos de él sigue en pie.

Nunca pensé que me sentaría en el porche de la casa de mi abuela junto a Elisabeth y que hablaríamos tranquilamente como dos amigos mientras bebíamos una cerveza.

Cuando éramos niños siempre nos hacíamos rabiar, y en la adolescencia seguíamos igual. Tal vez dentro de unos años maduraríamos y todo cambiaría.

Por mi parte había comenzado a ver a Elisabeth desde otra perspectiva después de ese maldito baile: aquel beso me había mantenido en vela más de una noche. Siempre soñaba con que llegábamos más allá de unos simples besos pero, cuando estaba a punto de acostarme con Doña Perfecta, me despertaba acalorado y sudoroso, deseando tenerla al lado para poner en práctica todo lo que había hecho en mis sueños.

Nunca me había molestado en pensar más de dos veces en una chica, siempre iba de una conquista a otra sin importarme nada, pero ella..., ella era diferente. ¿Qué tendría que hacer para conquistarla? Conociéndola como la conocía, lo principal era tener paciencia y esperar a que se olvidara de esa estúpida lista.

—¿Sabes? He pensado acerca de cómo podemos deshacernos de tu padre para que no te moleste nunca más —dijo Elisabeth interrumpiendo mis meditaciones mientras señalaba con la botella de cerveza a mi padre, quien permanecía inconsciente y atado con un gran lazo rojo ante la entrada de casa.

—Ya lo hemos hablado, Elisabeth, y no puedes matarlo —repuse harto de escuchar historias de películas malas de terror en las que los tontos universitarios se deshacían de un cuerpo que luego volvía para atormentarlos.

—No, creo que podemos quitárnoslo de encima sin matarlo —afirmó pensativa mientras daba vueltas alrededor de mi padre con ese brillo malévolo en los ojos que solamente yo conocía.

—Lo dudo, mi padre es como una sanguijuela cuando huele dinero y hasta que no exprima el último céntimo de mi beca universitaria no se despegará de mí —comenté dándole un nuevo trago a mi cerveza—. Por cierto, ¿qué es lo que querías hacer conmigo? —pregunté divertido señalando el gran lazo rojo que envolvía a mi padre.

—Nada demasiado terrible: sólo dejarte inconsciente, atarte y obligarte a ver todos y cada uno de los capítulos de la primera temporada de «Sexo en Nueva York».

—¡Joder! ¡Eso sí que es tortura, Elisabeth! —exclamé aterrorizado ante la perspectiva de ver una serie donde solamente salían mujeres hablando de zapatos y hombres.

—Lo sé —contestó con una sonrisa llena de satisfacción en los labios.

—Con respecto a tu padre... —añadió Elisabeth volviendo al ataque—. ¿Y si le hacemos creer que tu madre está saliendo con alguien al que él pueda llegar a temer?

—Mi padre siempre escapa de la ley y no la respeta en absoluto.

—Yo no pensaba en la policía. ¿Y si le hacemos creer que tu madre sale con alguien peligroso?

—Elisabeth, en este aburrido pueblo no hay nadie que se pueda tildar de peligroso.

—Pero sí hay muy buenos actores, ¿o es que acaso no recuerdas la obra de Navidad que yo dirigí en el acto de encendido del árbol?

—Sí —contesté sonriendo al imaginar lo que Doña Perfecta se traía entre manos—. Nunca vi una representación mejor de *El padrino* que la que tú hiciste.

—¡Pues entonces vamos! —me dijo tendiéndome la mano—. Aún hay mucho que hacer antes de actuar.

—¡Qué empiece la función! —solté antes de coger la mano de Elisabeth y unirme a su locura.

En cuanto Elisabeth Lowell cogió el teléfono y comenzó a llamar a los vecinos del pueblo que habían participado en la obra de Navidad, todos acudieron intrigados. Pero cuando se corrió la voz de que Alan Taylor también estaba implicado en la fechoría que planeaba Elisabeth, el pueblo entero se confabuló, pues ni uno solo de los habitantes de aquel lugar quería perderse lo que esa noche estaba ocurriendo en el granero del viejo Joe.

Todos recibieron un papel por parte de la perfecta directora de escena, ya fuera para hacer de mafioso, de víctima o de cadáver.

Y así fue como Mayson se encontró colgado de

un largo gancho del techo del granero, mientras era zarandeado por un hombre con medio rostro quemado y mirada amenazante que le gritaba:

—¡Eh, tú! ¡Sabandija! ¡Despierta! El jefe quiere hablar contigo, no le ha gustado nada que maltrates a uno de sus chicos.

Cuando Mayson se despertó, miró confuso lo que lo rodeaba.

Se hallaba en un granero, posiblemente abandonado. No muy lejos de él, un hombre robusto vestido con un elegante traje de Armani permanecía sentado en un sillón mirándolo fijamente. A su lado había dos jóvenes que vestían demasiado bien para ser simples muchachos del lugar. El viejo con la cara abrasada le hizo dar vueltas para que observara todo lo que lo rodeaba.

Mayson se mareó, pero pudo ver cómo una fila de hombres bien armados custodiaba la única vía de escape.

Se dispuso a preguntar bruscamente qué narices hacía él allí si minutos antes estaba hablando con su hijo. En ese momento, Alan entró por la puerta con una joven de su edad, más o menos amordazada y atada, con lágrimas en los ojos.

Por lo visto el chico se había cambiado de ropa después de la pelea y ahora lucía una cara y elegante chaqueta de cuero de color negro, sobre pantalones y camisa de marca y unas gafas de sol que lo hacían parecer mayor y más peligroso. Después de todo, su hijo sí tenía dinero.

—¡Serás cabrón! ¡Yo quedándome con tus migajas y tú despilfarrando el dinero! —le gritó Mayson a su hijo.

Alan lo miró despectivamente, como si fuera basura, e ignorándolo habló con el que parecía ser el jefe.

—Vittorio, ¿cuándo nos desharemos de él? Ya sabes que tiene que ser antes de que regrese mi madre.

—¿Cómo que deshacerse de mí? —preguntó Mayson confuso sin que su mente registrara aún dónde se había metido.

—No te preocupes, hijo, todo a su debido tiempo, resolvamos primero otros asuntos de mayor importancia —contestó el hombre con un leve tono italiano, apenas perceptible, en su voz.

Mayson, tras escuchar al mafioso, comenzó a pensar que su hijo no se traía nada bueno entre manos. Pero aún no suplicó, él no era de los que imploraban y su vástago era de los buenos, seguro que todo era un malentendido, pensó mientras miraba cómo la angelical rubia de ojos azules lloraba con desesperación y gritaba histérica tras su mordaza.

De repente, para su consternación, otros hombres entraron cargando a un individuo de mediana edad que había sido terriblemente golpeado. Lo pusieron de rodillas delante de Vittorio y lo hicieron besarle los pies. Cuando alzó el rostro, suplicó al mafioso mientras miraba a la rubita que cada vez gritaba más histérica.

—¡Por favor, le pagaré, señor Vittorio! ¡Le pagaré! No era mi intención retrasarme en el pago, pero, por lo que más quiera, ¡suelte a mi hija!

—Me he quedado con tu casa, ahora me quedaré con tu hija hasta que saldes tu deuda —concluyó el mafioso sin inmutarse ante la desesperación del hombre—. Llevadlo fuera y, si intenta volver a entrar, matadlo —sentenció el señor Vittorio mientras sus hombres se llevaban al otro a rastras.

Poco después de que la puerta se cerrase nuevamente, se oyeron gritos y forcejeos y finalmente unos fuertes disparos.

—Id a ayudarlos —ordenó Vittorio a los jóvenes que estaban junto a él, con rasgos similares a los suyos.

—Pero, padre, ¿y la chica? —protestó uno de ellos mirando con ojos lascivos a la pobre rubia.

—La chica no es para ti, es para mi nuevo hijo —contestó alegremente señalando a Alan—. Chico, disfruta de tu regalo por tan magnífico partido.

Mayson observó asombrado cómo su buen hijo, que siempre parecía asustado cuando él venía a verlo, se convertía en un cabrón despiadado delante de sus ojos.

Alan cargó con la chica al hombro hacia un lugar oscuro donde se escucharon gritos espantosos, insultos, forcejeos y desgarros de ropa.

Él era el único horrorizado en aquel lugar, todos los demás permanecían inmutables; entonces fue cuando comenzó a temer por su vida y a temblar como un animalillo asustado.

—¿Qué quiere de mí? —preguntó al mafioso un asustado Mayson.

—¿Yo? —preguntó Vittorio con inocencia—. Poca cosa, tan sólo que firmes los papeles del divorcio y dejes en paz a mi nueva esposa. Mi nuevo hijo, por el contrario, quiere tu sangre y a mí siempre me gusta tener contentos a mis chicos.

—¿Tú te vas a casar con Penélope? —preguntó Mayson confuso y asustado.

—Sí, ella me proporciona una buena posición en el pueblo, es muy dulce y nunca se entera de nada. Así que, ¿por qué no?

—¡Eres un mafioso! —aclaró aterrado Mayson.

—¿Tú crees? —contestó el hombre del rostro quemado entre carcajadas.

—¡Haré lo que tú quieras, pero, por favor, suéltame! —empezó a suplicar Mayson.

—Me das pena, así que firma los papeles y márchate —concedió Vittorio—, pero, como te vuelva a ver por este pueblo, mis hombres se encargarán de ti.

Los hombres del mafioso soltaron a Mayson, que tembloroso firmó los documentos. Cuando ya se dirigía a la salida, vio cómo la chica que había sido secuestrada, y seguramente violada, corría hacia la puerta pero sin llegar a obtener la libertad, porque su hijo sacó una pistola y delante de él la mató a sangre fría, luego lo apuntó con el arma y, mientras Mayson temblaba de miedo ante la perspectiva de una muerte segura, el mafioso cumplió su palabra ante sus asombrados ojos:

—Déjalo chico, no volverá a molestarte —ordenó firmemente Vittorio.

Los ojos fríos y furiosos de Alan miraron a su padre desde detrás de un arma, pero al final la bajó no sin antes advertirle:

—No vuelvas por aquí. ¡Jamás!

Mayson salió corriendo del lugar sin mirar atrás y, cuando lo perdieron de vista, la chica cadáver se levantó y felicitó a todo el mundo por una gran actuación.

Horas más tarde los habitantes de Whiterlande montaron una fiesta en el granero del viejo Joe, con cerveza y música, y, por supuesto, apuestas. Jeff apostó a que la tregua entre esos dos no duraría mucho; ninguno estuvo de acuerdo con él hasta que oyeron cómo la perfecta Elisabeth gritaba furiosa.

—¡Me tocaste una teta!

—Te juro que fue sin querer —dijo Alan levantando sus manos en señal de rendición—. Además, ricitos, yo no sabía que tuvieras de ésas.

—¡Idiota! —gritó Doña Perfecta antes de tirarle un zapato a Alan y salir cojeando de la reunión.

El bote, finalmente, fue para Jeff.

Capítulo 5

Cuando Alan se fue a la universidad todos en Whiterlande pensaron que la vida volvería a ser igual de monótona que antes; Elisabeth se transformó de nuevo en Doña Perfecta y ya nadie conseguía alterarla. Todo el año transcurría pacíficamente hasta que llegaban las vacaciones, porque, cuando Alan retornaba a casa, la guerra entre los dos continuaba como si el tiempo no hubiera pasado.

La larga tregua que dictaba la distancia se acababa en cuanto volvían a verse de nuevo, y mientras Alan saludaba a su vecina con un «hola, larguirucha, ¿te han crecido ya los melones?», ella respondía «idiota descerebrado» mientras le arrojaba un zapato a la cabeza.

En ese preciso momento era cuando los habitantes del pueblo volvían a apostar sobre si Elisabeth osaría tener pareja cuando Alan regresara, pareja que desaparecería extrañamente, o sobre si a Alan se le ocurriría traer a una chica con él cuando regresaba al pueblo, chica que lo abandonaba en pocos días.

Así, las apuestas de vacaciones pasaron a tratar sobre cuánto tiempo tardarían en espantar a la pareja del otro y cuál sería el primero en conseguirlo.

El primer año ganó Alan tras aterrorizar al admirador de Elisabeth haciéndole creer que él era realmente un loco homicida que ya se había deshecho de varios de sus anteriores novios. El hacha y la sangre de pega fueron motivos muy convincentes para que el joven Nolan saliera corriendo de la vida de Elisabeth sin volver la vista atrás.

El segundo año fue sin duda el mejor, pues todos celebraron que Elisabeth venciera.

Cuando Alan tenía veinte años y Elisabeth apenas había cumplido los dieciocho, en las vacaciones de verano una rubia exuberante acompañó al Salvaje a Whiterlande. El odio fue mutuo: en cuanto Marjorie pisó el pueblo, lo odió con toda su alma, y en cuanto los lugareños la conocieron a ella, la detestaron profundamente.

Se trataba de una joven mimada y egoísta que se quejaba por todo, que no pedía sino que exigía, y que pretendía que todos estuvieran pendientes de ella. Sólo duró en el pueblo seis horas, y eso porque Doña Perfecta estaba fuera haciendo unos recados para la obra de teatro del festival de verano.

Cuando Elisabeth aparcó su destartalado coche de tercera mano junto al bar de Zoe, apenas prestó atención a la rubia pechugona vestida con pésimo gusto y escasa indumentaria, a la que todos miraban con odio, y que se hallaba en esos instantes hablando por su móvil de última generación con una amiga.

Pero cuando pasó por su lado y la oyó nombrar a Alan, puso sus cinco sentidos en espiar la conversación que mantenía mientras andaba muy lentamente hacia la entrada del bar.

—Sí, Anna, sólo tengo que decirle que estoy embarazada y, como educado caballero que es, seguro que lo pesco. Alan Taylor tiene una carrera prometedora como jugador. Si lo engancho ahora, no tendré que competir con las demás busconas... —Tras una pausa continuó—: Por supuesto que no estoy embarazada, meses después de la boda le diré que he perdido al bebé y asunto zanjado...

Elisabeth había escuchado lo suficiente como para saber que en menos de una hora esa rubia saldría corriendo del pueblo, o incluso menos, si se daba prisa. Cuando Elisabeth hubo repartido los folletos para la función de teatro de ese año por todo el pueblo, buscó a Timmy, un precioso niño de cuatro años que actuaría ese verano por primera vez.

Mientras lo llevaba a tomar un helado con el permiso de su madre, quien se encontraba en esos momentos en el bar de Zoe mirando algo de una pizarra, le comentaba al pequeño lo importante que era su papel en la obra.

—Verás, Timmy, tú serás el hijo, por lo que vamos a ensayar y si lo haces bien te compro un helado de tres bolas.

—¡Jo, tres bolas! —exclamó excitado el crío—, mamá sólo me deja comer dos. ¡Qué guay!

Los hombres eran muy previsibles a cualquier

edad: «cuanto más grande, mejor», pensó Elisabeth antes de toparse con la feliz pareja en mitad de la calle.

—Mira, ahí está tu padre, ¡a actuar! —animó Elisabeth al niño mientras señalaba a Alan con el dedo.

Y Timmy, la mar de inspirado, corrió hacia Alan y agarrándose a su pierna comenzó a sollozar y a gritar a pleno pulmón:

—¡Papá! ¿Por qué me abandonaste? ¿Fue porque fui malo? ¡Papá, vuelve, no me dejes solo otra vez...!

Alan miraba asombrado al chiquillo que se agarraba a su pierna sin saber qué hacer, ni por qué le decía esas cosas, hasta que apareció Elisabeth en escena.

—¡Vámonos, Timmy, tu padre no quiere saber nada de ti! —exclamó enfurecida mientras separaba al reticente niño de la pierna de Alan, y continuó—: ¡No has tenido la decencia siquiera de llamar preguntando por él! ¡No me has pasado ni un centavo mientras cuidaba de tu hijo! ¡Te casaste conmigo por nuestro hijo, pero en cuanto tuviste la oportunidad de marcharte de este pueblo no miraste atrás! ¡Y ahora vienes con esta fulana y te paseas con ella por todo el lugar! ¡Te juro que cuando ganes el más mísero centavo te lo voy a quitar todo! —gritaba Elisabeth a la cara de Alan dejándolo mudo de asombro, quien, como no supo qué decir, simplemente guardó silencio.

Elisabeth se fue con paso enfurecido a la vez que el niño era arrastrado por la calle mientras no dejaba de gritar:

—¡Papá, te quiero, no me dejes!

En cuanto los dos entraron en la heladería de la señora Pick, sus rostros se tornaron sonrientes mientras se tomaban sus helados junto a la ventana a observar el espectáculo. La señora Pick, por primera vez en años, también se sentó y dejó de trabajar.

—¡Te juro, Marjorie, que no estoy casado ni tengo un hijo! Ésa era mi vecina la loca, que siempre que tiene oportunidad me fastidia con alguna de sus bromas. Pregunta a cualquiera del pueblo y verás —rogó Alan a su enfadada novia, que estaba dispuesta marcharse en ese mismo instante con el coche que habían alquilado.

—Mira, ya verás —repitió Alan mientras paraba al señor Philips y le preguntaba—: ¿A que no estoy casado y no tengo ningún hijo, señor Philips?

La respuesta que recibió no fue la que esperaba y, ante una asombrada Marjorie, el señor Philips contestó:

—Claro que estás casado, Alan, con Elisabeth, y tienes un hijo de cuatro años que se llama Timmy.

Marjorie, encolerizada, le pegó una sonora bofetada a Alan, cogió las llaves del coche y se marchó dejando tras de sí una gran humareda entre el chirriar de las ruedas.

Alan, asombrado, se volvió hacia el señor Philips y le preguntó:

—¿Por qué ha dicho eso, señor Philips?

—Porque este año en la función de teatro te toca ser el marido de Elisabeth y el padre de Timmy, y como a Elisabeth no le quedaban folletos nos pidió que te lo dijéramos en cuanto te viéramos —aclaró el señor Philips tendiéndole un folleto.

—¡Oh, ésta me la pagas, Doña Perfecta! —murmuró Alan mientras estrujaba el folleto.

Whiterlande estuvo pendiente durante días de la posible revancha de Alan, pero ésta nunca llegó y todos se preguntaron por qué...

Alan se hallaba agachado junto al desvencijado coche de Elisabeth, que estaba aparcado descuidadamente en la entrada, dispuesto a desmontarlo pieza por pieza cuando oyó en mitad del silencio de la noche cómo Doña Perfecta se sentaba en el porche de su casa con un refresco en la mano. Su hermano Josh no tardó en reunirse con ella, enfurecido.

—¡Lo que le has hecho a Alan no tiene nombre! ¡Nunca jamás volverá a ver a esa chica! ¡Si tenía alguna posibilidad de tener una relación seria con ella, tú la has destrozado!

—Créeme, Josh, esa chica no le convenía —respondió Elisabeth muy convencida.

—Tú no eres la más indicada para decir lo que le conviene o no.

—Todo el pueblo la detestaba, era mimada, ególatra y oportunista...

—¡Pero a quien le tiene que gustar es a Alan, no al pueblo!

—Entonces, según tú, me tengo que quedar de brazos cruzados mientras Alan comete el peor error de su vida —indicó enfadada.

—Dame una sola razón por la que no debo traer a Marjorie de vuelta y explicárselo todo —pidió Josh muy convencido de que no habría ninguna que fuera de su agrado.

—Oí una conversación de móvil que Marjorie sostenía con una amiga...

—Y por unas palabras fuera de contexto en las que decía algo que no te gustó la has echado del pueblo... ¡Vamos! ¡Dime qué era eso tan terrible que le contaba a su amiga! —solicitó Josh a la espera de demostrar que él tenía razón.

—Casi nada: Marjorie le explicaba a su amiga que iba a atrapar a Alan con un embarazo ficticio, ya que era un jugador prometedor al que debía conseguir cazar ahora, antes de que otras se le adelantasen —contestó Elisabeth orgullosa al ver cómo la cara de su hermano cambiaba de la satisfacción al horror.

—¡Por Dios! ¿Es eso cierto, Elisabeth? —quiso saber Josh, asombrado.

—Tú ya sabes que siempre te he dicho la verdad cuando me has preguntado sobre las gamberradas que le hago a Alan.

—Entonces tienes que contárselo, Elisabeth. Tienes que decírselo antes de que él se tome la revancha.

—¿Para qué?, ¿para que no me crea?, ¿para que dude de si es otra trastada más de las mías o no? No, no pienso decirle que esa mujer iba sólo por su dinero. Eso le haría daño y yo no soy tan cruel. Además, es muy poco imaginativo a la hora de vengarse. Lo más probable es que la tome con mi coche, al que le quedan ya dos telediarios —repuso Elisabeth antes de desear a su hermano las buenas noches y dirigirse hacia el interior de la casa.

—Elisabeth —llamó Josh haciendo que su hermana detuviera sus repentinas prisas por marcharse a su habitación—. ¿Tú odias a Alan o lo quieres?

Elisabeth se rio de su hermano antes de contestar.

—Digamos simplemente que no es el más adecuado para mi lista.

Cuando Josh se quedó solo en el porche, se preguntó pensativo en voz alta:

—¿Qué habrá querido decir con eso?

No esperaba respuesta alguna, por eso se sobresaltó al escuchar la voz de su amigo gruñir detrás del coche de Elisabeth.

—¡Maldita lista de las narices!

—Alan, ¿eres tú? —preguntó Josh a la espera de que su amigo se diera a conocer, y así fue: Alan salió de su escondite tras el vehículo.

—Lo has oído todo, ¿verdad? —quiso saber Josh a la espera de una confirmación.

—Sí, desde el principio hasta el final.

—Entonces, ¿qué vas a hacer?

—Antes que nada, arreglar la tartana de tu hermana, y después mejorarla. Tiene las ruedas flojas, los limpiacristales rotos y las ventanas...

—No me refería a eso —señaló descontento Josh ante la respuesta de su amigo.

—Ya lo sé —repuso Alan antes de volver hacia su casa en busca de más herramientas.

Días después de que Elisabeth echara a Marjorie del pueblo, Doña Perfecta cogía la cogorza más grande de su vida en la fiesta que celebraba su amiga Amanda en casa de sus padres, aprovechando que éstos estaban fuera.

Thomas, el chico con el que Doña Perfecta salía ese año, que era nuevo en el pueblo y aún no había oído hablar de Alan Taylor, animó a una enfadada Elisabeth a beber todo lo que se le pusiera por delante y ella, molesta al ver cómo Alan bailaba una canción lenta apretujado entre dos rubias tetonas, aceptó.

En cuanto Alan vio el lamentable estado en el que se encontraba su vecina, ante la mirada asombrada de todos, le dio una paliza a Thomas hasta dejarlo medio inconsciente y luego lo tiró a la piscina.

A Elisabeth simplemente se la cargó al hombro, le arrebató las llaves del coche y se dispuso a llevarla a casa.

Fue bastante molesto conducir junto a una rubia preciosa que lamentablemente cantaba como el demonio y cuyo repertorio se limitaba a gritar una y otra vez el estribillo de una estúpida canción de campamento.

Alan intentó poner la radio del coche, pero, en cuanto subía el volumen para acallar sus berridos, ella gritaba más fuerte para hacerse oír, así que finalmente lo dejó por imposible y apagó la radio.

Cuando llegó a casa de Elisabeth, vio las luces del salón aún encendidas, por lo que aparcó en su entrada para que el señor Lowell no los viera y decidió cargar con ella hacia el interior de su casa, en la que por suerte no había nadie ya que su madre y su abuela se habían marchado a pasar la noche con una amiga enferma.

Se la echó al hombro como si de un saco de patatas se tratase, rogando para que en esa postura pusiera fin a sus berridos. Pero no tuvo suerte, así que le dio un golpecito en el trasero mientras le advertía:

—Como no te calles, todo el pueblo se va a enterar de que estás borracha, incluido tu adorable padre.

El silencio se hizo y por fin Alan pudo llamar por teléfono con la mano que le quedaba libre a su amigo Dan, que seguramente estaría muerto de preocupación por su querida hermana Doña Perfecta.

—Aquí al habla el semental —contestó Dan entre alguna que otra risa femenina.

—Semental, ¿sabes dónde está tu queridísima hermana? —preguntó Alan furioso ante la despreocupación de su amigo.

—Pues creo que en estos instantes la tendrás encima de uno de tus hombros colgada como un trasto cualquiera. Antes te vi salir de esa manera tan elegante de la fiesta. ¡Hola, hermanita! —gritó Dan felizmente a la espera de la contestación de Elisabeth.

—Hola, Dan, Alan me ha secuestrado —contestó ella alegremente desde el hombro de su vecino.

—¡Tú calla! —regañó Alan a su carga, mientras le golpeaba nuevamente el trasero y seguía con su conversación—. No la he secuestrado, está como una cuba gracias a su querido amiguito, que le ha metido por el gaznate todo lo que tuviera un mínimo grado de alcohol. No me atrevo a llevarla a tu casa, pues tu padre la está esperando en el salón y no creo que pueda meterla en su habitación sin que nos pillen y le echen la bronca.

—Pues déjala en el porche con una nota —bromeó Dan con un hombre que en esos momentos carecía de cualquier sentido del humor.

—¡A ti sí que te voy a dejar en el porche, pero con una nota metida por el cu...!

—¡Vale, vale, era broma! ¿Por qué no te la quedas esta noche en tu casa y yo llamo a papá y le digo que se ha quedado a dormir con Amanda?

—¿Me estás confiando a tu hermana? —preguntó Alan asombrado.

—Seamos realistas: tú la cuidas más que nosotros cuando estás aquí y, como os lleváis como el perro y el gato, dudo mucho que os dé por enrollaros o algo parecido, así que en definitiva está a salvo de tus encantos de seductor.

—Pero, Dan, tu hermana está bo...

—Buenas noches, Alan. Te dejo. Has abandonado aquí a unas rubias muy bonitas y solas a las que yo tengo que contentar —comentó Dan rápidamente antes de colgar el teléfono sin darle tiempo a Alan a contarle que algunas personas estando borrachas actuaban como nunca lo harían sobrias.

«Bueno, espero que Doña Perfecta no sea de ésas», pensó Alan mientras la subía hacia su habitación resignado a cargar con ella.

Definitivamente, Elisabeth no era como las demás: era peor.

Cuando Alan la tumbó en su cama, ella comenzó a retozar como una gatita. Alan miró embobado como una preciosa rubia de largas piernas y ataviada con un minúsculo vestido negro se movía insinuantemente hacia él. El vestido negro carecía de mangas, por lo que sólo sus preciosos y firmes pechos lo retenían en su sitio, y él se preguntó una vez más si llevaría sujetador.

A cada movimiento que Elisabeth hacía, el vestido se alzaba un poco más por la parte inferior, mostrando sus largas piernas.

Alan estaba paralizado, aguantando el deseo de arrancarle el vestido y hacerla suya en la cama, en el suelo, en el baño, contra la pared..., con su Elisabeth cualquier sitio imaginable era posible.

Ella gateó por la cama hasta que estuvo frente a él con mirada lujuriosa.

Se alzó poniéndose de rodillas y le dijo con una voz sensual:

—¿Quieres saber si me han crecido los melones? —Tras esta pregunta se bajó la parte de arriba del vestido y puso los pechos directamente en la cara de Alan.

El poco autocontrol que había tenido hasta ese momento se esfumó cuando vio ante sí esos perfectos senos, que no eran ni muy grandes ni muy pequeños, con sus rosados pezones erectos y excitados a la espera de sus caricias, de sus besos, de su lengua...

—Mañana te vas a arrepentir de esto... —dijo Alan como último recurso para hacerla entrar en razón.

La respuesta de ella fue acariciarse los pechos con una mano mientras la otra bajaba hacia sus minúsculas braguitas negras, que empezaban a asomar debajo del vestido.

—Pero yo pienso recordar cada instante... —comentó Alan en voz alta diciéndole adiós a su autocontrol.

Alan hundió la cabeza entre sus pechos a la vez que la recostaba en la cama. Elisabeth agarró sus negros cabellos acercándolo más a ella y él le dio lo que su cuerpo pedía.

Alan se deleitó con sus turgentes senos, besándolos con pasión, acariciándolos con deseo. Sus dedos juguetearon con uno de sus pezones, pellizcándolo, haciéndola arquearse de necesidad y frotarse contra la dura erección de sus pantalones. Su boca estaba ocupada succionando y mordisqueando el otro pecho, volviéndola loca de deseo en el proceso.

Alan le quitó el vestido sin que ella apenas se diera cuenta. Elisabeth abrió las piernas para rozarse libremente contra la poderosa erección de Alan, y sus manos forcejearon con la camisa para poder acariciar el musculoso pecho que tantas veces había observado en el campo de futbol.

Alan no dejó de besar su ardiente cuerpo mientras la ayudaba en sus intentos por librarse de su camisa. Elisabeth gritó extasiada cuando por fin pudo acariciar su fuerte pecho, pero él no le dejó mucho tiempo para deleitarse con ello, pues agarró las manos de ella con una de las suyas y las retuvo por encima de su cabeza mientras seguía su camino de besos hacia sus braguitas.

Con su mano libre, Alan se las arrancó de un tirón y acarició su húmeda entrepierna, mientras ella desvergonzadamente se frotaba contra su mano. Su boca descendió por el ombligo, lamiendo, besando, pasó por su cadera, y finalmente soltó sus manos prisioneras para poder coger el trasero de Elisabeth firmemente y alzarlo mientras su boca devoraba su húmedo interior haciéndola gritar una y otra vez su nombre.

Elisabeth agarró con fuerza las sábanas mientras su cuerpo se contorsionaba contra la boca de Alan pidiendo la liberación. La lengua de Alan jugó, succionó y excitó hasta el límite su joven cuerpo, y cuando estaba cerca del orgasmo paró para volver a empezar, haciéndola suplicar una y otra vez que pusiera fin a su tortura.

Elisabeth finalmente recibió lo que tanto ansiaba cuando, además de la lengua, Alan introdujo despacio un dedo en su interior, haciéndolo entrar y salir simulando lo que sería la unión de sus cuerpos.

Elisabeth se arqueó, tembló y gritó su nombre durante el orgasmo.

Alan se separó de ella por unos instantes y se deshizo rápidamente del resto de su ropa.

Ella miró asustada su enorme erección y él supo en ese instante que no podía seguir adelante.

—¿Eres virgen? —preguntó temiendo la respuesta.

—Sí —contestó Elisabeth sonrojada—. ¡Pero te quiero dentro de mí, ya! —añadió totalmente decidida.

—Elisabeth, no puedes querer que tu primera vez sea conmigo, borracha y aturdida. Tu primera vez debes recordarla como algo especial. ¡Joder! No quiero sentirme como un cabrón cuando te despiertes mañana y veas que te he robado la virginidad, no quiero que me culpes y me hagas sentir como una mierda, yo...

Alan se interrumpió cuando Elisabeth comenzó a acariciar su rígido miembro con una delicadeza e inexperiencia que lo hacía enloquecer.

—Bueno, ¿entonces me estás diciendo que no te acostarás conmigo hoy porque estoy borracha, o que no te acostarás nunca conmigo porque soy virgen?

Alan la miró con la decisión de un hombre enamorado y le prometió:

—Siempre que tenga oportunidad, ricitos, me voy a acostar contigo, pero nunca me aprovecharé de ti.

—Entonces, ¿qué hacemos ahora? —preguntó ladinamente cogiendo con fuerza su miembro con la mano mientras la movía despacio hacia arriba y hacia abajo.

Alan gimió mientras respondía entrecortadamente:

—Yo... darme... una ducha... de agua fría, y tú...

—Tengo una idea mejor —interrumpió Elisabeth excitada, y seguidamente se introdujo el miembro de Alan en la boca y comenzó a lamerlo y succionarlo llevándolo al límite.

—Definitivamente tu idea es mucho mejor... —gimió Alan dejando de resistirse y agarrando fuertemente sus rubios rizos mientras guiaba su inexperta boca hacia su polla y movía violentamente sus caderas una y otra vez en busca de su éxtasis.

Aunque Elisabeth no dejó de ser virgen esa noche, sí hicieron muchas cosas de las que a la mañana siguiente podía llegar a arrepentirse.

Mucho más tarde ambos amantes durmieron desnudos y felices: Alan decidido a volver a tenerla en sus brazos, y Elisabeth resuelta a poner en su lista: «10. Que sea el mejor amante del mundo».

Capítulo 6

El día que juré no beber nada que contuviera una sola gota de alcohol me desperté con una sonrisa en los labios y el cuerpo lánguido y satisfecho.

Un poco confusa al notar sobre mi cintura un fuerte brazo masculino, abrí los ojos y me di cuenta de que no estaba en mi habitación, sino en una muy varonil, con pósteres de chicas en biquini y banderas de equipos de fútbol que adornaban las paredes mientras el suelo era un caos de ropa revuelta.

Miré bajo las sábanas que envolvían mi cuerpo y comprobé que estaba desnuda.

Me entró el pánico cuando a mis espaldas oí unos suaves ronquidos. Poco a poco tomé aire y me concentré en recordar lo que había sucedido la noche anterior, para saber con quién narices me había acostado antes de llevarme el susto de mi vida al verlo.

Bien, la noche había comenzado con Thomas Walter. Habíamos bailado abrazados y haciéndonos arrumacos hasta que tropezamos con el detestable de Alan, que bailaba entre dos pechugonas lascivas. Entonces, sin saber por qué, me sentí furiosa y comencé a beber como un cosaco.

Si la noche había comenzado con Thomas, lo más seguro es que fuera Thomas con el que me había acostado, así que me daría la vuelta, le desearía buenos días, le explicaría que estaba demasiado borracha como para recordar nada y seguiríamos con la relación de amigos, tal vez como algo más si llegaba a recordar si la noche había sido satisfactoria o no.

«Pero..., un momento», objetó mi mente confusa; recordaba a un Thomas apaleado y arrojado a la piscina, y haber sido cargada al hombro por un cavernícola. También recordaba una conversación que mi hermano Dan mantuvo con el cavernícola y después... ¡Oh, no! ¡Oh, no! ¡Mierda, me había acostado con Alan y había sido plenamente satisfactorio!

Me volví cuando escuché la voz que confirmaba mis sospechas dispuesta a gritar, pero me quedé muda cuando vi su torso desnudo y su sonrisa de satisfacción en los labios mientras repetía alegremente:

—Buenos días, ricitos.

Alan sonreía sin dar crédito a que Elisabeth estuviera aún en su cama. Pensó en repetir lo sucedido la noche anterior, pero por su bonita cara de espanto sospechaba que, si intentaba ponerle una mano encima, acabaría manco de un mordisco.

Ella lo miró confusa, como en estado de *shock*.

Cuando él le dio los buenos días, ella se levantó llevándose la sábana consigo enrollada en su cuerpo, y mientras recogía su ropa del suelo, se lamentaba una y otra vez en voz alta:

—¿Qué he hecho?, ¿qué he hecho?

Alan se apresuró a ponerse los pantalones e intentó hablar con ella antes de que se encerrara en el baño de su habitación, pero llegó tarde y definitivamente su conversación fue con la puerta.

—Elisabeth, no nos acostamos —dijo Alan pensando que la calmaría.

—¿Y entonces por qué estoy desnuda? —quiso aclarar en tono acusador.

—Porque hicimos otras cosas... —intentó explicar Alan.

—¡Qué!, ¿qué cosas? —preguntó histérica desde el baño—. No, no me lo cuentes, prefiero no saberlo. ¿Cómo pudiste seducirme, Alan? ¡Estaba borracha!

—Elisabeth, yo no comencé la seducción: fuiste tú, y yo traté de resistirme, pero no soy de piedra, ¿sabes?

—Ya claro, a ver, ¿qué fue eso que hice que te tentó tanto como para que tú, todo un hombre, no pudieras resistirte a mí? —quiso saber Elisabeth mientras salía del baño totalmente vestida en busca de sus zapatos.

—Me pusiste tus pechos desnudos delante de la cara y comenzaste a sobártelos mientras tu otra mano iba...

Elisabeth puso su mano en la boca de Alan para acallarlo y le dijo amenazadoramente:

—¡Ni una palabra más! —Después retiró la mano, no antes de que Alan le diera un rápido beso en ella.

—¿Qué hicimos? Y sin detalles, por favor —especificó Elisabeth mientras se ponía sus zapatos antes de que Alan comenzara con su relato.

—Bueno, excepto la penetración, porque me negué al darme cuenta de que eras virgen, de todo —explicó Alan sintiéndose culpable.

—¿Y se puede saber cómo supiste que era virgen? —preguntó Elisabeth curiosa y espantada.

—¡Tú me lo dijiste! —exclamó Alan—, yo iba a darme una ducha de agua fría y a dejarte sola cuando tú...

—¿Cuando yo qué? —preguntó Elisabeth histérica.

—Te la metiste en la boca y yo no pude pensar.

—¿Qué me metí en la boca? —preguntó confusa hasta que Alan le señalo su entrepierna nuevamente excitada por la conversación.

—¡Oh, no! ¡Oh, no! ¡Dime que no te hice lo que creo que te hice!

—Varias veces a lo largo de la noche —contestó Alan con una sonrisa de satisfacción.

Elisabeth, decidida, caminó hasta ponerse a su altura, algo un poco difícil ya que Alan, con su metro ochenta largo, le sacaba una cabeza, y mirándolo directamente a los ojos le aclaró la situación:

—Tú y yo nunca hemos pasado la noche juntos, tú y yo nunca hemos hecho todo lo que según tú hicimos, y tú y yo nunca volveremos hacer nada de eso —dijo mientras señalaba las sábanas revueltas.

Alan la miró con determinación y agarrándola

fuertemente contra su cuerpo la besó hasta dejarla lo bastante aturdida como para que lo escuchara.

—Tú y yo hemos pasado juntos una noche maravillosa, tú y yo hemos hecho todo lo que recuerdas y más, y tú y yo volveremos a acostarnos cuando estés sobria y no tengas duda alguna de lo que estamos haciendo.

—¡Ni en tus sueños! —contestó Elisabeth acercándose a su boca y tentándolo con ella.

—Ya lo veremos, ricitos, ya lo veremos —contestó Alan dejándola marchar.

Elisabeth bajó las escaleras de casa de los Taylor corriendo hacia la salida, rezando para que nadie la viera salir de ese lugar a esas horas y con ese aspecto.

Cuando abrió bruscamente la puerta encontró ante sí a su hermano Dan, igual de descompuesto que ella, que se disponía a llamar al timbre.

—¿Qué haces aquí? —preguntó Elisabeth avergonzada.

—He venido a recogerte. Por lo que veo ya has dormido la mona.

—¡Elisabeth! —gritó Alan, que había bajado las escaleras tras ella; se detuvo bruscamente al ver a su amigo y con una sonrisa retadora le advirtió—: La próxima vez te haré suplicar.

Elisabeth respondió cerrando la puerta tras de sí con un tremendo portazo.

—Ya estáis otra vez peleándoos, ¡ni que fuerais novios! —se quejó Dan tras ver el comportamiento de ambos.

—¡Oh, cállate, Dan! —gritó Elisabeth volviéndose hacia su hermano.

«Si las miradas matasen, yo ya estaría fulminado en el suelo», pensó Dan mientras se dirigía a casa preguntándose qué habría pasado esta vez entre esos dos.

Esa misma tarde Alan recibía un regalo de John Lowell.

Josh aparcó ante su casa una destartalada furgoneta negra y, cuando él bajó a recibirlo, le lanzó las llaves, que Alan cogió al vuelo.

—Es tuya —indicó Josh señalándole la furgoneta a su amigo.

—¿Y esto por qué? —preguntó Alan confuso.

—No lo sé, mi padre dijo que antes de llevarla al desguace prefería dársela a alguien y me sugirió que te la diera, así que aquí la tienes. Lo raro es que la furgoneta tiene un aspecto horrible por fuera, pero por dentro está en perfecto estado, no sé por qué papá quería deshacerse de ella —comentó Josh en voz alta, pensativo—. En fin, es tuya, si la quieres, claro.

—Dale las gracias de mi parte a tu padre. Me viene muy bien para los viajes de ida y vuelta a la universidad —respondió Alan agradecido y dispuesto a empezar los arreglos de su nuevo vehículo en ese mismo instante.

Alan estuvo varios días reparando la furgoneta sin saber por qué el señor Lowell se la había regalado, hasta que haciendo limpieza encontró una nota en un sobre que decía: «Gracias por hacer que mi hija odie la bebida».

¡Qué narices le habría contado Elisabeth a su

padre! Seguro que la verdad no, o John Lowell le hubiese regalado una bala de su rifle en vez de un coche.

Entre la listita de Doña Perfecta y las tarjetas de su padre lo iban a volver loco, sobre todo después de que ella pasara varios días ignorándolo y saliendo con el impresentable de Thomas. «¿Cuántos huesos tendría que partirle a ese idiota para alejarlo de Elisabeth?», pensó furioso mientras arreglaba las abolladuras de su nueva furgoneta a golpe de martillo.

El día del desfile de los fundadores, que se celebraba poco antes de que finalizaran las vacaciones de verano, todo Whiterlande se asombró ante la aportación que Alan Taylor y Elisabeth Lowell hicieron a una de las carrozas con un adorno un tanto peculiar.

Todo comenzó el día en el que Elisabeth quiso ir a la colina con Thomas.

La colina era un lugar desde donde se podían observar las mejores vistas del pueblo, pero que realmente servía para que los jóvenes aparcaran sus coches allí y se dedicaran a explorar su sexualidad.

Alan llegó a casa de los Lowell para devolverle unas herramientas a su amigo Josh e intentar una vez más hablar con Elisabeth. Mientras esperaba en el salón una limonada que la señora Lowell amablemente se había ofrecido a servirle, oyó una conversación que su amigo Dan, ajeno a su presencia, mantenía por teléfono.

—¿Cómo está Amanda? —preguntó Dan preocupado a su interlocutor—. Todavía no me puedo creer que algún estúpido metiera algo en su bebida... ¿Sabes lo que era? ¡Una droga excitante! ¿Y tú cómo lo sabes? —interrogó con curiosidad—. Menos mal que la encontraste tú, amigo —comentó Dan entre carcajadas nerviosas—, que si llega a ser otro... ¿De quién sospecháis? —indagó Dan preocupado—. ¡No me jodas! ¡Ese tío está saliendo con mi hermana...! —Tras una pausa, exclamó—: ¡¿Que has oído qué?! ¡Mi hermana y ese idiota en la colina...!

Dan se volvió bruscamente al oír un fuerte portazo de la puerta principal dejando de prestar atención a su amigo, quien le seguía hablando por el teléfono.

La señora Lowell entró en el salón extrañada ante la ausencia de su invitado y preguntó a su hijo por éste.

—Dan, ¿y Alan? Estaba aquí hace unos momentos.

Dan sonrió y contestó a su madre mientras se apropiaba de la limonada:

—Ha tenido que irse rápidamente a hacer un recado de última hora.

—¿Y cuál es ese recado tan importante, que ni siquiera le ha dado tiempo a despedirse?

—Matar a un cerdo, mamá —contestó Dan entre carcajadas.

—¡Hijo, tú y tus bromas! Nunca las entenderé —refunfuñó la señora Lowell mientras se dirigía nuevamente a la cocina.

Tras ver que su madre había desaparecido del

salón, Dan corrió nuevamente hacia el teléfono a través del que su amigo gritaba preocupado por lo que podía pasarle a Elisabeth. Tras unas breves palabras, Dan consiguió calmarlo y hacerlo sonreír:

—Tranquilo, Alan acaba de salir a por mi hermana... Sí, tienes razón, no nos dejará nada para nosotros. Ese chico no sabe dónde se ha metido.

Alan corrió como si su vida dependiera de ello.

¡Como ese estúpido le pusiera un solo dedo encima a Elisabeth era hombre muerto! Mientras conducía sólo podía pensar en qué hueso del cuerpo le rompería primero. Estaba indeciso entre empezar por reventarle la cara o romperle todos los huesos de la mano cuando lo encontró en su deportivo descapotable de último modelo intentando besar a su Elisabeth.

«Definitivamente, la cara», pensó antes de sacarlo del coche y comenzar a golpearlo con todas sus fuerzas llevado por los celos de que Elisabeth lo hubiera elegido a él y la furia de saber lo que ese idiota podía haber hecho con ella el día de la fiesta.

Elisabeth estaba harta de ese idiota Neanderthal que no hacía otra cosa que estropearle las citas. ¿Quién narices se creía que era Alan Taylor para meterse en su vida amorosa? Que hubieran pasado una noche juntos no le daba derecho alguno sobre ella, había pasado el suficiente tiempo evitándolo como para dejarle claro que esa noche no había significado nada.

Aunque, por desgracia, a lo largo de los días ella había recordado todo lo que habían hecho, sin terminar de creerse que hubiera podido llegar a comportarse de esa manera entre los brazos del vecino, unos brazos fuertes, musculosos, potentes, que desearía volver a lamer... ¡Mierda! Ya estaba desvariando de nuevo, y es que cada vez que volvía a verlo o a pensar en él, tenía pensamientos pecaminosos sobre su persona, y eso no era nada bueno para ella, sobre todo porque el vecino no concordaba para nada con su perfecto príncipe azul.

En fin, si Thomas no podía darle su merecido al salvaje de su vecino, tendría que dárselo ella, pensó mientras se arremangaba dispuesta a parar la pelea.

Alan notó un extraño peso en su espalda que no paraba de golpearlo mientras una conocida voz de mujer histérica le gritaba al oído:

—¡Suéltalo, bruto, que lo vas a matar!

Alan, preocupado porque Elisabeth saliera dañada por meterse en medio, se alejó de la masa llena de moratones que era Thomas y se descolgó a Elisabeth de la espalda mientras intentaba razonar con una fiera que no hacía otra cosa que golpearlo a él y a su orgullo, una y otra vez.

—Elisabeth, ¡él no es bueno para ti, es un cerdo!

—¡Porque tú lo digas! ¿Acaso tú eres mejor que él, presuntuoso arrogante?

—¡Yo nunca drogaría a una chica para estar con ella! —declaró Alan apoyándola junto al coche y mirándola fijamente cuando por fin logró separarla de su magullada espalda.

—¿Qué estás diciendo? —preguntó Elisabeth confusa.

—Hoy he ido a tu casa para intentar hablar nuevamente contigo sobre nosotros...

—¡No hay ningún nosotros! —interrumpió Elisabeth reprendiéndolo con la mirada.

—Eso ya lo veremos. En fin, he oído una conversación muy interesante que mantenía tu hermano Dan con un amigo, en la que decían que alguien había echado unas cuantas drogas en la bebida de algunas chicas para animarlas un poco. Adivina de quién sospechan —retó Alan señalando a Thomas.

—¿Eso es verdad, Thomas? —preguntó Elisabeth acercándose al aludido, quien hacía tremendos esfuerzos por poder incorporarse tras la paliza recibida.

—Vamos, nena, ¿a quién vas a creer, al Salvaje o a mí, el chico que está saliendo contigo? —respondió Thomas sonriente al ver que Elisabeth volvía su rostro hacia Alan en busca de respuestas.

—Puedes llamar a tu hermano si quieres —comentó Alan tendiéndole su teléfono móvil—. Además, sabes que yo nunca te haría daño, Elisabeth —confesó Alan con la esperanza de que creyera en él.

Cuando Doña Perfecta volvió su rostro furioso hacia Thomas, éste supo que estaba perdido.

—Vamos, cielo, sólo lo hice para que te soltaras un poco y disfrutáramos más de la fiesta —se justificó Thomas en un mal intento para que lo perdonase.

Cuando ella se situó junto a él, Thomas pensó que una chica nunca podría hacerle tanto daño como los puños de Alan, y se sintió aliviado. Después de todo, ella era femenina, delicada, la perfecta señorita. Pero cuando localizó al salvaje Taylor apoyado en su coche despreocupadamente de brazos cruzados y con una mirada y una sonrisita que le decían «ahora verás», empezó a sospechar que Elisabeth no era tan inofensiva como pensaba. La confirmación le llegó cuando le golpeó fuertemente en las pelotas dejándolo sin aliento.

Finalmente fue Alan quien tuvo que separar a una rabiosa Elisabeth de un casi inconsciente Thomas. Si la represalia hubiera sido de Alan, las cosas habrían terminado ahí, pero Doña Perfecta tenía demasiada imaginación, así que, ¿qué podía hacer Alan cuando ella le relató su plan con sus preciosos ojos brillando emocionados por la sed de venganza?

Hizo lo que haría cualquier hombre enamorado: ayudarla.

Ambos cargaron el cuerpo de Thomas en la parte trasera de la furgoneta de Alan mientras Elisabeth abandonaba el lujoso coche de éste con la capota bajada y las llaves puestas. Luego condujeron hasta el viejo granero donde se guardaban las carrozas de ese año y dejaron un adorno nuevo en una de ellas.

Cuando finalizaron su fechoría, Alan llamó a Dan y le comentó:

—En una de las carrozas de este año Elisabeth y yo hemos añadido un adorno; por favor, no lo quitéis, creo que a todos os gustará. —Después de hablar unos instantes con Dan, colgó y miró a una ilusionada Elisabeth.

—¿Crees que lo quitarán antes del desfile? —preguntó Doña Perfecta.

—No creo, el conductor de esa carroza es el novio de Amanda, y a ella también la drogaron en la fiesta.

—Entonces este año el desfile será algo admirable —comentó Elisabeth sonriente.

—Definitivamente, nuestra aportación lo hará único —señaló Alan mientras rompía en carcajadas—. Respecto a nosotros... —repuso y antes de que terminara de hablar se halló envuelto en una nube de polvo. Solo y sin medio de transporte, una vez más volvía a casa andando. Pero la caminata hacia su casa merecía la pena sólo por ver la cara que pondrían los habitantes de ese pueblo al ver el desfile.

Sarah Lowell esperaba con impaciencia la aparición de las carrozas que la comunidad había creado para recordar el antiguo espíritu de compañerismo y fraternidad que había fundado Whiterlande.

Cada joven había aportado su granito de arena con un imaginativo adorno y un tema. Le resultó muy extraño que su hija la acompañara en esa ocasión, pues ella siempre se aburría en esos eventos. Incluso estaba emocionada por ver el desfile que años antes le había horrorizado diciendo que ninguno de los jóvenes de ese pueblo tenía talento para el arte, que los temas eran monótonos y que siempre se hacía lo mismo una y otra vez.

Cuando Sarah le preguntó a su hija por qué estaba tan impaciente por el desarrollo del desfile, ella comentó alegremente «porque este año yo también he contribuido». Sarah tembló temiéndose lo peor al ver la malévola sonrisa que acudía al rostro de su hija y que sólo podía indicar que el vecino había sufrido algún percance.

—¡Por Dios, que no le haya sucedido nada al vecino! —rezó en voz baja a la espera de que sus sospechas no fueran ciertas.

Un par de horas después suspiró aliviada al ver a Alan Taylor en la acera de enfrente, pero cuando Elisabeth le sonrió con alegría y lo saludó efusivamente con la mano, Sarah comenzó a temerse lo peor.

El desfile comenzó entre carcajadas, expresiones horrorizadas y multitud de *flashes* de cámaras, algo nada habitual en los desfiles de Whiterlande. Sarah comprendió el motivo de tanto alboroto cuando la tercera carroza del desfile pasó ante sus ojos.

En una carroza adornada con cerdos sobre un fondo azul, Thomas Walter, desnudo, amordazado y atado con un gran lazo rojo, portaba un gran cartel al cuello que ponía «Di no a las drogas».

—¿Qué, mamá? ¿Te gusta mi aportación de este año al desfile? —preguntó Elisabeth orgullosa.

Y Sarah, por primera vez en años, gritó:

—¡Elisabeth Lowell, se puede saber qué has hecho!

Increíblemente, pese a las protestas de un amordazado Thomas y de unos familiares enfurecidos, el jefe de policía no permitió que se detuviera el desfile en ningún momento. Tal vez porque, como él mismo señaló, era su deber que la procesión continuara, o tal vez porque su sobrina era Amanda y había sido informado de lo ocurrido.

Cuando el desfile acabó, ninguno de los integrantes osó tocar a Thomas, y finalmente fue su padre quien se apresuró a desatarlo, furioso y dispuesto a demandar a todo el pueblo.

Sus ánimos se calmaron cuando fue puntualmente informado por todos de lo que su hijo había estado haciendo, y de los cargos que se presentarían si osaba interponer la más mínima denuncia a alguno de los habitantes de Whiterlande.

La familia Walter no duró mucho más en el pueblo: semanas después se marchaban del lugar jurando no volver a pisarlo nunca más. Thomas se despidió de todos con un bonito corte de mangas mientras conducía su deportivo de último modelo con olor a cloaca, ya que poco después de denunciar su desaparición había sido encontrado en el basurero municipal lleno de bolsas de basura. Eso sí, no tenía daño alguno y mantenía las llaves puestas en el contacto.

A pesar de que Elisabeth era mayor de edad, sus padres no dudaron en castigarla por su aportación al desfile, y eso que muchos de los habitantes de Whiterlande la felicitaron por su creatividad a la hora de adornar con un toque de humor el monótono espectáculo.

Aunque todos estaban de su parte, su madre le había reprendido una y otra vez mientras le prohibía salir hasta que llegara la hora de irse a la universidad; por eso, en esos instantes Elisabeth bajaba por el árbol que había junto a su ventana en busca de la libertad. Cuando llegó al suelo, oculta entre la oscuridad de la noche esperando a ver si alguien la había descubierto, observó que el vecino también escapaba de casa de su abuela por la ventana.

Maliciosamente esperó hasta que bajara y entonces le golpeó el hombro mientras le susurraba:

—¡Te pillé!

Alan dio un respingo antes de darse la vuelta y comprobar aliviado que era ella.

—¿Qué haces aquí? —preguntó él algo confuso.

—Escapar —contestó Elisabeth señalando la ventana de su habitación—. ¿Y tú? —preguntó burlona—. Creí que ya eras todo un adulto que no le tenía que rendir cuentas a nadie.

—Sí, pero no puedo evitar que mi madre y mi abuela me persigan por toda la casa con sus regañinas y, si oso salir al pueblo, ellas vienen conmigo pegadas a mi trasero como una plaga recordándome una y otra vez mi mal comportamiento.

—Pobrecito... —comentó Elisabeth irónica.

—¿Y tú, ricitos? ¿Te han castigado? —preguntó Alan sonriente.

—Lamentablemente para mí no hay límite de edad para ser castigada según me ha informado mi madre. ¡Dios, qué ganas tengo de irme a la universidad este año!

—Bueno, ricitos, ¿nos largamos de aquí antes de que nos descubran? —ofreció Alan tendiéndole la mano a Elisabeth.

—¿En qué has pensado? —preguntó Elisabeth dudosa, cruzándose de brazos e ignorando su mano.

—En ir al lago a nadar un rato —explicó Alan comenzando a empujar silenciosamente su furgoneta hasta el camino de entrada.

—Pero no tengo bañador... —se quejó Doña Perfecta indecisa.

—¡Mejor! Así te veré desnuda —bromeó Alan.

—¡Ni de coña me voy a desnudar delante de ti, Alan Taylor! —contestó orgullosa Elisabeth mientras Alan la miraba expresándole en silencio «ya lo has hecho»—. Otra vez —terminó Elisabeth.

—Bueno, siempre puedes hacerlo en ropa interior: es como llevar un biquini.

—Está bien —se decidió Elisabeth a la vez que se subía a la furgoneta.

—Por favor, dime que llevas uno de esos tangas sexis y modernos —suplicó Alan mientras arrancaba el vehículo.

—Para ti, unas bragas faja de abuela —sonrió Elisabeth señalándole el camino mientras lo miraba reprobatoriamente.

Capítulo 7

Cuando llegaron al lago, Alan dejó las luces de la furgoneta encendidas en dirección a la orilla y aparcó lo más cerca posible de ésta. Sin esperar a ver lo que hacía Elisabeth, se quitó toda la ropa excepto los calzoncillos y salió corriendo hasta zambullirse de cabeza en el agua.

Elisabeth, por su parte, se quitó la ropa lentamente, doblándola en el asiento delantero, hasta quedarse en ropa interior y probar despacio el agua con un pie antes de retirarse y comentar.

—¡Dios, está helada!

—¡No me seas gallina! —la retó Alan antes de darse la vuelta y verla en ropa interior.

Luego quedó mudo.

Elisabeth llevaba un conjunto de ropa interior de encaje negro.

El sujetador realzaba sus pechos, que estaban a punto de desbordarse mientras el frío excitaba sus duros pezones destacándolos a través de la tela. En esos momentos a Alan se le hizo la boca agua por las ganas que tenía de volver a probar el sabor de su cuerpo, pero se contuvo y siguió observando la gran tentación que se hallaba al alcance de su mano. Sus braguitas también eran de encaje, no un tanga, sino un *culotte* de lo más sexy que se ajustaba maravillosamente a su lindo trasero.

Y mientras ella se introducía poco a poco en el agua mojando su exuberante cuerpo, Alan hacía lo posible por evitar abalanzarse sobre ella, con una erección que era insensible al agua helada y que se hacía más grande a cada paso que daba Elisabeth hacia él.

Alan se alejó nadando como un loco cuando ella estuvo a su lado, para evitar la tentación.

«¿Quién demonios se cree? ¿*Flipper*?», pensó Elisabeth mientras nadaba despacio disfrutando del agua y flotando plácidamente boca arriba con el cuerpo relajado. En ese momento vio con el rabillo del ojo cómo Alan se hundía una y otra vez y nadaba con dificultad; se acercó a él segura de que necesitaba su ayuda, pero cada vez que ella se acercaba él se alejaba, hundiéndose más en el agua.

—¡Te quieres estar quieto, idiota, que te vas a ahogar! —gritó finalmente Elisabeth enfadada, y él reaccionó dejándola hacer.

Cuando llegaron a la orilla, Elisabeth lo ayudó a tumbarse sobre una toalla que había colocado en el suelo.

—Un calambre —comentó Alan dolorido mientras se agarraba la pierna.

—Deja que te dé un masaje —propuso Elisabeth a la vez que acariciaba dulcemente su pierna dolorida.

—No creo que sea la mejor idea —explicó Alan, pero seguidamente se tumbó en la toalla.

Elisabeth masajeó con delicadeza su pierna dolorida haciéndole recuperar la sensibilidad, pero mientras aliviaba el dolor de su pierna también avivaba el de otro de sus miembros, que a cada momento que pasaba estaba más caliente y duro. Así que, sin molestarse en explicarle el efecto que causaban en él sus caricias, Alan la apartó bruscamente de sí.

—Ya vale, la pierna está mejor.

—¡Pero qué narices te pasa! —gritó Doña Perfecta enfadada, preparándose para llevar a cabo una de sus regañinas—. ¡En el agua por poco te ahogas, y aquí intento ayudarte y me apartas como si fuera la peste! Debes de estar mal de la cabeza...

No lo aguantó más, verla allí riñéndole con los brazos sobre la cintura, y el gesto fruncido, mientras miles de gotitas de agua acariciaban su dulce cuerpo cubierto únicamente por un escueto conjunto de ropa interior... Eso lo llevó directo a la locura, y Alan finalmente acalló sus palabras cogiéndola entre sus brazos y besando sus labios con la ardiente pasión que latía en su interior, impidiéndole emitir sonido alguno que no fueran los gemidos ardientes que no tardaron en salir de su boca.

¡Alan estaba loco, se había abalanzado sobre ella para besarla como un idiota enamorado! Tenía que quitárselo de encima, pensaba Elisabeth mientras se dejaba besar, pero el problema era que sus besos eran tan dulces, tan tiernos... Mordisqueaba su labio inferior con delicadeza y luego lo besaba calmándole el leve dolor, introducía su lengua en su boca y jugaba con la suya haciéndola arder y, sin apenas darse cuenta, responder a sus besos.

Cuando sus brazos la atrajeron hasta su mojado y fuerte cuerpo, ella se dejó, y las caderas de Alan se pegaron a las suyas haciéndola sentir lo excitado que estaba.

Elisabeth decidió que era el momento de apartarse de él antes de dejarse llevar por la locura de ese beso, así que posó sus manos en el pecho de Alan dispuesta a alejarlo. Pero entonces él bajó su cabeza y besó sus pechos por encima de la húmeda tela de encaje.

Con los dientes bajó su sujetador, dejando expuesta su piel desnuda al frío de la noche; sus pezones se irguieron por el frío, o tal vez por la excitación del momento; fue entonces cuando Alan jugueteó con sus senos, mordisqueando suavemente sus pezones, para luego continuar con las caricias de su lengua y sus delicados besos.

A la vez que su boca la enloquecía, sus fuertes manos alzaron sus nalgas, sin dejar de acariciarla y acunar lo más íntimo de su cuerpo contra la firme erección de él.

Su interior estaba cada vez más húmedo, su cuerpo gritaba pleno de excitación y finalmente Elisabeth Lowell dijo adiós a su cordura cuando una de las manos de Alan acarició su húmeda entrepierna por encima de su *culotte*.

Ella alzó sus manos y, cuando parecía que iba a rechazar los avances de Alan, simplemente se rindió a él, se agarró a sus fuertes hombros y alzó sus piernas cogiéndose firmemente a su cintura, restregándose contra su duro miembro, mientras gemía ardientemente en busca de su placer.

Alan rugió enfebrecido por la pasión. Sin dejar de agarrar fuertemente a Elisabeth contra su cuerpo, la tumbó en la toalla y reclamó sus labios mientras sus manos buscaban frenéticas la liberación de sus pechos.

El sujetador no tardó mucho en desaparecer. Entonces él jugó con sus senos acariciándolos, apretándolos entre sus fuertes manos. Sus dedos no tardaron en acariciar sus enhiestos pezones y pellizcarlos haciéndola sollozar de pasión.

Su boca abandonó los labios de Elisabeth y fue bajando despacio por su cuerpo en busca del recuerdo del sabor de su deseo. Besó con delicadeza su cuello, sus hombros... Cuando llegó a sus pechos, los devoró haciéndola enloquecer. Sus manos bajaron por su cintura hasta llegar a su *culotte* y acarició por encima de éste su húmedo interior.

Elisabeth gimió moviéndose contra la ruda mano de Alan, suplicándole con su cuerpo el placer que se resistía a darle, pero sus manos siguieron prodigándole caricias excitantes, ignorando una y otra vez ese lugar que lo reclamaba húmedo y dispuesto.

Acarició sus piernas, desde la punta de los pies hasta sus firmes muslos, que se abrieron sin protesta alguna cuando los besó y lamió muy cerca de donde su deseo latía con necesidad. El cuerpo de Elisabeth estaba tenso como una cuerda, lleno de deseo, a la espera de sus caricias en el lugar más íntimo.

Finalmente, cuando Alan alzó sus caderas y la saboreó a través del *culotte*, como si fuera un hombre hambriento y ella su comida, Elisabeth gritó extasiada mientras tenía su primer orgasmo. Pero Alan no se detuvo y le arrancó la ropa interior sin dejar de devorarla.

Elisabeth, aún sensible, volvió a excitarse cuando una de sus manos acarició un pecho y la otra introducía uno de sus dedos en su húmedo interior, embistiéndola a la vez que su lengua acariciaba su lugar más sensible. Cuando Alan introdujo un segundo dedo, ella gritó su nombre una y otra vez mientras tenía su segundo orgasmo y agarraba fuertemente la cabeza de Alan contra su cuerpo.

Con el cuerpo lánguido y relajado, Elisabeth soltó la cabeza de Alan, que pareció mostrarse satisfecho, pues se retiró de su lado haciéndole darse cuenta del frío de la noche. Él se quitó la ropa interior y mostró su enorme erección ante los ojos inocentes de Elisabeth, mientras su mirada llena de lujuria insatisfecha la devoraba.

—Nunca tendré bastante de ti —declaró Alan dirigiéndose hacia ella—. Si quieres parar, si quieres decirme que no, ¡por Dios hazlo ahora, porque si no lo haces te voy a hacer mía una y otra vez!

Elisabeth lo miró confusa, pero tan sólo echar un vistazo a su fuerte cuerpo desnudo y a su excitante miembro la llenó nuevamente de un vivo deseo, por lo que se olvidó de quiénes eran y de todo lo demás, y alzó la mano para acariciar su miembro. Se sintió poderosa al escucharlo gemir de placer mientras ella apretaba su pene y movía su mano haciéndolo reaccionar.

Las caderas de Alan se movieron contra su mano mientras él gruñía su nombre una y otra vez; Elisabeth se humedecía ante la respuesta del cuerpo de Alan y finalmente fue ella la que tomó la iniciativa guiándolo hacia su interior.

Alan se detuvo unos momentos en busca de protección. Cuando la encontró entre sus pantalones, ella lo esperaba húmeda e impaciente. Fue ella la que, entre caricias, le puso el preservativo, haciéndolo sufrir ante la tortura de sus caricias. Y cuando finalmente él se introdujo despacio en su apretado interior, para Alan fue el paraíso, pero Elisabeth gimió de dolor.

Mientras Alan intentaba introducirse enteramente en ella, se dedicó a volver a excitar su tenso cuerpo con el fin de hacerle olvidar el dolor de la primera vez. La acarició de nuevo con una de sus manos en busca de su placer y con su boca tomó otra vez sus pechos.

Ella no tardó en reaccionar y exigirle que se introdujera en su cuerpo; él se resistía a ser brusco y arrebatarle la virginidad de una sola embestida, pero fue Elisabeth la que lo obligó a hacerlo cuando alzó sus caderas aceptándolo completamente en su interior. Alan gimió extasiado cuando se halló todo apretado por su húmedo cuerpo, ella gritó de dolor, exigiéndole que se quitara de encima, hasta que empezó a moverse para apartarse de él y comenzó a gustarle.

—Elisabeth, no te muevas —suplicó Alan dispuesto a mantener el control y a no tomarla como un poseso.

Pero Elisabeth lo ignoró volviendo a alzar las

caderas al ver que él no se movía; gimió de placer y arañó su musculosa espalda atrayéndolo hacia sí, exigiéndole más.

—¡A la mierda el control! —gruñó entre dientes Alan mientras embestía con fuerza el cuerpo de Elisabeth.

La oyó gritar su nombre una y otra vez mientras tenía un orgasmo y, a la vez que su cuerpo se convulsionaba de placer, el de él llegó al límite y explotó con bruscas arremetidas liberándose en su interior.

Alan cayó rendido sobre el cuerpo de Elisabeth, luego se apartó para no aplastarla con su peso y se acurrucó a su lado abrazando su cuerpo satisfecho. Sonrió feliz al tenerla por primera vez entre sus brazos sin que hubiera discusión alguna entre ellos.

—Esto ha sido un error que no se puede volver a repetir —intervino Elisabeth rompiendo el bonito momento que los amantes tienen después de hacer el amor.

—¿Por qué? —preguntó Alan enfurecido.

—Porque tú y yo nunca podríamos tener una relación —indicó Elisabeth mientras se levantaba y buscaba sus ropas esparcidas por el suelo.

—¿Y se puede saber por qué piensas eso? —preguntó indignado.

—Porque eres un salvaje inmaduro que dentro de unas semanas volverá a la universidad, donde te esperan miles de *gruppies*. Tú estarás en una punta del estado estudiando quién sabe qué, y yo estaré en la otra estudiando arte y concentrándome en mi futuro. Y, además, no eres el tipo de persona que se puede resistir a ninguna mujer y tampoco eres el hombre adecuado para mí.

—¡Yo puedo ser fiel! —replicó Alan—. Para tu información, si me acostara con todas las chicas que se me han insinuado ya lo tendría desgastado de tanto uso. ¿Y qué es eso de que no soy el hombre adecuado para ti? ¿Quién es el hombre adecuado para Doña Perfecta? —preguntó irónico mientras la perseguía desnudo incordiándola con sus preguntas.

—¡Para empezar, uno que no me persiga en pelotas mientras intento vestirme! —contestó furiosa a la par que se ponía los pantalones.

—¡Bien, ya no estoy desnudo! —dijo Alan después de ponerse los calzoncillos—. ¿Qué más tengo que hacer para ser tu hombre ideal?

—Tengo una lista Alan, una lista de diez cualidades. Tú no tienes ni una sola de ellas, ni una. ¿Eso no te hace pensar que entre tú y yo no tiene cabida relación alguna?

—¡No me jodas, Elisabeth! ¡Por una estúpida lista no soy apto para una relación! Y lo que ha ocurrido entre nosotros, ¿qué es? —preguntó Alan enfurecido.

—Un error —contestó Elisabeth mientras se ponía la camiseta.

—¿Y qué se supone que tiene que hacer ese hombre perfecto tuyo: partir nueces con el culo, pelar una cebolla sin llorar, cagar oro?

—Ninguna de esas cualidades está en mi lista, mira tú por dónde —contestó Elisabeth irónicamente.

—¡Quiero una copia de esa lista! —exigió

Alan—. Voy a convertirme en tu hombre perfecto y, cuando lo consiga, tú y yo nos casaremos.

—Estás como una cabra, tú nunca serás un hombre perfecto. Eres la antítesis de ese concepto.

—¿Es que temes que llegue a convertirme en tu hombre ideal? —preguntó con sorna, retándola.

—No, pero ¿para qué quieres convertirte en el hombre perfecto? Yo no te intereso, sólo soy una más en tu catálogo de mujeres.

—¡Tú no eres una más, tú serás mi esposa! —declaró Alan con decisión.

—Alan, estás como una cabra si piensas que alguna vez me casaré contigo. ¿Qué pasa? ¿El acostarte con una chica que no es idiota y tetona te ha afectado? Pobrecito —dijo acariciándole la cabeza burlonamente mientras se subía a la furgoneta.

Alan se vistió con rapidez, ya que estaba seguro de que si no lo hacía sería abandonado sin vehículo alguno nuevamente. Subió enfadado al asiento del conductor y antes de arrancar la miró seriamente.

—Dame un tiempo para ser tu hombre ideal y, si no lo consigo, te dejaré en paz.

—Alan, es imposible que estemos destinados a estar juntos: siempre estamos discutiendo, no sabemos hacer otra cosa que no sea pelearnos como dos críos.

—No te pido una relación ahora, sólo que no te enamores de nadie en el tiempo que estés fuera. Cuando vuelvas después de la universidad, yo te demostraré que soy ese hombre.

—Y tú mientras tanto te enamorarás y tendrás una familia, ¿no? —preguntó irritada.

—Prometo no tener ninguna relación seria hasta que vuelvas. ¡Joder, Elisabeth! ¿Tienes miedo a darme una oportunidad, a descubrir que yo puedo ser ese hombre a pesar de mis imperfecciones? —gritó Alan frustrado.

—Si en algún momento a lo largo de estos años encuentro a ese hombre que es perfecto para mí, que cumple todas y cada una de las cualidades de mi lista y no eres tú el afortunado, no lo podrás asustar, ni espantar, ni hacer nada que pueda alejarlo de mi lado.

—Juro que si encuentras a Míster Perfecto lo dejaré en paz. Entonces, ¿tenemos un trato? ¿Me dejarás demostrarte lo perfecto que puedo llegar a ser?

—Debo de estar loca, pero como siento hambre, estoy medio dormida y tengo ganas de llegar a casa, acepto. Tenemos un trato. Te doy cuatro años, que son los que tardaré en terminar mi carrera de Bellas Artes. Cuatro años para demostrarme lo equivocada que estoy. Y cuando cada año que pase nos veamos en vacaciones te preguntaré si quieres seguir con esta ridícula idea, que puedes abandonar en cualquier momento y dejarme en paz.

—Cada año te responderé lo mismo.

—¿Y qué es lo que me dirás?

—Pregúntamelo el año que viene y te contestaré —comentó Alan felizmente mientras arrancaba la furgoneta.

¡Jodida lista de los cojones! No había por dónde cogerla.

A la mañana siguiente de nuestra escapada al lago había incordiado a Elisabeth hasta que me había arrojado la lista por la ventana de su habitación dentro de un zapato que me había dado en la cabeza. ¡Qué puntería tenía cuando quería la muy condenada!

Como suponía que Doña Perfecta querría llevar todo lo referente a su lista en secreto, esperé a que no hubiera nadie en casa agobiándome con sus sermones para subir a mi habitación y desenrollar la fotocopia que Elisabeth me había tirado.

Al principio estaba escrita con letras muy infantiles. Pero a cada punto de su lista iba notándose cómo la letra se mostraba más femenina, más de mujer en vez de niña pequeña. Por lo visto había tardado años en hacerla.

Recordé entonces haber visto esa lista de pequeño, pero no podía ser la misma, era imposible, pensé mientras buscaba el feo dibujo de un sapo que yo había hecho con rotulador, y sin escudriñar mucho ahí estaba el bicho, mirándome y burlándose de mí como diciéndome «tú eres el sapo».

Me senté en la cama preocupado y comencé a leer lo que Elisabeth había escrito a lo largo de estos años:

«Mi perfecto príncipe azul»

1. Tiene que ser el más guapo.
2. Que no sea un salvaje.
3. Que sepa dibujar.
4. Que sea educado en todo momento. (No parecerse al cerdo del vecino.)

5. Que me defienda de todos los matones del mundo (incluido mi vecino).
6. Que no lo busque la policía.
7. Que cante como los ángeles.
8. Que siempre sepa cuál es el regalo perfecto y cuándo debe dármelo.
9. Que sus besos sean especiales.
10. Que sea el mejor amante del mundo.

Al final de la lista había una nota escrita en rotulador rojo que me retaba: «No tienes ni una de estas cualidades. Además, espero que mi hombre perfecto me sea fiel (sin *gruppies*)», añadía la muy pilla riéndose de mí.

—Bien —me dije en voz alta, decidido—: repasaré la lista punto por punto.

En lo referente a ser el más guapo, ya lo soy. Sólo me tengo que encargar de que no encuentre chicos más guapos que yo. Nota mental: rodearme siempre de troles para parecer la mejor de las opciones.

Segundo, lo de ser salvaje. Yo no era ningún salvaje, aunque me apodaran así en el pueblo. En ocasiones tenía demasiado carácter, pero eso era todo. ¿Cómo solucionar el problema? Pues evitando que me llamasen así en el pueblo. ¿Cómo hacerlo? Amenazando a todo aquel que me lo llamara, eso sí, con discreción y sin salvajismo.

Tercero, lo de dibujar no se me daba tan mal. Además, mi sapo era perfecto. No obstante, tomaría clases de dibujo en la universidad. Sin embargo, ahora que lo veía con atención, mi batracio podía confundirse con una vaca, ¡joder, realmente dibujaba como el culo!

Cuarto, educado. Yo soy muy educado, casi nunca digo tacos, solamente cuando me irrito si algo me saca de mis casillas, y respecto a lo del «cerdo del vecino», yo no tengo ningún cerdo. Mejor ignoro este punto y no me doy por aludido, esta jodida lista me está tocando los huevos...

Quinto, defensa antimatones. ¿Cómo narices voy a defenderla de todos los matones del mundo? Ésta quiere que sea Chuck Norris... ¿Estará libre para poder contratarlo como guardaespaldas? Bueno, mejor paso al siguiente punto.

Sexto, no ser buscado por la policía. La policía no me busca, eso seguro, aunque las multas sin pagar se van acumulando y... será mejor que ahorre y pague todas las malditas multas de una vez.

El punto siete definitivamente me tiene mosqueado, la pregunta clave es: ¿cómo coño canta un ángel? Tan mal no canto, ¿verdad? Aunque el profesor de música del instituto amenazó con saltar de la azotea si me apuntaba a su clase... Bueno, pues a tomar clases de canto.

Octavo, regalos perfectos. ¿Cómo demonios sabes cuándo y qué regalar? Con las mujeres nunca se acierta: si les regalas bombones, están a dieta; si les regalas ropa interior, eres un pervertido, y si les dices que se compren algo, que tú lo pagas, no las quieres porque no te molestas en elegirlo tú, blablablá... En fin, sobornaré a sus hermanos para saber cuándo y qué regalarle.

Noveno, el beso especial. Vale, abandono. ¿Cómo leches sé si mis besos son especiales? ¿Qué quiere decir eso? ¿Y qué parte es la que tengo que besar para que sea especial? En fin, besaré todo su cuerpo, seguro que de casualidad acierto.

Décimo, mejor amante del mundo. Que soy un buen amante, lo soy, pero ¿cómo soy el mejor del mundo? ¿Me tengo que cepillar a medio mundo para averiguarlo?, ¿me bastará con un cuarto de la población? Compraré el *Kamasutra* a ver las ideas que puedo sacar de ahí.

Leer esa mierda de lista me deprimió más que animarme, pero aún tenía la esperanza de convertirme en su hombre perfecto. «¿Por qué las mujeres tienen que ser tan complicadas?», grité frustrado; luego me calmé al pensar que tenía ante mí cuatro largos años por delante para demostrarle todas mis cualidades. Empezaría por revelarle que, sin duda, los puntos nueve y diez los cumplía.

Además, eran los más entretenidos de la lista.

—¡Esto ha sido un error! —grité una vez más histérica al cuerpo desnudo de Alan que me sonreía con mofa sabiendo que sin duda ese error se volvería a repetir, ya que llevaba todo el verano diciéndole lo mismo cada vez que hacíamos el amor.

Al principio había sido fácil resistirse a sus avances, sólo tenía que pensar que pronto se marcharía y estaría rodeado de chicas.

Me dediqué a centrarme en mis futuros estudios y en la nueva vida que me esperaba. Intenté ignorarlo y olvidar la noche que había pasado con Alan en el lago, pero por las noches soñaba con él y con el momento vivido entre sus brazos, así que a la mañana siguiente me levantaba húmeda y excitada, con ganas de tenerlo una vez más dentro de mí. Así fue como empecé a hacer *footing* para desfogar mi cuerpo del acaloramiento matutino.

Por desgracia, él también comenzó a correr por las mañanas, y ver su cuerpo fuerte y sudoroso no me venía nada bien para bajar mi libido.

Alan comenzó a seguirme a todos lados, discutiendo todos los temas de la lista como si fueran negociables, y a rebatir cada uno de los puntos con sus estúpidos argumentos: que si cómo cantan los ángeles, que si cómo sabes lo que tienes que regalar, etc., etc., etc.

En algunos momentos llegué a desear no haberle hablado nunca de esa lista; en otros deseé hacérsela tragar a ver si así conseguía que se callara y me dejara en paz. Pero fue en uno de esos días en los que ya no puedes más cuando reaccioné haciendo algo que estaba fuera de lugar en la señorita que hay en mí.

Nos hallábamos nuevamente en una fiesta que ofrecía mi amiga Amanda, apartados de todos porque quería hablarme una vez más de la lista de las narices.

Tras escuchar su cháchara durante un buen rato, ya no pude más y, después de ver que no había nadie que nos observara, para que se callara de una vez, me levanté la camiseta y le enseñé las tetas, ya que ese día no me había puesto sujetador. Algo básico y sin sentido, pero que funcionó a la perfección: por fin se calló.

Pero su silencio tuvo consecuencias, y antes de atraerme fuertemente junto a su cuerpo me susurró al oído:

—Eso me recuerda los puntos nueve y diez de tu lista.

Esa noche fue algo rápido pero maravilloso: me alzó la camiseta y cogió mis pezones erectos y excitados entre sus labios dando pequeños tirones, haciéndome gemir de placer. Luego los succionó y mordisqueó deleitándose en lo que hacía; me cogió entre sus brazos sin dejar de devorarme los senos, conduciéndome a la parte más oscura y solitaria del jardín. Allí me apoyó en un árbol, metió una de sus fuertes manos bajo mi falda, entre mis muslos, y la deslizó hasta tocar lo húmeda que estaba.

Después apartó el tanga hacia un lado mientras me introducía uno de sus dedos y con el pulgar acariciaba mi clítoris. Yo eché la cabeza hacia atrás extasiada; estaba a punto de gritar llena de placer cuando él pareció sospecharlo, porque tapó mi boca con su otra mano dándome la libertad de gritar contra ella, ya que ahogaba el sonido de mi pasión.

Cuando estuve a punto de llegar al orgasmo sólo con sus caricias, se apartó de mí, por lo que le mordí la mano como protesta. Segundos después me penetró fuertemente mientras alzaba mi cuerpo y yo le rodeaba la cintura. Él continuó jugando con mis senos, y una de sus manos, que agarraba fuertemente mi trasero, movía mi tanga haciéndolo rozar contra mi clítoris a la vez que él me embestía sin piedad.

Fue entonces cuando grité como una loca, convulsionándome de placer sobre su miembro mientras él se endurecía más aumentando el ritmo de sus acometidas, explotando finalmente dentro de mi cuerpo.

Cuando se retiró de mi interior, me percaté de que se había puesto un preservativo y respiré aliviada porque uno de los dos había conseguido pensar en algo antes de aparearnos como animales.

Luego me enfadé conmigo misma y le dije, mientras intentaba sin éxito arreglar mi aspecto:

—Esto ha sido un error.

Y caí en ese error todo el verano, porque, cuando discutíamos, nos quedábamos solos, o volvíamos a acordarnos de esa estúpida lista, uno de los dos hacía algo que encendía al otro y adiós cordura.

—¡Lo digo en serio! —le grité a Alan dejando de pensar en el pasado mientras le señalaba con el dedo.

Luego me agaché desnuda para buscar las malditas bragas debajo de su cama y cuando su erección acarició mis nalgas, mi sexo se humedeció y me olvidé de todo.

Capítulo 8

Cuando Doña Perfecta y el Salvaje dejaron el pueblo, todo permaneció en calma.

Los días volvían a ser monótonos; las tardes, aburridas, y las noches, silenciosas y sosegadas. Pero en el momento en el que los dos volvieron de vacaciones, hubo una paz nada habitual entre ellos. Todos sospecharon que se trataba de la calma que precede a la tormenta y empezaron a apostar quién sería el primero en romper la tranquilidad que los mantenía a todos tremendamente adormecidos en sus deberes matutinos.

Las vacaciones de Navidad duraban apenas unas semanas, pero aun así Elisabeth había decidido regresar al hogar. Uno de sus compañeros de clase, Elliot Milton, un chico guapo y risueño que siempre estaba rodeado de chicas, iba a quedarse solo en esas fechas tan señaladas, así que, sintiéndose llena de compasión y de lástima, se decidió a invitarlo a acompañarla. ¡Craso error! ¿Quién podía llegar a sospechar que todo el pueblo se revolucionaría ante su llegada?

Elliot Milton era apuesto, de cortos cabellos rubios y unos atrayentes ojos azules que hacían su rostro de adonis muy interesante. Su cuerpo, a pesar de dedicarse sólo al arte, era firme y fuerte. Sus deportes favoritos, la natación y el *footing*.

De humor siempre alegre y despreocupado, la hacía reír y le recordaba a su hermano Dan; por eso y porque añoraba su casa, acabaron siendo pareja en algún que otro proyecto de clase.

Elisabeth se hallaba empaquetando sus cosas cuando él se acercó a preguntarle dónde pasaría las vacaciones y ella, ilusionada, le describió su hogar como si de un sueño se tratase:

—Iré a mi casa, Elliot. No te puedes creer lo maravillosa que es en esta época del año: el pueblo entero se cubre de nieve, los niños hacen muñecos por todos lados, las casas compiten con los adornos y, aunque en ocasiones puedan parecer recargadas, son adorables. También hay una función de Navidad en la que el tema lo eligen los vecinos; por lo tanto, te puedes encontrar obras tan estrafalarias como *El padrino*. —Elisabeth hizo una pausa y continuó su descripción con una sonrisa—: Todos son amigables unos con otros, y el encendido del árbol en la plaza es algo precioso. ¡Tengo unas ganas tremendas de pasar estas fiestas en mi hogar! ¿Y tú, Elliot? ¿Dónde irás?

—Yo me quedaré aquí, solo —respondió Elliot—. Ya sabes que mi familia es prácticamente inexistente y no me hace demasiada ilusión visitar a mi madre borracha en su vieja caravana.

—¡Pobre! ¿Y no tienes ninguna chica con la que pasar las fiestas, ningún primo lejano que visitar? —quiso saber Elisabeth, preocupada por la soledad de su amigo en fechas tan especiales.

—Estaré solo, pero tú no te preocupes por mí: ya estoy acostumbrado a ello —expresó Elliot quejosamente.

—¡Ningún amigo mío pasará solo estas fiestas! ¿Por qué no te vienes conmigo a casa de mis padres? Tenemos una fantástica habitación de invitados y seguro que los habitantes de Whiterlande te recibirán encantados.

—Está bien, si me lo pides así... —comentó Elliot sonriente aceptando pasar sus vacaciones en un pueblo muy particular.

Alan llegó ese año cargado de regalos para el día de Navidad un poco antes de lo habitual en él, y trajo consigo uno muy especial para Elisabeth. Había pensado en obsequiarla con un anillo de compromiso, pero, como era demasiado pronto y probablemente se lo tiraría a la cara, le compró un precioso par de zapatos rojos de tacón de aguja, pues, tras pasar un día frente al escaparate en el que estaban expuestos mientras hacía alguna compra de última hora, no pudo dejar de imaginarse a Elisabeth desnuda y luciendo solamente esos espléndidos zapatos.

Cuando llegó, su madre y su abuela corrieron a recibirlo con un gran abrazo. Mientras Penélope lo llenaba de besos y preguntas sobre su salud, su abuela lo reprendía con una sonrisa por las posibles travesuras realizadas. Continuaron atosigándolo hasta las escaleras, donde lo apremiaron a dejar sus cosas en su habitación y a que bajara con rapidez para tomar un tentempié tras el largo viaje.

Después de ocultar bien los regalos ante los posibles husmeos de sus familiares, Alan bajó las escaleras corriendo para preguntar por sus amigos y su querida Doña Perfecta. Antes siquiera de que abriera la boca, su abuela ya le había respondido a cada una de sus preguntas, o a casi todas.

—Tus amigos Josh y Dan ya han vuelto de la universidad, y Elisabeth este año ha traído a un chico con ella. ¡Quién sabe! A lo mejor se ha echado novio, aunque por ahora dice que sólo es un amigo. Haz el favor de no espantarlo —le advirtió su abuela, amenazándolo con un dedo mientras lo dejaba marchar apresuradamente hacia la casa de los Lowell.

Cuando tocó al timbre, le abrió la puerta un joven desconocido de la edad de Elisabeth con una sonrisa en los labios y un gorro navideño que, si no recordaba mal, pertenecía al señor Lowell.

—Bienvenido al hogar de los Lowell, ¿en qué puedo ayudarle? —preguntó despreocupadamente Elliot mientras no dejaba de mirar hacia el interior, donde Elisabeth intentaba colocar el ángel en lo alto del árbol y ofrecía a quien pudiera verlo una buena imagen de su soberbio trasero enfundado en unos *leggins* negros que se pegaban a su cuerpo como si de una segunda piel se tratase—. Elisabeth, un poquitín hacia delante —le indicó Elliot.

Y ambos hombres pudieron ver desde la entrada cómo se le marcaba el tanga.

—Elliot, eres pésimo indicando. Si me echo más hacia delante me voy a caer.

—Perdona, querida, es que me ha distraído la visita —Elliot se volvió hacia Alan y le dijo amablemente—: Vuelva en otro momento.

Luego, sin molestarse en cerrar la puerta, exclamó:

—¡Ahora mismo voy a auparte y verás cómo llegas a la cima! —señaló con un sonrisa ladina mientras se dirigía hacia ella.

Pero no llegó a alcanzarla, ya que las fuertes manos de Alan bajaron a Elisabeth del pequeño taburete en el que estaba subida y, cogiendo de sus sorprendidas manos el ángel, lo colocó en el árbol sin problema alguno.

—¡Eh, quería colocarlo yo! —protestó Elisabeth.

—Pues no podías, eres muy bajita y podías haberte hecho daño —señaló Alan enfadado.

—Elliot me iba a alzar —añadió Elisabeth decidida a llevarle la contraria.

Alan se acercó lo bastante a ella como para susurrarle al oído:

—Cuando quieras que alguien te toque el culo, sólo tienes que llamarme —señaló groseramente.

—¡No has cambiado nada, Alan Taylor, sigues siendo un salvaje! —gritó Elisabeth furiosa dándole la espalda y dirigiéndose hacia la cocina.

Elliot lo miró sonriente y preguntó insolente:

—¿Y tú quién eres?

—El que te va a partir la cara como vuelvas a mirarla así —contestó Alan amenazador mientras apretaba fuertemente sus puños para no ceder a la tentación de cumplir su amenaza.

—Ah, vale. Debes de ser el vecino. Qué mal lo has hecho, tío. Mientras tú has quedado como un bruto insensible, yo he quedado como un buen amigo que la apoya y sabe valorarla.

—Tú lo único que estabas valorando es su trasero.

—Sí, pero como las mujeres son idiotas y se dejan deslumbrar por los gestos caballerosos, yo soy el bueno de la historia y tú sólo un salvaje. Dime una cosa: al acabar las vacaciones, ¿quién crees que estará más cerca de acostarse con ella: el adorable compañero que siempre la apoya o el desquiciante vecino que la cree una inútil?

—Yo nunca la creería una inútil, ella es muy capaz de todo.

—Sí, pero ¿qué es lo que pensará ella? Ésa es la pregunta que te tienes que hacer. He visto a muchos como tú, y con Elisabeth no tienes ninguna posibilidad.

—Como te acerques a ella... —amenazó Alan a Elliot mientras lo cogía de la solapa del jersey y lo apoyaba contra la pared.

—Piensa bien en la excusa que vas a darle a Elisabeth para no alejarla más de ti por este rudo comportamiento —señaló Elliot sonriente—. Después de todo, yo únicamente muestro a las damas mi mejor cara.

—¡Elliot, querido! ¿No querías aprender a hacer galletas? —gritó alegremente Sarah Lowell desde la cocina.

—¡Ahora mismo voy, señora Lowell! —contestó Elliot con su mejor entonación de niño bueno.

Alan soltó a aquel farsante sin dejar de observar

impotente cómo se alejaba hacia la cocina. Lleno de rabia, salió de casa de los Lowell dando un portazo y sin fijarse en nada de lo que lo rodeaba, y colérico, pegó un puñetazo a la pared de la casa de sus vecinos.

—Te agradecería que no dañaras la fachada de mi casa —comentó el señor Lowell, que se encontraba en esos instantes en el porche disfrutando de un chocolate caliente.

—Déjalo, papá —comentó su amigo Josh mientras lo saludaba.

—¿Por qué crees que debo dejarlo estropear mi hogar? —preguntó John Lowell enfadado.

—Porque por su reacción supongo que acaba de conocer a Elliot —se burló Dan compadeciéndose de Alan y apoyando una de sus manos firmemente en su hombro—. Yo reaccioné igual, sobre todo después de que me dejara como un idiota delante de Annabel.

—Yo he dormido dos días en el sofá por insinuar que quería dispararle con la escopeta —indicó el señor Lowell.

—Y a mí mamá me regañó por decir que era un gilipollas —señaló Josh.

—No me gusta que esté cerca de Elisabeth, no creo que tenga buenas intenciones —confesó Alan, dejándolos a todos preocupados.

—Podríamos hacerlo desaparecer... —propuso Dan, a lo que el señor Lowell contestó negando con la cabeza:

—Escopeta confiscada.

—Podríamos desenmascararlo —repuso Josh.

—Es demasiado buen actor, no dirá nada inadecuado delante de las mujeres —descartó Dan—. ¿Contratamos a un matón? —preguntó esperanzado.

—Eso cuesta mucho dinero —se quejó el señor Lowell.

—Podría intentar hablar con Elisabeth y hacerle comprender cómo es Elliot antes de planear nada —intervino Alan, intentando hacerse escuchar entre planes de asesinato y secuestro.

—¡Buena suerte! —le desearon tres voces desde el porche mientras seguían planeando un crimen que no fuera demasiado caro.

Alan entró nuevamente en la casa y se dirigió hacia la cocina, desde donde provenían unas alegres risas de mujer. Cuando él entró, las risas cesaron. Elisabeth lo miró enfadada. Estaba preciosa con su jersey rojo arremangado y sus hermosos rizos rubios recogidos en una coleta. Las manchas de harina que lucía su rostro le conferían más encanto a su cara de pilluela, de la que en ese mismo instante había desaparecido la sonrisa.

La señora Lowell lo miró también un poco molesta; seguramente Elisabeth le había comentado lo ocurrido, y la única sonrisa que había en esa habitación era la de Elliot, que lo retaba a decir algo en su contra.

—¿Qué quieres? —preguntó Elisabeth bruscamente.

—Sólo hablar contigo en privado —contestó, y al ver la indecisión en su rostro, añadió—: Por favor.

Ella lo siguió al salón, donde esperó impaciente sus explicaciones.

—Elisabeth, me enfurecí porque ese capullo te estaba mirando el culo en vez de ayudarte.

—Pero ¿qué dices? ¡Elliot nunca haría algo así! —contestó indignada la joven.

—¡Joder, Elisabeth! No te estoy mintiendo, te lo juro.

—Eso es lo que te podía parecer a ti, seguro que te confundiste.

—¿Ah, sí? Cada vez que te agachabas hacia delante se te marcaba el tanga.

—¿No serías tú el que me estaba mirando el culo, y no Elliot?

—Elisabeth, ¡pues claro que te estaba mirando el culo! Lo tenía delante, joder, y aún recuerdo lo firme y perfecto que es.

—Eso fue un error que no se volverá a repetir —señaló Elisabeth, colorada.

—No me gusta tu supuesto amigo, es falso. Se comporta de una forma ante las mujeres y de otra ante los hombres. Se va a ganar el odio de todos los varones de este pueblo en pocos días.

—¡Elliot es simpatiquísimo, tierno y sensible! —defendió Elisabeth con vehemencia—, y si se gana el odio de todos los hombres de aquí será porque son unos brutos retrógrados.

—Elisabeth, Elliot me ha confesado que quería acostarse contigo —manifestó Alan—. Conozco a muchos como él. Tengo varios en mi equipo: son unos falsos que sólo quieren apuntarse tantos con las chicas.

—No digas tonterías, Alan; tuve que persistir para que me acompañara y fue él quien insistió en que solamente éramos amigos.

—Elisabeth —reiteró Alan—, ese tío no es trigo limpio. Aléjate de él.

—Lo que pasa es que estás celoso, Alan Taylor —afirmó Elisabeth.

—Sí, mucho —confirmó Alan—. Pero eso no quita que ese tío sea un falso.

—Te apuesto lo que tú quieras a que estás equivocado con él y todo esto únicamente son celos tuyos —propuso Elisabeth con ese tonillo de superioridad que él detestaba.

—Acepto la apuesta —consintió Alan antes de que Elisabeth cambiara de opinión, pues ya tenía el premio en mente—. Si yo gano, quiero un regalo tuyo estas navidades, y yo elijo el regalo.

—Y si gano yo, dejarás de fastidiarme con la lista y con la estúpida idea de que estemos juntos. ¿Aceptas? —retó Elisabeth, consciente de que él nunca aceptaría, por lo que se sorprendió al ver cómo Alan le tendía la mano para sellar el trato. ¿Sería verdad lo que decía Alan sobre Elliot? No, no podía ser cierto.

Cuando Elisabeth estrechó la mano de Alan, éste la atrajo hacia sí y le susurró sugerentemente al oído:

—Lo que quiero que me regales por Navidad eres tú misma, desnuda, cubierta únicamente con un lazo rojo.

Elisabeth soltó la mano de Alan escandalizada y excitada ante la escena que le proponía, y en el momento que lo vio alejarse con una sonrisa de satisfacción en el rostro hacia el porche supo que Alan intentaría ganar esa apuesta por todos los medios que tuviera a su alcance. Eso tan sólo podía significar dos cosas: que Elliot recibiría una lección antes de marcharse del pueblo y que sin duda no era alguien de confianza aunque a primera vista lo pareciera.

—¿Y qué? ¿Te ha escuchado, la has convencido? —preguntó Josh preocupado.

—En principio la he hecho dudar, pero tenemos mucho que hacer para desenmascarar a ese idiota. Usted, señor Lowell, tendrá que ser un poco más amable con Elliot, no mucho o se notará que está fingiendo.

—¡Mierda! Eso significa que no podré pegarle un tiro —protestó desilusionado John Lowell mientras escuchaba el resto del plan.

—Y tú, Dan, deberás hacerte amigo y compinche de ese idiota.

—¿Por qué yo? —se quejó Dan lastimosamente.

—Porque eres el único que tiene la suficiente paciencia y estómago para ello. Y tú y yo, amigo mío, tenemos mucho que hacer —señaló a Josh mientras relataba a todos el resto de su plan.

«¡Qué imaginativo es ese joven!», pensaba John Lowell a medida que su plan se iba desarrollando. ¡Qué pena que él y su hija no se llevaran bien! Sería un buen yerno, si es que algún hombre era lo suficientemente bueno para su hija.

Una vez más, el señor Lowell sonreía estúpidamente a Elliot mientras trinchaba el cerdo asado imaginándose que se trataba de él. «¡La que te espera, chaval!», pensaban todos los varones de la familia intercambiando miradas de complicidad ante las narices del incauto.

—¡Estoy tan agradecido de alojarme en su casa, señora Lowell, que no sé cómo demostrárselo! Tal vez debería venir las próximas vacaciones veraniegas y pintarle la casa...

«¡Ni de broma iba a dejar que ese niñato volviera a poner un pie en su casa!», pensaba en ese instante el padre de Elisabeth mientras le pasaba el plato a su invitado; ese verano se iría de vacaciones al Congo si hacía falta, o a Tombuctú.

—O también podría hacer alguna que otra chapuza que haga falta en el hogar... —comentó Elliot amablemente.

«Eso es, idiota, recuérdale a mi mujer todas las cosas que tengo que hacer y de las que me he escaqueado para que no me deje ni un segundo de respiro en las vacaciones de Navidad. ¡Ah, cuánto echo de menos la escopeta de perdigones...! ¿La habrá escondido en el desván? Nota mental: mirar en el desván después de la cena», discurría el señor Lowell.

—Gracias, Elliot, pero no hará falta. Esas pequeñas chapuzas son tarea de mis hijos y de mi marido —contestó la señora Lowell dirigiéndole a su marido una de sus miradas de reproche que insinuaban «eso debería estar hecho ya»—. No obstante, si quieres venir como invitado para el verano, serás bien recibido, ¿verdad, querido?

«¡Y una mierda!» Después de que se fuera ese parásito, iba a montar una barricada frente a su puerta y, si no encontraba la escopeta, se compraría un fusil de asalto si hacía falta, pero ése no volvería a pisar su casa como que se llamaba John Lowell. No obstante, para guardar las apariencias, contestó:

—Sí, querida —mientras sonreía como un idiota.

—La verdad, señora Lowell, usted es como la madre cariñosa que nunca tuve —comentó apenado Elliot.

«¡No me jodas! ¡Nadie iba a ser tan idiota como para tragarse ese cuento chino!»

—¡Oh, Elliot! —exclamó la señora Lowell entre lágrimas—, siempre serás bienvenido a este hogar.

«¡Mierda, Sarah! ¿Cómo puedes creerte ese montón de mierda?»

—Si me perdonáis... —se disculpó el señor Lowell levantándose de su asiento y dirigiéndose hacia el teléfono de su despacho.

—Será mejor que tu plan funcione, Alan, y que sea pronto. Hoy a Sarah sólo le ha faltado regalarle el coche o a uno de mis hijos en sacrificio.

—¡John, querido!, ¿por qué no acompañáis los chicos y tú a Elliot al bar, mientras nosotras terminamos con los arreglos de Navidad? —gritó alegremente la voz de Sarah desde el salón.

—¡Demasiado tarde! —se quejó el señor Lowell—, me han ofrecido a mí y a mis hijos. ¿Cómo voy a aguantar esta mierda...? —Tras oír a Alan durante unos segundos, el señor Lowell respondió—: No, la paciencia no es una de mis cualidades. Te juro, Alan, que si consigues echar a ese tío del pueblo y alejarlo de mis mujeres, te regalo una casa.

—¡John, la cena se enfría! —gritó nuevamente Sarah reprendiéndolo por su tardanza.

—¡Dime que será pronto! —rogó el señor Lowell a su interlocutor, y tras escuchar su respuesta estuvo de acuerdo con la propuesta—. ¡Bien, ese día es el mejor sin duda alguna!

Tras su conversación con el chico de los Taylor, la sonrisa volvió a su rostro y el señor Lowell pudo fingir una vez más que aguantaba a ese imbécil al que quería llenar de agujeros con su amada escopeta.

Capítulo 9

En la sala del comité encargado de organizar los actos y la decoración de las fiestas navideñas de ese año únicamente había hombres, motivo por el cual las mujeres de Whiterlande habían protestado. Matt Edison, alcalde del pueblo, calmó a las masas prometiendo que el año siguiente se encargarían de ello las mujeres, disponiendo de la intervención de los hombres solamente para aquellas tareas que les resultaran demasiado pesadas.

Culminó su discurso ante las féminas afirmando que con ello pretendía hacer que todos se diesen cuenta de cuán importantes son las mujeres en la sociedad, y que lo más probable era que ese año todo fuese un auténtico fiasco, con lo que darían una lección a los hombres, que habían protestado por el dinero gastado en esos eventos en años anteriores.

—Bueno, señor Edison, ¿cómo le ha ido? —preguntó Alan preocupado por la parte clave de su plan.

—Lo hice tal y como me aconsejaste y las manejé a mi antojo. ¡Chico, tienes que enseñarme más trucos de ésos! —respondió el señor Edison feliz—. Le comenté a mi esposa que este año quería a un ciudadano ejemplar para el encendido del árbol de Navidad y ella me recomendó a Elliot, a lo que yo me negué rotundamente. Le dejé darme un poco el coñazo y la miré enfadado pero tajante, y le concedí que sería él, sólo si lo hacía junto a los encargados de los adornos, que sois tú y los chicos de los Lowell.

—¡Perfecto! —exclamó Alan con alivio—. ¿Y qué tal las instalaciones de los alrededores: sonidos, luces, adornos...? —preguntó un sonriente Alan dirigiéndose a otro de sus compinches.

—¡Todo listo! —expresó con entusiasmo Adan, el electricista local.

—¿Y vosotros, chicos? ¿Todo listo? —inquirió dirigiéndose a los demás.

—Sin problema alguno —contestaron todos.

—¿Dónde están los varones Lowell? —quiso saber Jeff.

—Están distrayendo al sujeto, por eso hoy no han podido venir —respondió Alan—, pero el señor Lowell me ha comentado lo impaciente que está por todo esto del acto de encendido del árbol.

—Pobrecito, una baja en combate —señaló Jeff ante los demás.

—Sí, pero sólo hemos perdido pequeñas batallas —repuso Alan alentando al grupo—. ¡La victoria en la guerra será nuestra! —voceó animándolos a unirse a sus gritos de victoria.

—¡Sí! —clamó el alcalde emocionado—, dentro de cuatro días encenderemos y nadie podrá olvidar esa fecha.

—¡Síiiii!—exclamó la multitud enfebrecida.

Desde fuera de la sala, miss Winchester, una mujer de avanzada edad que esperaba ser atendida por el alcalde y que se dedicada a la filantropía, se preguntaba a qué se destinaría ese año el dinero aportado para los eventos navideños, ya que los gritos provenientes del interior de la sala parecían procedentes de una batalla en vez de representar un acto de paz y amistad como bien señalaba el espíritu de esos días.

La noche que la estrella del árbol navideño fue colocada en su lugar y las luces se encendieron fue una noche que todo Whiterlande recordaría: por las mujeres, para que ese evento nunca volviera a ser organizado por los hombres, y por los varones, para tener algo que recriminar a sus mujeres.

Todo el mundo se reunió en la plaza del pueblo junto a un pequeño escenario donde cantarían los niños del coro y, después, sería alzada la estrella hasta la cúspide del árbol para que luego una mano inocente encendiera las luces del gran árbol de Navidad, colmándolos a todos del espíritu navideño.

Montones de luces adornaban las farolas y los edificios cercanos al evento. Todos los habitantes vestían sus mejores ropas y los ojos de todos, por un motivo u otro, estaban fijos en el escenario.

En cuanto la familia Lowell llegó, el alcalde guio a Josh, Dan y Elliot hasta detrás de las cortinas del escenario. Alan ya los esperaba allí, terminando de organizarlo todo.

—Los niños saldrán ahora a cantar unos cuantos villancicos y después nos tocará a nosotros poner la estrella en el árbol, y a ti encenderlo tras el discurso —indicó Alan señalando a Elliot.

—¿Qué discurso? ¡Nadie me ha dicho nada de un discurso! —protestó Elliot indignado—. En fin, con lo bueno que soy actuando, seguro que se me ocurre algo.

—Sí, seguro —murmuró Alan con enfado—. Por cierto, no toquéis ese micrófono, lo hemos desconectado porque está defectuoso y creo que todavía sigue dando calambres —advirtió Alan antes de proseguir con la función del coro.

Mientras los niños disfrazados de querubines cantaban como los ángeles todos les prestaban atención, hasta que se oyó por los altavoces una voz conocida. Todos escucharon con gran interés las palabras de Elliot, ya que hablaba sobre su amado pueblo.

—¡Idiota, ten cuidado! Te vas a achicharrar —apuntó Elliot a Dan de muy malos modos.

—No pasa nada, el micrófono está desconectado. Por cierto, ¿de qué tratarás en el discurso sobre mi pueblo?

—Ni idea, tal vez de alguna sensiblería sobre el espíritu navideño, los pueblos como éstos siempre se tragan toda esa mierda.

Todos los habitantes, ofendidos, alzaron el rostro, furiosos, dispuestos a protestar, cuando vieron a Alan apoyado en un lateral del escenario junto al coro haciendo gestos y rogando silencio a la concurrencia, por lo que todo Whiterlande continuó escuchando.

—¿Y cómo es que conoces otros pueblos así? —interpeló Josh molesto—. ¿Tú no eras huérfano y sólo tenías a tu madre borracha en una caravana y no sé qué más historias?

—¡Bah! Eso son historias que me invento para llevarme a chicas a la cama, y hay que admitir que tu hermana está muy buena.

Alan le dirigió en esos momentos una mirada de reproche a Elisabeth, que no apartaba su rostro sorprendido de él, preguntándole silenciosamente «¿me obligarás a cumplir la apuesta?», a lo que él contestó con un gesto afirmativo sin dejar de repasar con deseo cada una de las curvas de su cuerpo.

—¿Y las historias lacrimógenas que les has contado a mis padres? —preguntó Josh irritado.

—¡Bah! Tonterías sensibleras para que tu madre me invitara en verano y poder seguir tirándome a tu hermana.

En ese momento, John Lowell miró por primera vez en veinticinco años a su esposa con una sonrisa de satisfacción en el rostro por llevar al fin la razón en algo.

Sarah Lowell contestó en susurros para no perderse nada de las palabras de aquel idiota: «Cuando lleguemos a casa te daré la escopeta».

—¡No te acerques a mi hermana! —exigió Josh enfurecido.

—¿Tú también? —repuso burlón Elliot—. El estúpido del vecino fue el primero en amenazarme así cuando me vio mirándole el culo a Elisabeth. Te diré lo mismo que a él: ¿qué vas a hacer?, ¿decírselo a tu hermana o a tu madre? No te creerán, y yo seguiré pareciendo a sus ojos un hombre solitario y falto de amor y cariño.

—¡Eres un farsante! —clamó Josh rabioso.

—¡Vamos, vamos, no exageres! —intervino Dan despreocupadamente en ese momento—. Toma, Elliot —le dijo Dan en tono de guasa mientras le tendía el micrófono averiado—. Desahógate, dime lo que le dirías realmente a este pueblo si pudieras.

Elliot le siguió la broma y tomando el micro comenzó su verdadero discurso, sin adornos, instigado por su «amigo» Dan:

—Queridos ciudadanos de este pueblo minúsculo que está en la quinta puñeta, ¿os escondéis porque sois unos mierdas o porque vuestras mujeres, a pesar de ser hermosas, son estúpidas y fáciles de llevar a la cama? Me encanta que acabe de llegar y me hayáis ofrecido, como si fuera un honor, encender las luces de un árbol irrisorio comparado con los de la ciudad, y unos eventos tan aburridos que preferiría mil veces el suicidio asistido antes de verlos una vez más. Sin olvidarnos de los mocosos vestidos como... ¿eso son ángeles? ¡Cantan como urracas! En fin, ¡feliz Navidad a todos y, si logro tirarme a Elisabeth Lowell antes del verano, no me volvéis a ver el pelo!

Mientras recitaba el final del discurso, las cortinas se alzaron y Alan recibió a Elliot en el escenario a la vez que comentaba sonriente:

—¡Bonito discurso!

Elliot halló ante él una multitud enfurecida que comenzó a tirarle cosas mientras le gritaban insultos y acusaciones de todo tipo.

—¡Mi hijo no canta como una urraca! —vociferó la madre de uno de los chicos del coro iracunda, avivando a todas las demás a unirse a un apaleamiento en masa.

Pero Alan se interpuso en su camino y calmó a todos con una pérfida sonrisa mientras comentaba:

—¡Es hora de colocar la estrella en el árbol!

Tras estas palabras, Dan y Josh le colocaron un arnés a Elliot, que estaba demasiado aturdido como para reaccionar con prontitud, y lo engancharon a una cuerda, mientras Alan los ayudaba dirigiéndolos hasta que al fin consiguieron colocar a Elliot en la cima del árbol.

—Definitivamente él sí que no canta como los ángeles —bromeó Alan micrófono en mano calmando los ánimos—. Y ahora, después de haber colocado este... ¿ángel? —preguntó indeciso a la multitud mientras ésta reía.

—¡Urraca de Navidad, más bien! —chilló una de las mujeres ofendidas.

—Bien, pues después de poner en el árbol a la urraca de Navidad, prosigamos con los eventos; por favor, niños... —pidió Alan al coro, el cual volvió a interpretar alegremente cada una de sus canciones mientras todos ignoraban los gritos, lloros y súplicas del individuo que colgaba de un irrisorio árbol a unos quince metros del suelo.

Miss Winchester miró sorprendida al ruidoso muchacho colgado del árbol, escandalizada ante lo que los hombres de ese pueblo habían hecho con un evento tan hermoso.

Más tarde fue informada por el resto de las féminas de cómo se habían desarrollado los acontecimientos, y entonces estuvo de acuerdo con que ese hombre merecía una lección, pero ¿tenían que habérsela dado en su árbol?, pensó resignada al no ver la iluminación ese año. En fin, decididamente los hombres no volverían a formar parte del comité de adornos y festejos como que ella se llamaba Guillermina Winchester.

Ese año nadie aplaudió más que los hombres cuando el árbol fue encendido mientras miraban con una sonrisa de satisfacción a sus mujeres a la vez que expresaban, con una mirada de superioridad, «ya te lo dije».

Por desgracia, el adorno final era demasiado molesto para los oídos como para dejarlo toda la noche allí, así que sobre las doce, cuando habían finalizado todos los eventos, el jefe de policía lo bajó del árbol con la ayuda de alguno de sus hombres, y le concedió un alojamiento adecuado para pasar la noche.

A la mañana siguiente Elisabeth Lowell se levantó temprano y, después de recibir sus preciados regalos, un estuche de dibujo profesional de sus padres y libros de pintura artística por parte de sus dos hermanos, se atavió esmeradamente y fue en busca de Alan.

—Buenos días, ¿está Alan levantado, señora Taylor? —preguntó Elisabeth a la madre de Alan cuando ésta le abrió la puerta.

—Sí, está en su habitación leyendo un libro de jugadas y tácticas. Pero dame el abrigo, pequeña, ¡te vas a asar!

—Es que estoy destemplada, señora, creo que

ayer cogí frío. Si no le importa, me lo dejaré puesto —respondió Elisabeth.

—Claro que no, pasa, ¿y qué llevas ahí? —preguntó Penélope confundida por la visita de su vecina.

—Es un cuaderno de dibujo, Alan quería aprender a dibujar y, en agradecimiento a lo que hizo, he decidido enseñarle.

—Me parece algo muy loable por tu parte, no os molestaré. A ver si aprende a hacer algo bonito con el lápiz, además de morderlo cuando está nervioso.

—No se preocupe, soy muy buena maestra.

—Bueno, pues sube. Su habitación está todo recto y a la izquierda.

Cuando Elisabeth se halló frente a la puerta del cuarto de Alan no llamó: simplemente entró, cerró y echó el pestillo.

Alan, que estaba tumbado en la cama, soltó su libro y le preguntó extrañado:

—¿Qué haces aquí, Elisabeth? —tras lo que quedó mudo, ya que Elisabeth se despojó de su abrigo dejándolo caer lentamente al suelo y mostrándole que no llevaba nada puesto. Bueno, sí que llevaba algo: una cinta roja estratégicamente colocada que le cubría ambos pechos, se perdía en su cintura y volvía a aparecer en su entrepierna formando un bonito lazo que ocultaba el triángulo rubio de su entrepierna.

—¡Dios, Elisabeth, me vas a matar! —gimió Alan mientras la veía acercarse hacia su cama.

—Esto es lo que querías por Navidad, ¿no? —preguntó decidida mientras se acercaba a su cama.

—Sí —confesó seriamente Alan—. A ti, sólo a ti.

A continuación se puso en pie y se dispuso a desenvolver su regalo.

Alan tiró despacio del lazo y lo apartó con delicadeza de la zona más íntima de la chica con una de sus rudas manos. Siguió desprendiendo el lazo de su cuerpo por su trasero, que acarició lentamente, al igual que los costados de su espalda, y subió hasta sus pechos, cuyos pezones ya estaban erectos. Retiró la cinta de ellos haciéndola gemir por el contacto de sus manos y lo desprendió de su cuello, dejándolo caer al suelo.

Alan observó su cuerpo desnudo preguntándose por dónde empezar mientras ella reaccionaba excitándose ante su escrutinio. Sus pezones se endurecieron más aún, su entrepierna se humedeció ante la espera y ella, nerviosa, mordió sus labios preguntándose por qué no hacía nada, ¿es que no le gustaba lo que veía?

Sus preguntas no tardaron mucho en ser respondidas cuando Alan se colocó tras ella, pegando sus nalgas desnudas junto a su erecto miembro, sólo separados por la tela del pantalón de Alan. Mientras sus manos la sujetaban por la cintura, él le susurró al oído:

—Verás, tengo un problema con los regalos de Navidad. Me gusta desenvolverlos poco a poco y, una vez les he quitado el envoltorio, me encanta jugar con ellos hasta hartarme.

—No... podemos... hacer... mucho ruido —señaló entrecortadamente Elisabeth por culpa de una de las manos de Alan que acariciaba tortuosamente uno de sus senos.

—Tendrás que controlarte —apuntó un sonriente Alan junto a su oído mientras deslizaba la otra mano por su sexo y la oía gemir.

—Tu madre nos puede oír —gimió Elisabeth al sentir cómo un dedo se introducía dentro de ella—. Será mejor dejarlo para otro día —dijo entre grititos al sentir cómo su dedo entraba y salía de su húmedo interior y acariciaba lentamente su clítoris en el proceso.

—¿Creías que por tener a mi madre y a mi abuela en casa te librarías de mí? —se burló Alan—. Lo siento, cielo, pero tú desnuda y en mi habitación es algo que nunca dejaría escapar —sonrió satisfecho frotando su miembro contra su trasero.

Las piernas de Elisabeth temblaron cuando su mano comenzó a pellizcar sus pezones, a acariciar sus senos, jugando con ellos despacio sin dejar en ningún momento de estimular su clítoris con la otra mano, cuyo travieso dedo entraba y salía de su humedad imitando el movimiento de sus embestidas.

Cuando Alan introdujo dos dedos, fue Elisabeth la que comenzó a mover sus nalgas impacientemente contra su duro miembro. Él continuó jugando con su cuerpo mientras besaba su dulce cuello y le arrebataba sollozos de placer una y otra vez.

Alan, excitado, comenzó a relatarle todas las cosas que le haría a su apetitosa amante, y ella se humedeció más, haciendo que los dedos de él profundizaran en su interior. Alan los sacó lentamente acariciando de nuevo su clítoris y haciéndole mover las caderas violentamente sobre su mano en busca de la liberación.

Cercana al orgasmo, Elisabeth miró a Alan asustada sin saber cómo acallar sus gemidos de placer. Alan subió la mano que cubría sus pechos y tapó su boca con ella, luego le susurró al oído:

—Tócate los pechos para mí, date placer mientras te acaricio...

Elisabeth se sonrojó y lo miró confusa, pero cuando él alejó sus dedos de su interior, protestó contra su mano y comenzó a acariciarse como él le había enseñado. Se acarició despacio uno de los pezones con la mano y luego lo pellizcó retorciéndose de placer; él volvió a mover sus dedos en su húmedo interior llevándola al límite. Ella se arqueó inquieta contra su cuerpo sin poder dejar de moverse contra su mano y acariciándose cada vez más apasionadamente, próxima al orgasmo.

Su otra mano agarraba el fuerte antebrazo de Alan para no caer sobre sus piernas temblorosas, y el brazo de Alan acariciaba sin proponérselo su otro pecho, estimulando su pezón y haciéndola estremecer.

Él aumentó el ritmo de sus caricias y ella estimuló más hábilmente sus pechos moviéndose desesperada contra la mano de Alan, sin dejar de notar en sus nalgas desnudas la potente erección.

El orgasmo hubiera sido escandaloso si su boca no hubiera estado acallada por una decidida mano que apagó sus gritos. Su cuerpo se retorció entre los brazos de Alan durante un rato hasta que finalmente, entre gemidos, terminó.

Elisabeth se desplomó entre los brazos de Alan,

exhausta, y él la llevó a su cama. Se desnudó y rebuscó entre sus cosas hasta dar con su regalo.

—Toma, es para ti —dijo Alan tendiéndole una bonita caja blanca envuelta con un lazo rojo.

Elisabeth lo miró sorprendida y mientras abría la caja comentó:

—¿Qué es? ¿Algún juguete pervertido?

Luego contempló los hermosos zapatos de ante, rojos, con el pequeño adorno de un falso rubí en la punta, y corrió extasiada a probárselos ante el espejo sin importarle estar desnuda.

Cuando le preguntó a Alan cómo le quedaban, éste estaba tumbado boca arriba en la cama con su erección expectante, devorándola con los ojos a la vez que se ponía un condón y le señalaba:

—Arriba.

Elisabeth se acercó excitada hacia su enorme erección, decidida a montarlo.

—Deja que me quite los zapatos, no quiero estropearlos.

Alan negó con la cabeza y le volvió a indicar que se sentara sobre él.

Ella se aproximó, provocadora, menando sus caderas, se subió lentamente encima de él y poco a poco lo introdujo en su húmedo interior, haciéndole gemir mientras descendía por su firme miembro.

—Después de todo, sí era un juguete pervertido —susurró Elisabeth en su oído mientras marcaba un ritmo a su cabalgada.

—Contigo cualquier cosa puede llegar a ser un juguete pervertido —gruñó Alan apremiándola a ir más rápido cogiéndola de las caderas; inclinó su cuerpo hasta poder deleitarse con sus sensibles pechos, chupándolos, acariciándolos, mordiéndolos. La oyó gemir desesperada y la vio moverse descontrolada encima de su cuerpo, pero eso no le bastaba, así que una de sus manos se dirigió a su sensible clítoris y lo acarició mientras ella lo montaba cada vez con más pasión, hasta que finalmente fue ella la que tapó la boca de ambos acallando los gritos de éxtasis mientras arqueaba su cuerpo a la vez que se convulsionaba teniendo un segundo orgasmo de lo más memorable. Alan embistió con fuerza al sentir como ella se contraía contra su miembro haciéndolo derramarse en su interior.

Alan disfrutó unas buenas horas de su regalo hasta que éste se fue y lo abandonó. Cuando despertó después de haberse quedado dormido con ella entre sus brazos, únicamente encontró una nota, pero ésta le sacó una sonrisa. En ella venían anotados dos puntos de la famosa lista: «5. Que me defienda de todos los matones del mundo. 8. Que siempre sepa cuál es el regalo perfecto y cuando debe dármelo».

Al final de la misma, ponía como advertencia: «¿Estás seguro de que quieres seguir intentándolo?».

Alan, lleno de felicidad, tachó de su copia de la lista lo que había conseguido y guardó la nota de Elisabeth ante posibles reclamaciones. Luego bajó a ver a su madre y a su abuela dispuesto a mantener la pésima coartada de Elisabeth.

—Qué quieres que te diga, hijo, a mí esta rana me parece una vaca. ¡Pobrecita! Con lo ilusionada que bajó comentándome las mejoras que habías hecho.

—Bueno, mamá, he mejorado mucho.

—Pues entonces no quiero saber a lo que se asemejaba antes esta rana —bromeó Penélope tirando el dibujo—. Definitivamente, hijo mío, el dibujo no es lo tuyo.

—Pero lo será, mamá, lo será —comentó Alan alegremente a la vez que besaba y abrazaba a su madre antes de marcharse de la cocina.

Cuando las vacaciones de Navidad terminaron, Elisabeth volvió a huir de él afirmando que sólo había cumplido con su apuesta, pero él simplemente sonrió.

Había podido llegar a parecerse un poco al hombre de su lista y ella siempre se rendía entre sus brazos, la vida era maravillosa y él lograría ser todo lo que ella deseara y más.

Al final de ese año Alan Taylor recibió la propiedad de una casa destartalada en un terreno apartado del pueblo junto al lago, de parte del señor Lowell. Alan intentó rechazarlo, pero, tras varios intentos fallidos, finalmente con sus ahorros comenzó a realizar las reformas de lo que, según él, sería el futuro hogar de Doña Perfecta.

Antes de marcharse de nuevo a la universidad recibió una carta de Elisabeth en la que ella le preguntaba si quería continuar aspirando a ser su hombre ideal, recordándole jocosamente que a lo largo de un año sólo había conseguido dos cualidades.

Elisabeth, por su parte, recibió un misterioso paquete de parte de Alan. Cuando estuvo a solas en su habitación, lo abrió y observó confusa su interior, donde había un gran lazo azul y una nota que decía: «Sólo me quedan ocho. PD: Ya sabes lo que quiero para mi cumpleaños».

Elisabeth miró la nota con enfado y la hizo trizas junto con el lazo. Alan estaba loco si creía que eso se iba a volver a repetir: todo había sido un error, un grave error.

Capítulo 10

Con veintidós años, apenas faltaba uno para que Alan Taylor finalizara sus estudios en la universidad. Los ojeadores cazatalentos ya llamaban a su puerta para posibles fichajes profesionales y tenía ante sí un futuro brillante lleno de fama y fortuna haciendo lo que más le gustaba, jugar al fútbol americano. Sus calificaciones no eran espectaculares en la simple carrera de Ciencias Audiovisuales que estaba cursando, pero los profesores pasaban mucho la mano a los deportistas.

Su futuro se anunciaba maravilloso hasta que en un partido todo terminó repentinamente con el violento placaje de un rival que lo llevó a sufrir una terrible lesión en la rodilla. Lo sacaron del campo en camilla y lo llevaron al hospital, donde lo sedaron, por lo que apenas se enteró de nada hasta que volvió a abrir los ojos y el dolor comenzó a atormentarlo.

La fría habitación blanca lo agobiaba, lo asfixiaba.

Mientras intentaba respirar entre esas cuatro paredes, Alan fijó su vista en su vendada e inmóvil pierna. Tocó el timbre desesperado preguntándose cuál era su lesión y cuánto tardaría en volver al campo. A cada segundo que pasaba sin recibir respuesta, se temía lo peor.

Unos minutos después, que a él le parecieron horas, entró una enfermera y Alan le preguntó por su médico: quería hablar con él sobre cuándo volvería a jugar. Al percatarse de cómo la enfermera esquivaba su mirada y sus preguntas, lo supo sin lugar a dudas: su brillante futuro había desaparecido ante sus ojos a tan sólo unos días de la gloria.

Pasó varios días en el hospital, donde recibió las visitas de sus familiares y amigos. Como un autómata, debido a su estado de postración y a no poder ir a ningún sitio, su mente se retraía evitando la realidad. Únicamente podía rememorar una y otra vez la conversación que había mantenido con el médico.

—En unos meses y con dura rehabilitación podrás volver a caminar, incluso a correr —anunció un doctor de mediana edad que cargaba con su expediente.

—¿Podré volver a jugar profesionalmente? —planteó Alan emocionado ante la buena noticia.

—Lo siento, pero has sufrido una lesión muy grave para un deportista profesional: rotura total de los tres ligamentos de la rodilla, la llamada tríada. Los tres ligamentos se han roto por completo, y la operación de reconstrucción no los deja perfectos. Si vuelves a jugar, no será profesionalmente.

—Pero tengo muchos equipos profesionales interesados en mí, ¡no puede pasarme esto ahora! —se quejó Alan—. Seguro que en un año volveré al campo, ¡necesito poder jugar!

—Puedes intentarlo —declaró el médico—, pero esto lo he visto ya muchas veces. En cuanto vuelvas al campo, se te puede reproducir la lesión. Tienes altas probabilidades de que eso ocurra, pues la zona ya está dañada y, por otra parte, no hay muchos equipos que se arriesguen a contratar a un novato con esa carga. Si ya fueses profesional, tal vez habría posibilidades, pero en tu caso...

—Entonces, ¿qué hago? ¿Me rindo? ¿Tiro todo mi futuro por la borda por una estúpida rodilla? —exclamó al médico un enfurecido Alan.

—Alégrate de que la lesión no haya sido más grave de lo que es, lucha por recuperarte y más adelante ya veremos si puedes intentar volver al mundo profesional.

Tras estas palabras, el doctor lo dejó solo, sumido en sus pensamientos.

—Para qué luchar... —susurró en voz baja mientras derramaba en silencio lágrimas de dolor por lo perdido.

Cuando Elisabeth volvió ese año de la universidad se extrañó al no ver a Alan en casa de su abuela. Preocupada, preguntó a sus hermanos, quienes, a pesar de no ir a la misma universidad que él, eran amigos inseparables del vecino.

Después de los abrazos y besos que recibía todos los años al retornar a casa, se sentó en el porche con una deliciosa limonada junto a Josh y Dan.

Ellos permanecían tensos, a la espera de sus preguntas, parecían no querer contarle lo que sucedía, ya que evitaban continuamente su mirada.

—¿Dónde está Alan? —inquirió finalmente Elisabeth; sus hermanos se miraron entre sí, decidiendo quién sería el que daría la mala noticia, y fue Josh el que comenzó a contestar a sus cuestiones.

—Alan tuvo una lesión a principios de verano. Está bien —añadió Josh al ver cómo su hermana se disponía a levantarse para ir en su busca—, pero no creen que pueda volver a jugar profesionalmente.

—¿Y eso qué más da? Lo importante es que esté bien y se esté recuperando, porque se está recuperando, ¿verdad?

—Físicamente puede, pero...

—Pero psicológicamente está hecho una mierda —acabó Dan por su hermano.

—¿Por qué? No lo comprendo; no tendrá una carrera brillante pero aún puede terminar la universidad y centrarse en su futuro.

—No lo entiendes, Elisabeth: ése era su futuro, las notas de Alan son pésimas y sin la perspectiva de contar con un buen futbolista, la universidad pronto se deshará de él.

—¡Pero eso no es justo! Él es muy inteligente, seguro que puede finalizar su carrera y hacer algo.

—No quiere hacer nada, se ha rendido —comentó Josh apenado.

—¡Tengo que ir a verlo! —exclamó Elisabeth decidida mientras se incorporaba, pero las apesadumbradas palabras de su hermano Dan la detuvieron.

—No nos permitió entrar, Elisabeth. Josh y yo cogimos dos autobuses para poder ir a verlo. Cuando llegamos al fin, la enfermera nos negó la entrada. Después de discutir con medio hospital supimos que él no deseaba ver a nadie, eso también nos incluía a nosotros.

—Si quieres saber más de él, tal vez deberías ir a hablar con la señora Taylor. Está muy sola desde que su hija se marchó para cuidar de su nieto, y parece ser que las noticias que le dan no la animan demasiado —indicó Josh, abatido por el destino de su amigo.

Elisabeth se levantó dispuesta a ir en busca de Milisent cuando la mano de Dan la detuvo.

—Si averiguas algo, cuéntanoslo. Estamos muy preocupados por nuestro amigo.

—No te preocupes, averiguaré algo —prometió ella sonriente mientras se dirigía con decisión a casa de los Taylor.

Milisent vio a la joven de los Lowell desde la silla de su viejo porche.

La saludó alegremente con la mano mientras esperaba su visita, porque ella sabía que esa jovencita iría a preguntar por su nieto, un nieto al que ya apenas reconocía. La vida lo había golpeado, pero él no parecía sacar fuerzas para seguir luchando. Según él, no tenía ninguna razón para levantarse de esa cama de hospital que, a cada día que pasaba, parecía tragarse un poco más su vitalidad.

Milisent lloraba por estar perdiendo a su jovial

nieto a cambio de un extraño desapegado que parecía estar muerto aunque su corazón siguiera latiendo.

Elisabeth se sentó junto a ella en otra de sus viejas sillas, la miró en silencio comprendiendo su dolor y, cuando la abuela esperaba otra de esas estúpidas frases de consuelo por lo ocurrido que la hacían desear llorar, la pequeña Elisabeth sacó de sus labios una sonrisa.

—¿Tan malas son sus notas?

—No sé, nunca nos las quiso enseñar.

—Con lo mayor que es y escondiendo las notas a los padres, ¿no le da vergüenza?

—¿Te has enterado de todo? —preguntó finalmente Milisent a Elisabeth.

—Sí, ¿se puede saber por qué no deja que lo vea nadie?

—Según mi hija, está abatido, apenas come y hace ya una semana que debería haber comenzado con la rehabilitación para no perder la movilidad de la pierna, pero se niega a hacer otra cosa que no sea estar tumbado en esa estúpida cama autocompadeciéndose por su desgracia. Yo fui a verlo al principio, pero soy mayor y no puedo estar mucho tiempo durmiendo en esos incómodos sillones. Ahora llamo todos los días, esperando alguna buena noticia que nunca llega —confesó Milisent rompiendo a llorar.

—Tranquila, señora Taylor, yo conseguiré levantarlo de la cama aunque sea a base de patadas —prometió Elisabeth.

—No te dejará entrar, hija mía. No deja entrar a nadie.

—Oh, no se preocupe, señora Taylor. No tengo que estar presente para hacerlo enfurecer. Ya verá usted cómo al acabar el verano tiene a su nieto en casa gruñendo como nunca, pero de pie.

Elisabeth conversó un rato más con ella sobre cosas banales, le hizo recordar historias pasadas de cuando ella y su nieto eran niños y no paraban de hacerse trastadas y, por primera vez en mucho tiempo, la anciana volvió a reír con ganas.

«Ojalá esa chica pudiera hacer milagros», pensaba Milisent mientras la veía marcharse, porque sin duda alguna eso es lo que se necesitaría para hacer que su nieto volviera a ponerse en pie.

Penélope nunca hubiera imaginado que el día en el que su hijo volvió a tener nuevamente deseos de ponerse en pie comenzaría con la estrambótica presencia en su habitación de varias coronas de flores para difuntos.

A las diez de la mañana comenzaron a llegar las flores.

Su hijo permanecía en la cama, una vez más haciendo como que dormía aunque sólo estaba recordando todo lo que había perdido, compadeciéndose de nuevo de sí mismo. Presentaba un aspecto muy desmejorado: estaba pálido, había perdido peso y en su rostro lucía una barba de dos semanas. A primera vista apenas parecía vivo, a no ser por el movimiento de su pecho al respirar.

Tocaron a la puerta y luego, con paso solemne y gesto fúnebre, entró un mensajero con una corona de flores silvestres.

—Señora Taylor, lo siento mucho —expresó con gran pompa tendiéndole las flores.

—Debe de haber un error... —comentó Penélope mientras cogía las flores y las colocaba junto a la silla donde ella dormitaba.

—No, señora: usted es Penélope Taylor, ¿verdad?

—Sí, pero...

—Estas cosas pasan, seguramente él era muy joven, pero la vida sigue... —El mensajero interrumpió su discurso y se quedó petrificado cuando el supuesto cadáver se alzó enfurecido del lecho y gritó:

—¡Mamá, se puede saber quién narices me ha mandado una corona de muertos!

—Le dije que había sido un error, mi hijo no ha fallecido —comentó la señora Taylor intentando sacar del estado de *shock* al pobre mensajero.

—¡Quién ha sido el graciosillo que me ha mandado esto! —vociferó iracundo el paciente, que esta vez había conseguido ponerse en pie y, apoyándose en el mobiliario, había llegado hasta donde se hallaba la corona de flores. Leyó atentamente lo nota adjunta; tenía alguna sospecha acerca de quién podía ser el molesto gamberro, y esa sospecha se confirmó cuando el mensajero contestó, algo más sereno:

—Las envía Elisabeth Lowell.

—¡Pues lléveselas de vuelta! —exclamó Alan airado.

—Lo siento, pero ya están pagadas —apuntó el mensajero.

Después de que Penélope firmara el resguardo de entrega, porque así lo dictaba el protocolo, el mensajero se dispuso a marcharse ante las enfurecidas protestas del supuesto muerto, pero entonces otro mensajero con una nueva corona de flores abrió la puerta.

—Cuidado, que este muerto grita mucho —comentó el primer mensajero al segundo mientras salía rápidamente de la habitación.

A lo largo de la mañana llegaron en total doce coronas de flores, que se fueron acumulando en la pequeña habitación.

Los mensajes eran de lo más original: había desde un «Lázaro, levántate y anda» hasta un «Recuerdo de tu querida y amada vecina», sin olvidar el típico «Todo el pueblo te recordará con cariño».

Penélope no pudo leer los dos últimos porque su hijo, furioso, se puso en pie nuevamente y se los tiró a la cabeza a los pobres mensajeros.

Penélope Taylor no sabía si reír o llorar con la broma pesada de Elisabeth, pues, a pesar de que era de muy mal gusto, había conseguido levantar a su hijo de la cama, aunque sólo fuera para gritar como un energúmeno a los mensajeros.

Al final de la tarde Penélope acabó llorando de la risa mientras agradecía a Dios la nueva intervención de Elisabeth Lowell: alguien llamó a la puerta y Penélope corrió a abrir antes de que su hijo profiriera una nueva amenaza a un pobre inocente. Ante ella apareció un cura preparado para dar las amonestaciones y la extremaunción. Era algo mayor, un poquito más bajo que ella, medio calvo, y lo poco que le quedaba de pelo estaba encanecido por el paso de los años. Portaba unas grandes gafas y su rostro parecía simpático y benevolente.

—Señora, ¿dónde está el moribundo? —preguntó el sacerdote respetuosamente muy dispuesto a cumplir con su deber.

Penélope quedó muda ante su presencia. El cura entró en la habitación y se dirigió hacia Alan mientras comenzaba con sus oraciones en latín y hacía la señal de la cruz.

—Bien, hijo, ¿quieres confesar tus pecados antes de cruzar hacia el otro lado? —inquirió el religioso.

—Sí, ¡voy a matar a mi vecina! —gritó Alan irritado.

—¡Hijo mío! —se escandalizó el sacerdote—. Eso es muy grave, mancharte las manos con la sangre de una inocente es...

—¡Oh, no! ¡No es para nada inocente! ¡Joder! ¿Es que nadie me va a creer hoy cuando le digo que no me estoy muriendo?

—Perdónele, padre —se disculpó Penélope ante las palabras de su hijo—. Pero es verdad, él no se está muriendo: es sólo una lesión en la rodilla.

—No puede ser, una jovencita muy amable me contó que un amigo suyo se estaba muriendo en el hospital. Me aseguró que yo podría hacer algo por él. Le comenté lo de la extremaunción y me dijo que eso serviría.

—Ésa es mi vecina —gruñó Alan entre dientes.

—¡Ah, sí! ¡Pues de ningún modo voy a permitir que mates a esa dulce jovencita! —exclamó indignado el sacerdote.

—Padre, lo dijo en broma. Desde pequeños no hacen más que hacerse trastadas —explicó Penélope antes de que el cura llamara a la policía.

—Entonces, ¿qué es lo que te pasa? —preguntó el cura, molesto, a Alan.

—Una rotura de ligamentos en la rodilla. No podré volver a jugar profesionalmente al fútbol.

—¿Eso es todo? ¡A Cristo lo clavaron en una cruz! ¡En esta misma planta hay decenas de niños enfermos que no llegarán al final de esta semana!, ¿y tú te lamentas por una rodilla? ¡Me voy! ¡No aguanto a estos jóvenes que se quejan por nada! ¡Y como le pase algo a esa jovencita adorable, sabré que has sido tú! —dijo el sacerdote señalándolo acusadoramente, a la vez que salía de la estancia.

—Esto es lo último —gruñó Alan antes de coger el teléfono móvil—. ¡No se te ocurra enviarme nada ni a nadie más, loca de las narices! —gritó enfurecido—. ¡No! ¡No voy a hacer rehabilitación para...! ¡No serás capaz! ¡Joder, Elisabeth, ni tú tienes tanto dinero como para comprar eso! ¿Que has hecho una colecta? ¡Sí, de acuerdo! ¡Voy a hacer rehabilitación, sólo para ir allí y pegarte una patada en el culo! ¡Y ni se te ocurra enviarme el ataúd! —rugió Alan a través del teléfono antes de arrojarlo sobre la mesa.

—Mamá, mañana empiezo con la rehabilitación —informó Alan a su madre cayendo rendido ante todo lo ocurrido ese día.

Penélope salió de la habitación, y llena de dicha llamó a Milisent para darle la buena noticia.

—Alan por fin ha decidido levantarse y todo es gracias a...

—Elisabeth Lowell —contestó la anciana sin dejarla terminar.

Capítulo 11

Alan Taylor tardó todo un año en recuperarse por completo de la lesión. Como se temía, no pudo volver a jugar profesionalmente y su plaza en el equipo fue cedida a otro alumno mientras él estaba en el hospital.

Después de las facturas médicas, apenas le quedaba dinero. Lo poco que había conseguido ahorrar entrenando a novatos y trabajando de camarero en el campus, junto con su cuantiosa beca, habían acabado siendo utilizados para la recuperación total de su rodilla.

Alan volvió a casa abatido y sin saber qué hacer. Tras soportar durante semanas las miradas de lástima de su madre y de su abuela, de sus vecinos y amigos, puso sus cosas en una maleta y se marchó a la casa del lago que le había regalado el señor Lowell años atrás.

La casa de dos plantas apenas estaba en condiciones para que alguien viviera allí. Ya a simple vista parecía ruinosa, con su pintura resquebrajada, sus ventanas rotas, muchas de las cuales carecían de cristales, y su puerta desencajada.

El interior no era mucho mejor, con muebles viejos llenos de polvo y telarañas. Lo único que había podido arreglar antes de marcharse fue la cocina, que lucía como nueva, y las instalaciones básicas, por lo que gozaba de electricidad y agua caliente. Lo demás era todo un desastre, pero ese desastre era lo único que le quedaba. Sacó sus herramientas y se dispuso a convertir ese montón de ruinas en un hogar.

Alan sólo salía de su casa para dos cosas: comprar alimentos y adquirir materiales para sus arreglos. Se convirtió en un auténtico ermitaño, aislado de todo contacto humano.

Todos en Whiterlande estaban tremendamente preocupados, pero, como ni sus familiares ni sus amigos pudieron sacarlo de su soledad, decidieron darle tiempo hasta la llegada de Elisabeth, a la que esperaban impacientemente mientras apostaban cuánto tardaría Doña Perfecta en sacar a Alan Taylor de su viejo caserón.

Tardó exactamente cinco segundos en sacarlo de su casa, ya que Elisabeth se encontraba en el porche con una cerilla encendida en una mano mientras en la otra portaba un bidón de gasolina.

—Alan Taylor, ¡o sales de la casa o le prendo fuego!

—¡No te atreverás! —gruñó el joven desde dentro mientras se asomaba por la ventana.

—¿Ah, no? —respondió Elisabeth a la vez que arrojaba la cerilla encendida en el viejo suelo de madera del porche.

Alan salió con celeridad hacia el exterior y comenzó a sofocar el pequeño fuego que comenzaba a formarse, apagándolo con la suela de sus botas de montaña. Llevaba puestos unos vaqueros rotos y desteñidos, junto con una vieja camiseta blanca llena de polvo que se pegaba a su pecho sudado marcando sus fibrosos músculos. Su aspecto era desaliñado, con su melena negra despeinada y con barba de varios días.

—¿Estás loca? —exclamó enfurecido.

—¡Mírate, pero si has salido de tu casa! Y eso que todavía no he utilizado el bidón de gasolina —comentó Elisabeth mientras le entregaba el bidón—. Por cierto, el señor Templen te manda esto. Te lo olvidaste la última vez que fuiste a su tienda —señaló Elisabeth mientras pasaba hacia el interior sin esperar invitación alguna. Sus zapatillas de lona resonaron por el viejo suelo, y Alan se permitió admirar su cuerpo, recordando todas y cada una de las curvas que lucía bajo esos cortos pantalones negros y esa camiseta rosa de tirantes bastante ajustada.

La casa continuaba llena de polvo y suciedad. La única variación eran las herramientas y los tablones de madera que descansaban esparcidos por el salón y la entrada ocupándolo todo.

—¿Cómo demonios puedes vivir así? —inquirió Elisabeth señalando la suciedad acumulada.

—Es lo único que me queda —respondió Alan—, mientras la arreglo no me da tiempo a limpiarla y no tengo dinero para contratar a nadie, así que vivo como puedo y punto. ¿A qué has venido? ¿A atosigarme?

—No, a comprobar que no te habías convertido en el gilipollas que me habían comentado los amigos y vecinos.

—Dudo que alguien que no seas tú despliegue ese lenguaje al referirse a mí.

—Es verdad: ellos te llamaron solitario, ermitaño, poco sociable... Yo prefiero ser más realista.

—¿Se puede saber por qué vienes a insultarme? Hace casi dos años que no nos vemos y lo primero que me dices es que soy gilipollas.

—Porque lo eres. El año pasado quise ir a verte, pero tú echabas a todos de tu lado porque estabas amargado. Este año por fin te veo y lo único que sabes hacer es gruñirme como un animal herido.

—¿Qué quieres que haga, Elisabeth? ¿Celebrar que ya no tengo nada, ni carrera profesional, ni título universitario, ni dinero, ni fama, ni...?

—¡Estás vivo, tienes una casa, una furgoneta, una familia y amigos que te quieren! —lo interrumpió Elisabeth—. ¡No puedes vivir pensando continuamente en el pasado!

—Y eso me lo dice alguien que está obsesionada con una lista que comenzó a hacer cuando tenía..., ¿cuánto? ¿Ocho, diez años?

—¡No cambies de tema! —repuso Elisabeth amenazadoramente señalándolo con un dedo.

—¿Que no cambie de tema? ¡Sabes que es físicamente imposible que un hombre reúna todas las cualidades que has puesto en ese viejo papel, sólo lo utilizas como escudo para no enamorarte nunca de nadie! Todos somos imperfectos, ¡incluida tú, Doña Perfecta!

—Yo no tengo ningún defecto —declaró Elisabeth enfurecida mientras se ponía de puntillas y acercaba su rostro al de Alan.

—Oh, sí: uno muy grande —contestó él acercándose más a ella.

—¿Y se puede saber cuál es ese tremendo defecto que tengo, según tú? —lo retó Elisabeth con un leve tono de superioridad.

—Que no te puedes resistir a mí —susurró Alan en el oído de Elisabeth mientras cogía fuertemente sus nalgas, atrayéndola contra su cuerpo para que notara la evidencia de su excitación.

—Eso... es... mentira —contestó entrecortadamente mientras Alan lamía su cuello.

—¿Eso es un reto, ricitos? —preguntó burlonamente empujándola contra la pared y comenzando a acariciar sus senos por encima de la camiseta.

—Sí —contestó Elisabeth al sentir cómo su mano se introducía en el escote de su camiseta y excitaba sus pezones con expertas caricias—. ¡No! —rechazó Elisabeth cuando su mano abandonó sus caricias dejándola con ganas de restregarse contra su cuerpo.

—A ver si te aclaras, ricitos —rio Alan sin dejar de acariciar su cuerpo—. ¿Sabes? Hay un punto en esa lista que me tiene un poco confundido, ¿cómo sabes que no te gusta lo salvaje si nunca lo has probado? —señaló Alan mientras desabrochaba los pantalones de Elisabeth e introducía una mano por sus braguitas hasta acariciar sus húmedos rizos rubios, haciéndola gemir y estremecerse contra su mano—. ¿Lo probamos, ricitos? ¿Lo hacemos en plan salvaje contra la pared? —la apremió Alan mientras introducía uno de sus dedos en su interior.

—Sí —gimió Elisabeth llena de placer alzándose contra su mano.

—Recuerda que tú me lo has pedido, ricitos —manifestó Alan sacando su mano de entre sus piernas y devorando todo su cuerpo con sus ojos ávidos de deseo.

—¿Que te he pedido qué...? —preguntó Elisabeth confusa apoyándose contra la pared.

—Esto —declaró Alan dándole la vuelta con violencia y haciendo que apoyara las manos en la pared, mientras sacaba del confinamiento de la camiseta uno de sus senos y jugaba violentamente con su pezón.

La desprendió rápidamente de sus pantalones, dejándola sólo con sus braguitas. Elisabeth sintió como él besaba su nuca, haciéndola estremecer. Una de sus manos acarició sus húmedas braguitas, arrancándole gemidos de gozo.

Cuando él interrumpió la tortura que aplicaba a uno de sus senos, oyó cómo la cremallera de los pantalones de Alan se bajaba, y cómo su ropa interior se rasgaba y quedaba desnuda y expuesta ante él.

Sintió su miembro contra sus nalgas desnudas, moviéndose una y otra vez, humedeciendo cada vez más su mojada entrepierna. Sus manos arañaron fuertemente la pared con desesperación, mientras restregaba su cuerpo ávido de deseo contra su erecto miembro buscando la liberación.

Él la apartó rudamente de la pared y la hizo apoyarse contra el respaldo del viejo y polvoriento sofá, dejándola más expuesta. Elisabeth agarró fuerte las sábanas que cubrían el sofá entre sus manos cuando Alan la inclinó un poco más y, de una rápida embestida, la penetró por detrás sin dejar de acariciar su clítoris.

Ella sollozaba de placer mientras se movía desesperada contra su pene pidiendo más, cuando de repente Alan dejó de moverse y las caricias cesaron.

Elisabeth protestó moviéndose, haciéndolo salir y entrar lentamente en ella.

—¡Para! —gruñó Alan mientras la advertía—. Alguien ha tocado a la puerta.

Elisabeth intentó incorporarse para comenzar a vestirse, pero Alan no la dejó; empujó su cuerpo nuevamente a la posición anterior y siguió firmemente hundido en ella.

—¿Quién es? —preguntó Alan al inoportuno visitante en voz alta.

—Soy yo, Josh, ¿mi hermana está contigo? —preguntó preocupado.

—Sí, está aquí —contestó Alan con una malévola sonrisa en los labios mientras volvía a moverse dentro de ella y reanudaba las caricias en su sensible clítoris.

Elisabeth mordió uno de sus puños para que su querido hermano no descubriera lo que estaba haciendo.

—¿Y qué se supone que está haciendo a solas contigo?

—Ayudándome a quitar el polvo —rio divertido mientras la penetraba con más fuerza—. ¡Y no sabes la que está liando! —Acarició con más ímpetu su zona más sensible, haciéndola ahogar sus gritos de placer.

—Bueno, ¿me dejas entrar sí o no? —preguntó Josh decidido a dejar de hablar con una puerta.

—Lo haría encantado, pero en estos momentos hay una pila de maderos apoyados contra la puerta y no puedes pasar. ¿Verdad, Elisabeth? —preguntó Alan saliendo lentamente y volviendo a entrar con una rápida estocada.

—¡Sí! —exclamó Elisabeth entrecortadamente, ahogando uno de sus gritos, muy próxima ya al orgasmo.

—Tu hermana ha decidido quedarse estas vacaciones en mi casa para ayudarme a limpiarla. Después de todo me lo debe por la broma pesada del hospital. ¿Verdad, Elisabeth? —preguntó nuevamente Alan que, sabiéndola próxima al orgasmo, dejó de moverse.

Elisabeth le dirigió una mirada furiosa por encima del hombro. Alan le mantuvo la mirada retándola a negarse y recordándole con una suave estocada el placer que podía darle.

Ella cerró los ojos, gimió frustrada con el cuerpo en tensión y lleno de deseo.

—Sí, me quedaré con este energúmeno —gritó finalmente enfurecida, recibiendo como castigo una fuerte embestida que hizo que sus rodillas temblorosas se doblaran, seguida de unas potentes y arrolladoras penetraciones que le hicieron tener un orgasmo demoledor, mientras se convulsionaba contra su duro miembro y mordía fuertemente el mugriento sofá para no gritar.

Saciada aunque con Alan aún dentro de ella próximo al orgasmo, gritó a su hermano irritada por todo lo ocurrido.

—¡Creo que la puerta trasera está abierta, Josh!

Alan salió de su interior a toda prisa con una gran erección insatisfecha y de muy mal humor. Mientras intentaba abrocharse los pantalones y Elisabeth se vestía, su mirada se dirigía hacia ella una y otra vez reclamando venganza.

Cuando los pasos de Josh irrumpieron en la estancia, los dos estaban más o menos presentables.

—¡Elisabeth, estás llena de polvo por todos lados! Creí que sólo venías a hacer una visita, no a ponerte a hacer trabajos forzados.

—Alan, que es un hombre muy convincente, me ha propuesto que lo ayudara, y yo, que soy un alma caritativa, he aceptado. Pero creo que necesitará que también vosotros echéis una mano. ¿Por qué no nos quedamos los cuatro aquí, en la vieja casa, como cuando éramos niños?

—¡Sí, ésa es una buena idea! —exclamó Josh convencido—. Además, papá no te dejaría quedarte con un hombre a solas, ni aunque fuera el vecino. ¿Voy a casa a por las cosas y tú te quedas limpiando un poco?

—No, tengo muchas cosas que recoger —respondió Elisabeth—. Mejor voy contigo.

Cuando pasó al lado de Alan, éste la cogió del brazo y le susurró al oído:

—No creas que con la presencia de tus hermanos vas a librarte de mí tan fácilmente.

—No, pero te será mucho más difícil quedarte a solas conmigo —murmuró Elisabeth deleitándose en su victoria.

Minutos después de que Elisabeth corriera hacia su coche, Josh entró con una bolsa de hielo.

—Toma, Elisabeth me ha comentado que tienes una zona hinchada. Si la hinchazón no baja, deberías ir al médico —comentó Josh preocupado por su rodilla.

—No te preocupes, bajará —repuso Alan decidido mientras miraba perversamente hacia el coche de Elisabeth y ponía hielo en su rodilla simulando que ésa era la «zona hinchada» que más le dolía.

Entre sus dos amigos y la enervante Elisabeth, Alan volvió poco a poco a ser el mismo hombre jovial de antes, aunque en ocasiones se quedaba mirando el vacío absorto en sus pensamientos.

Todos hacían lo posible para que no volviera a convertirse en el brusco ermitaño que era al principio del verano.

Josh y Alan se dedicaban a cortar la madera para dar forma a las nuevas ventanas, mientras que Dan ayudaba a la limpieza porque, tras hacer una ventana patizamba, decidieron que definitivamente él no valía para eso.

Elisabeth se dedicó a limpiar y a reclutar gente. Cada día llegaba algún conocido del pueblo que aportaba algo al nuevo hogar de Alan, ya fuera un mueble, una mano más para limpiar, un brazo más para los arreglos... Todas las noches acababan los cuatro rendidos sobre los viejos colchones.

Cada uno de ellos se decidió por una habitación del caserón.

Elisabeth se apresuró a reclamar la que tenía pestillo y baño propio, decisión acertada, ya que Alan por las noches había intentado colarse en ella. Tras varias decenas de intentos fallidos, al fin pareció desistir. «¡Ya era hora!», pensaba Elisabeth pasando recuento a los intentos malogrados: se cayó intentado escalar hacia la ventana; intentó forzar con tarjetas, con ganzúas y con alicates la cerradura del cuarto; lo pillaron sus hermanos más de una vez en el pasillo, por lo que se hizo el sonámbulo... «¿Es que ese hombre nunca desistía?», rumiaba Elisabeth mientras llevaba unas cervezas al porche donde esa calurosa noche veraniega estaban todos reunidos contemplando el lago.

—¡Brindemos! —propuso Dan alegremente animando a todos a alzar su bebida.

—¿Por qué? —preguntó Alan volviendo unos instantes a su amargura.

—Porque el año que viene terminaré mis estudios para veterinario y tendrás el privilegio de llamarme doctor.

—Para mí serás el «doctor vaca» —señaló Josh haciendo reír al resto—. Yo, que ya he terminado mi carrera de Medicina, voy a ejercer en la clínica del pueblo cuando termine el verano.

—¡Bah, eso no es nada! —comentó Elisabeth poniéndose en pie y vacilando ante sus hermanos—. Cuando el año que viene termine la carrera de Bellas Artes, porque yo no voy a repetir como hizo Dan... —señaló burlonamente al susodicho, que acabó sacándole la lengua—, bueno, cuando termine, me contratarán durante un año en una galería de arte del más alto *standing* en Nueva York.

—¡Hala! ¿Se lo has dicho a papá? ¡Se va a volver loco de preocupación! —señaló Josh a su feliz hermana, que al fin se dio cuenta de que ninguno de los presentes estaba contento ante la noticia.

—¿Con quién vivirás en una ciudad tan grande? ¿Y si te atracan o algo así...? —preguntó Dan preocupado.

—Viviré con unas compañeras a las que también se les ha ofrecido esa oportunidad. Una de ellas tiene una casa no muy lejos de la galería y nos la ha brindado a todas si compartimos gastos. Es una ocasión única que no pienso desaprovechar —dijo enfadándose con ellos y, tras dar un trago a su bebida, entró en la casa dando un portazo.

—Deberíamos haberla apoyado —se lamentó Dan.

—Sí, ella siempre nos anima y está ahí para nosotros —confirmó Josh.

—Esta vez te toca disculparte a ti —señaló Dan.

—¡Ni de coña! La última vez fui yo el que suplicó. ¡Ahora te toca a ti!

Alan dejó a los Lowell discutiendo sobre quién sería el elegido para arrastrarse. Serio y pensativo, buscó a Elisabeth hasta hallarla sentada en uno de los taburetes nuevos de la cocina, deleitándose con su cerveza.

—¿Tú también vienes a decirme lo malo que es que me marche de aquí? —lo acusó señalándolo con la botella.

Alan se sentó junto a ella y, después de dar varios sorbos a su bebida, comentó:

—Es una oportunidad única. No debes dejarla escapar. Yo sé muy bien lo que es perder un sueño y pensar a cada instante qué hubiera sido de tu vida si hubieras llegado a alcanzarlo. No le deseo a nadie ese suplicio y, a ti, menos.

Elisabeth lo miró sorprendida por su reacción tan seria y madura. La vida, con sus reveses, lo había convertido en un hombre mientras que sus hermanos aún eran críos.

—Ya veo, te quieres deshacer de mí, ¿verdad, Alan Taylor? —preguntó Elisabeth intentando bromear.

—No, te echaré de menos cada instante que pases fuera, y cada minuto del día estaré preocupado por ti.

—Pero, Alan, tú y yo sólo somos...

—Colegas, amigos, amantes... Quiero un año más, Elisabeth, un año más para demostrarte que soy algo..., que merezco la pena, aunque ya no pueda ser tu hombre perfecto.

—¿Por qué dices eso? —preguntó Elisabeth atónita ante sus palabras.

—Porque... ¿cómo voy a ser el hombre más guapo si mi rodilla está llena de horribles cicatrices de la operación? Ese punto de tu lista nunca podré llegar a cumplirlo.

—¡Mira que eres estúpido! Pues claro que eres guapo, y ni a mí ni a ninguna mujer le importarán nunca tus cicatrices.

—Entonces, ¿cumplo ese punto de tu lista, Elisabeth? —sonrió Alan al saber la inevitable respuesta.

—Sí, eres el hombre más guapo que he conocido. Pero no te olvides de que me voy a Nueva York y allí hay muchos hombres.

—¡Me darás un año más! —afirmó Alan, molesto con su respuesta.

—¿Por qué debería hacerlo?

—Porque soy un estúpido que ha desperdiciado un año entero compadeciéndose de sí mismo, y necesito ser ese hombre para ti aunque ahora mismo no sepa qué hacer con mi vida.

—De acuerdo, tienes ese año más —concedió Elisabeth—, pero ten en cuenta que sólo has cumplido con cuatro puntos de la lista.

—¿Cuatro? —preguntó asombrado Alan al recordar únicamente tres de ellos.

—Sabes dibujar —aclaró Elisabeth—, vi los proyectos que hiciste de esos muebles de madera y son preciosos. ¿Por qué no te dedicas a eso, a diseñar y realizar muebles y arreglos con la madera? Mira lo que has hecho en pocos días en esta vieja casa. Son cosas simples pero que siempre gustan, y más en este pueblo —dijo mientras se levantaba dejándolo pensativo sobre su posible futuro.

—Te concedo un año más de los que habíamos pactado; por lo tanto, cuando vuelva de Nueva York tienes que haberte convertido en el hombre perfecto. En total, tienes dos años desde ahora para conseguirlo. Buena suerte —concluyó con una sonrisa burlona—. ¡Ah, por cierto! En dibujo artístico sigues siendo pésimo —comentó mientras se retiraba a su habitación.

«¡Vaya mierda de día!», pensaba mientras me daba la tercera ducha fría de la mañana. A las seis de la madrugada me había levantado con una erección de caballo tras recordar en sueños lo que había hecho con Elisabeth en el viejo sofá a principios del verano. Ésa fue la primera ducha matutina.

La segunda llegó cuando envié a Dan a limpiar los canalones y nos tiró toda la porquería encima a mí y a Josh, que nos encontrábamos trabajando en la fachada exterior. Y la tercera, y esperaba que última, era de nuevo por culpa de Elisabeth, que ante mis quejas por comer espaguetis otra vez y la sutil sugerencia de que no sabía freír ni un huevo, me arrojó el bol de comida encima.

Estaba hasta las narices de tener que darme todas las mañanas un par de duchas frías, casi heladas, porque Elisabeth no me dejara entrar en su cuarto por las noches.

Al comenzar el verano, y tras conseguir que Elisabeth accediera a quedarse en mi casa, había pensado que sería un verano lleno de sexo desenfrenado y que lograría por fin convencerla de tener una relación seria conmigo, ahora que faltaba poco para que terminara la universidad. En vez de eso, ella se traía a sus hermanos, no me dejaba acercarme y se marchaba a Nueva York dejándome solo, preocupado y frustrado.

Está bien. Los métodos para lograr que se quedara conmigo habían sido sucios pero, Dios santo, cuánto había disfrutado, pensaba una vez más mientras me metía bajo el chorro de agua fría para calmarme.

De repente, unas suaves manos femeninas se deslizaron por mi pecho mientras unos pechos tentadores se pegaron a mi espalda. Las manos llegaron hasta mi entrepierna y cogieron mi miembro erecto con suavidad, acariciándolo hacia arriba y hacia abajo.

Yo gemí nombrando a la responsable y esperando que no fuera otro sueño calenturiento. Me di la vuelta y la vi desnuda ante mí con sus pezones erectos y su tentador triángulo de rizos rubios húmedo reclamándome.

Ella se deslizó despacio hasta el suelo y se puso de rodillas frente a mi erecto miembro, que se endureció aún más ante la perspectiva de sus carnosos labios y su húmeda boca.

Cuando se metió lentamente mi pene en la boca... ¡Dios mío! Gemí de gusto; sin poder detenerme, embestía sin piedad su dulce boca, a la vez que cogía sus cabellos con fuerza, dirigiéndola.

Estaba a punto de desahogar mi frustración de semanas de duchas heladas cuando un idiota llamó a la puerta.

—¡Alan, por favor, sal, que necesito el baño! —gritó Dan mientras yo alejaba a Elisabeth de mi erección.

—¡Hay otro baño en la planta de abajo! —exclamé entrecortadamente, ya que la muy pilla me sonrió ladinamente y se volvió a introducir mi miembro en la boca y, jugando con él sin piedad, me cogió con fuerza de las nalgas mientras me empujaba hacia ella y me hacía embestirla una y otra vez.

—¡Venga ya, sal rápido! ¡Josh está en el otro baño y tarda una eternidad!

—¡Pues te esperas! —grité frustrado porque no me dejara llegar al orgasmo, penetrando más rápidamente la boca de Elisabeth.

—¡Jo, tío, no tienes por qué ponerte así! Por si no lo sabes, por culpa de tu comentario Elisabeth nos ha tirado la comida por encima a todos. Venga sal y déjame entrar —insistió Dan aporreando la puerta justo en el momento en el que Elisabeth me introducía más profundamente en su boca.

—¡Que te vayas! —chillé tirando el bote de champú contra la puerta con una mano mientras con la otra volvía a agarrar los cabellos de ella con fuerza sin poder evitar emitir algún que otro gemido.

—¡Vale, ya me voy, tampoco es para ponerse así! —vociferó Dan mientras se alejaba y yo por fin pude gritar a gusto mientras me derramada en su dulce boca.

Ella se tragó mi esencia y se levantó poco a poco.

Al ver su cuerpo desnudo me volví a excitar, pero cuando intenté cogerla entre mis brazos ella se apartó y me tendió la toalla.

«Mis hermanos», susurró mientras me señalaba la puerta.

—¡Joder, Elisabeth, no me vuelvas a dejar así! —supliqué indicándole mi erección.

Entonces ella me hizo el hombre más feliz del mundo cuando me comentó que a partir de entonces no cerraría más el pestillo por las noches.

Salí del cuarto de baño con una sonrisa en los labios, cubierto sólo con una toalla, pensando que a partir de ese día arrancaría todos los pestillos de las puertas de las habitaciones. Cuando por el camino vi al pesado de mi amigo, cambié de opinión.

—¿El baño ya está libre? —me preguntó Dan

impaciente con los cabellos y el rostro llenos de tomate junto a unos pringosos espaguetis que se pegaban a su camiseta y sus brazos.

—No —dije alegremente mientras oía el agua de la ducha—. Está Elisabeth.

—¡Jo, tío, a ella la dejas entrar y a mí no! —comentó Dan molesto.

—Es que ella es mucho más persuasiva que tú —respondí con una sonrisa pensando en lo que me esperaba esa noche.

Capítulo 12

Habían pasado dos años desde que Elisabeth se marchó de nuevo a la universidad. Durante las navidades había estado ocupada con su nuevo trabajo y, en verano, con tan sólo unas pocas semanas de vacaciones, no tuvo tiempo de regresar a casa.

Dos años sin poder ver su rostro ni oír nuevamente su risa, dos años recibiendo noticias a través de sus hermanos y padres, dos años que Alan Taylor había pasado mejorando su forma de ser y su vida para poder tener un futuro junto a Elisabeth.

La casa del lago había pasado de ser un horrible montón de ruinas a una asombrosa construcción de paredes blancas, tejas rojas y ventanas de vidrios embellecidos por hermosos dibujos. El interior disponía de nuevos suelos de madera y una hermosa combinación de muebles rústicos y clásicos, la mayoría de ellos fabricados por él.

Alan ya no se encerraba en la casa del lago para evitar a sus vecinos, ahora ése era su hogar. Después de la marcha de Elisabeth había vuelto a salir, y sus amigos y vecinos lo habían ayudado a labrarse un futuro: ahora poseía una pequeña tienda de muebles y había ganado bastante dinero comprando casas viejas del pueblo para luego reformarlas y venderlas a un coste mucho más elevado.

Su socio en este negocio era el señor Lowell. Cuando John Lowell vio la que fue su vieja casa del lago convertida en un espléndido hogar, no tardó mucho en tocar a su puerta y ofrecerle un trabajo.

La primera vivienda para rehabilitar la compró el señor Lowell; Alan puso algo de dinero para los materiales y juntos pagaron alguna que otra ayuda a bajo coste. El resultado fue que ganaron el triple de lo invertido. Alan se quedó con el veinte por ciento, suficiente para que la siguiente casa la compraran a medias y corrieran a partes iguales con los gastos. El resultado fue mejor que el anterior, ya que los nuevos propietarios quedaron tan encantados que pagaron cuatro veces su valor inicial. En total había realizado ya cinco reformas, ganando finalmente una considerable cantidad de dinero para poder abrir una pequeña tienda.

Su madre, animada por la idea, había insistido en encargarse de vender los muebles que Alan fabricase; así, él únicamente tenía que construirlos en su casa y llevarlos a la tienda del pueblo, donde Penélope apuntaba encargos especiales de los vecinos, ya fueran de muebles o de arreglos en sus hogares.

De esta manera Alan, con tan sólo veintiséis años, disponía de un hermoso hogar y un futuro prometedor. Ahora nada más le faltaba convencer a Doña Perfecta de que se casara con él, y eso era, sin duda alguna, lo más difícil de todo.

—Dime una vez más por qué te estoy ayudando a cargar con este armatoste en mi día libre —se quejó Josh entre resuellos, ya que estaba ayudando a Alan a bajar un pesado escritorio de un camión que anunciaba «Muebles El Salvaje».

—Porque te prometí fabricar una mecedora para tu madre y una librería para tu padre.

—¡Joder, Alan! ¿Por qué no haces los muebles en la tienda? Así no tienes que utilizar a tus amigos como mulos de carga cuando los muebles pesan como diez hombres.

—No exageres, sólo pesa como cinco —contestó Alan posando delicadamente el escritorio en el suelo de la acera para tomarse unos segundos de descanso antes de volver a cargar con él hacia el interior de la tienda.

—Por cierto —comentó Josh mientras se secaba el sudor de la frente—, el señor Hilton me ha rogado una vez más que hable contigo para que abandones definitivamente sus clases de canto. Así que, ¿por qué no dejas de torturarnos los oídos a todos y lo dejas, tío? Nunca vas a ganarte la vida cantando.

—No es eso, es que tengo que conseguir cantar bien —respondió Alan.

—¿Por qué narices tienes que atormentarnos a todos en el proceso? Si lo estás haciendo por una chica, no merece la pena.

—Toma —le tendió Alan un papel viejo y doblado a su amigo.

—¿Qué mierda es ésta? —exclamó Josh después de leer la lista.

—Es la lista que tengo que cumplir si quiero casarme con tu hermana.

—¡Un momento! ¿Tú te quieres casar con Elisabeth? —planteó un sorprendido Josh—. ¡Pero si os lleváis como el perro y el gato y hace dos años que no os veis!

—Ella prometió darme un tiempo para convertirme en su hombre ideal y cuando vuelva este año la convenceré de que soy ese hombre.

—¡Pero, Alan, tú y mi hermana...! ¡Ni siquiera habéis salido juntos! ¿Cómo sabes que a ella le gustas?

Alan levantó una de sus cejas mientras miraba a su amigo sin saber cómo describir su relación con Elisabeth.

—¿Tú qué crees? —se limitó a responder, decidido a que Josh imaginara el resto.

—¿Con mi hermana? ¿Te has estado acostando con mi hermana? ¿Desde cuándo? —indagó Josh molesto.

—Desde que ella tenía dieciocho años y yo veinte. Todos los veranos y navidades que volvíamos a encontrarnos acabábamos en la cama.

—Y el verano en el que arreglamos tu casa, ese año estábamos nosotros, no pudiste..., ¿o sí?

—Por poco nos pilláis un par de veces, pero sí —confesó Alan con una sonrisa.

—Sabes que ahora tendré que matarte, ¿verdad? Luego lo hará Dan y, finalmente, mi padre te pegará un tiro —se arremangó furiosamente la camisa mientras se dirigía hacia su amigo.

—¡No me jodas, Josh! Te lo he contado porque estoy harto de ocultarlo. La primera vez que vi a tu hermana me enamoré de ella, y cuando conseguí acostarme con Elisabeth lo primero que hice fue pedirle una relación seria. Si no le propuse matrimonio en ese instante fue porque hubiese salido corriendo. ¿Y qué hizo ella? Me dijo que era imposible y me mostró esta estúpida lista. Llevo más de cinco años intentando parecerme un poco a esto —indicó mostrándole la lista.

Josh se calmó un poco al ver lo enamorado que estaba su amigo de su hermana. Finalmente se acercó a él para darle un fuerte abrazo.

—¡Así que seremos cuñados!

—Sólo si logro demostrarle a Elisabeth que soy mejor que esto, y si no aparece míster perfecto mientras tanto, claro.

—Tío, no es posible que en el mundo haya un tipo que sea así por su propia naturaleza. Tranquilízate, ahora que lo sé, Dan y yo te ayudaremos.

—Eso no me tranquiliza en absoluto —comentó Alan mientras volvían a cargar con el escritorio.

—¿Quieres un consejo de hermano y amigo? —añadió Josh en ese momento—. No le dediques nunca una serenata, cantas como una urraca apaleada.

—Ya lo hice cuando tenía quince años, por eso está en la lista.

—¡Vaya! ¿Y qué hizo Elisabeth?

—Llamó a la policía.

—¡No me jodas! ¿La vaca moribunda acompañada de una banda de rock eras tú? —preguntó Josh entre carcajadas mientras Alan contestaba con un seco «sí», apremiándolo a entrar en la tienda para que pudieran olvidar ese lamentable incidente del pasado y no se lo recordaran a Elisabeth y su implacable lista.

Por desgracia para Alan, Don Perfecto sí que parecía existir, y lo peor de todo era que se había trasladado a Whiterlande. Él fue uno de los primeros en conocerlo.

A los pocos minutos de conseguir meter el pesado escritorio de caoba de estilo rústico en la tienda, su madre le informó de que uno de sus nuevos vecinos había pedido exactamente ese estilo de mueble, así que, ante las furiosas miradas de su amigo, que no paraba de quejarse, volvieron a meter el mueble en el camión y se dirigieron los dos hacia la nueva dirección.

No tardaron en llegar a una hermosa mansión de dos plantas con columnas nórdicas que adornaban la entrada, y una fachada de estilo clásico que asemejaba el hogar de un antiguo conquistador.

Cuando tocaron el timbre, fueron recibidos por una agradable mujer de mediana edad uniformada que amablemente los hizo pasar hasta el recibidor. Por dentro la casa parecía un palacio: era grandiosa y cada mueble, cada objeto que decoraba el lugar, hacía saber a todos el poder y dinero que ostentaba su dueño.

El señor de la casa no les hizo esperar demasiado. Se trataba de un hombre de veintiséis años, con cabellos rubios y lisos, unos destacables ojos verdes, un porte altivo y elegante, con la musculatura necesaria para que pareciera atractivo, y vestido de la cabeza a los pies con un traje gris de Armani.

Cuando bajó las escaleras principales sólo le faltó que apareciera un halo en su cabeza para que Alan supiera que ése era un hombre que le traería problemas.

—Buenos días, gracias por venir tan rápido. No esperaba que el mueble estuviera aquí hasta dentro de unas semanas.

—Lo acabé hace unos días —respondió Alan—. Iba a exponerlo en mi tienda cuando mi madre me ha comentado que esto es lo que usted buscaba.

—¡Sin duda alguna! —dijo acariciando la mesa, admirado por el trabajo de artesanía—. ¡Perdone mis modales, aún no me he presentado! Soy George William Worthington III —comentó como si tal cosa tendiendo la mano hacia sus invitados.

—Yo soy Alan Taylor, y éste es mi amigo, Josh Lowell —tendió su mano brevemente mientras presentaba a su amigo.

—Usted es el nuevo médico, ¿no es cierto? —añadió George dirigiéndose a Josh—. Me han hablado estupendamente de sus servicios.

—¿Ah, sí? ¿Y quién le ha hablado de mí? —preguntó Josh curioso.

—Mi tío, Matt Edison, el alcalde. Es un bromista. Me contó historias asombrosas de su hermana y un hombre al que apodan el Salvaje.

—Yo soy al que apodan el Salvaje —gruñó Alan molesto al saber que le habían hablado de Elisabeth y sentía interés por ella.

—¡Perdón! No pretendía ofenderlo; de hecho, lo admiro. Yo de niño era tan formal y serio que mis padres en ocasiones se preguntaban si no me habrían cambiado en el hospital.

—Bien, ¿y qué le trae por aquí, señor Worthington? —preguntó Josh evitando que Alan lo acosara con sus rudas preguntas.

—He venido para quedarme a vivir aquí. Mi tío me ha dicho que este pueblo es perfecto para mí. Por ahora todos los habitantes que he conocido me han recibido con los brazos abiertos y les estoy muy agradecido.

—¿Y a qué se dedica, si puede saberse? —preguntó Alan con brusquedad, ante lo que George sólo reaccionó abriendo profundamente los ojos al sentirse ofendido, para en unos segundos volver a recuperar su compostura y contestar con cortesía.

—Me dedico a hacer movimientos en la Bolsa; es algo estresante, pero, como puede observar, en poco tiempo he amasado una gran fortuna. Ahora sólo quiero descansar, dejar que mi dinero se mueva solo y buscar a alguien con quien compartirlo, tal vez una buena esposa. Pero no hay prisa, la mujer perfecta puede tardar años en aparecer.

—O te puede dar una lista... —susurró Josh, que fue interrumpido por el codazo de su amigo Alan.

—Bueno, gracias por la información de su vida —cortó Alan—. ¿Es lo que buscaba? —inquirió señalando el escritorio con impaciencia.

—Sí, es perfecto —contestó George sin mostrar emoción alguna.

—Entonces, ¿dónde lo colocamos? —se apresuró Josh a preguntar antes de que Alan le gruñera alguna grosería.

—Siento comunicarles que mi despacho está en la planta de arriba —comentó señalando las enormes escaleras principales y, por unos momentos, Josh habría jurado que sus fríos ojos verdes brillaron llenos de satisfacción.

Tras colocar el escritorio en el despacho de la segunda planta, Alan le pidió por él un precio desorbitado que George pagó como si fuera calderilla. Se despidieron amablemente hasta que al señor Don Perfecto se le ocurrió preguntar por Elisabeth. Fue en ese instante en el que Josh tuvo que alejar a su amigo del magnate para que no lo mordiera o algo peor.

—Me alegro mucho de haberles conocido. Por cierto, me han dicho que dentro de poco llegará al pueblo su hermana Elisabeth, quien es una entendida en arte. Tal vez podría hablar con ella para que me hiciera una visita y me recomendara alguna obra para invertir.

Josh no contestó, cogió rápidamente a su amigo del hombro y lo dirigió hacia el camión mientras éste gruñía y apretaba los puños con fuerza, aguantándose las ganas de golpear a ese idiota pedante.

Cuando al final consiguió meter a Alan en el camión y cerrarlo con llave, contestó alegremente:

—Se lo comentaré —a la vez que se alejaba de allí tan rápido como podía para que el Salvaje no apaleara a Don Perfecto.

—Tienes un problema, amigo —comentó Josh señalando su violento temperamento.

—Lo sé —gruñó Alan fijando su vista en la esplendorosa mansión.

Días después de conocer a George William Worthington III, Alan obligó a sus amigos a acompañarlo al bar de Zoe, donde sentados a la barra disfrutaban de una cerveza a la vez que recopilaban información.

—¡Venga ya! No puede ser tan perfecto —se quejó Dan porque lo obligaran a escuchar cotilleos de viejas.

—Tú no lo viste, Alan es un mierdecilla a su lado —señaló Josh a su hermano.

—¡Gracias! —contestó Alan irónico.

—No es por ofenderte, pero hay que ser realista: esa lista describe a un hombre imposible que tú nunca llegarás a ser.

—Dibujas fatal... —apuntó Dan.

—Y cantas como el culo —añadió Josh dando un sorbo a su cerveza.

—Tienes un genio de mil demonios y... —continuó Dan, que fue interrumpido por el gruñido de su amigo.

—Bueno, ¿venís a ayudarme o a hundirme un poquito más en la miseria?

—¡A ayudarte! —repusieron al unísono los hermanos.

—Bien. Quiero que escuchéis los rumores que hay sobre él en el pueblo. A ver si averiguáis que no es tan perfecto como parece, y si cumple todos los requisitos de la puñetera lista —expuso Alan entregándoles una copia a cada uno.

Dos horas después, Alan planeaba cómo deshacerse del Worthington III de las narices entre las quejas de sus dos amigos.

—¡Tío, canta en un coro en la Fundación Ayuda para los Niños Desamparados! —contaba Dan emocionado.

—¡Y dibuja óleos que luego vende en subastas a favor de los pobres! —añadió Josh con alegría.

—Además, el lema de su organización benéfica es «Defender al que no puede».

—Las mujeres del pueblo dicen que es sensible y romántico, y los niños, que les encantan sus regalos.

—¿Le vais a hacer una estatua? —gruñó Alan a sus amigos, furioso con las cualidades de Don Perfecto.

—Nosotros no, pero el pueblo... —señaló Dan impasible.

—Lo siento, Alan, pero éste es el hombre de la lista de Elisabeth, lo ha clavado en todo. ¿Qué vas a hacer? —preguntó Josh preocupado.

—Hacerlo desaparecer: le prenderé fuego, o lo espantaré con una de mis jugarretas, lo que sea. Pero lo importante es que nunca conozca a Elisabeth, porque, si no, ya sé a quién va a terminar eligiendo Doña Perfecta.

—Tal vez la deberías dejar elegir... —comentó Dan despreocupadamente.

—¿Quieres tener de cuñado a Don Perfecto? —repuso Josh.

—¡Ni de coña! Bastante tengo con una remilgada en la familia como para tener un clon suyo en masculino. ¿Os imagináis cómo serían sus hijos? Totalmente perfectos.

—¡Aquí nadie va a tener hijos con Elisabeth a no ser que sea yo el padre! —gritó Alan enfurecido.

—¡Vale! Mejor será que pensemos en algo —lo calmó Josh, que era la voz de la conciencia.

Después de varias horas en las que descartaron ahogarlo en el lago, enterrarlo vivo, mandarlo al Congo con los niños que pasan hambre u obligarlo a salir del pueblo a punta de escopeta, todas ellas espléndidas ideas aportadas por Alan Taylor *el Salvaje*, llegaron a la conclusión de que lo mejor era ocultarle a Elisabeth la presencia de su tan esperado príncipe azul.

Capítulo 13

Por fin después de dos años regresaba a su hogar. Ahora era muy diferente a como era cuando se marchó de Whiterlande. A sus veinticuatro años, Elisabeth había madurado entre las elegantes calles de Nueva York y los suntuosos restaurantes. Su trabajo la había hecho más responsable y paciente, más distinguida y sensata de lo que fue en alguna ocasión.

Tras meses de tratar con extravagantes personajes, entre los que podían llegar a catalogarse tanto artistas como clientes, estaba totalmente preparada para volver a ver a Alan Taylor y no saltar ante sus provocaciones.

Esta vez venía decidida a no caer de nuevo entre sus brazos como una joven insensata y buscar al fin a ese hombre ideal que la estaba esperando en algún lugar. Si por un casual Alan Taylor conseguía mostrarle que él era ese hombre, tal vez, sólo tal vez, se rendiría a la evidencia y accedería a su alocada propuesta.

Hacía un año que había cambiado su viejo coche por uno nuevo y más exquisito, mucho más lujoso y apropiado a su nueva imagen de mujer de negocios: un deportivo descapotable de color plateado que apenas aparentaba ser de segunda mano. Gracias a las comisiones de sus ventas en la galería de arte, había conseguido ahorrar algo para poder decidir qué hacer en esos instantes en los que retornaba a casa sin un rumbo concreto marcado en la vida.

Lo primero sería buscar a sus hermanos para sorprenderlos con su llegada adelantada y su nueva imagen de chica perfecta. ¿Serían capaces de reconocerla con su nuevo aspecto? ¿La reconocería Alan después de tanto tiempo? ¿O podría jugar un rato con él simulando ser otra?

Tal vez podría enredarse con él en un bar, seducirlo en el baño y después de besar esos excitantes labios, de acariciar esos fuertes brazos y ese musculoso pecho, de dejarse avasallar por su pasión salvaje y penetrar por su duro miembro mientras observaba la imagen de ambos en el espejo y le confesaba entre embestidas quién era, entonces él...

¡Mierda! Todavía no lo había visto y ya se estaba volviendo loca de deseo, ¿se puede saber qué narices tenía Alan Taylor para hacerla caer siempre ante su persona? Lo mejor sería buscar a sus hermanos y olvidarse de Alan por un tiempo, al menos hasta que sus hormonas dejaran de estar revueltas y su cuerpo estuviera menos avivado.

Elisabeth Lowell aparcó delante de la tienda de alimentos del señor Templen, bajó de su coche dejando a todos los curiosos de los alrededores con la duda acerca de quién sería ella, cerró con delicadeza y guardó las llaves en su bolso rojo de Tous, regalo de un artista algo chiflado por haber vendido todos sus cuadros.

Elisabeth se dirigió con paso firme hacia la tienda sobre sus tacones rojos de diseño y buscó entre las personas de la tienda a Jeff Templen, uno de los cotillas más grandes del lugar. Si él no sabía dónde estaban sus hermanos, entonces no lo sabía nadie.

—Buenos días, señor Templen, ¿me podría decir dónde están mis hermanos? Estoy deseosa de volver a verlos después de tanto tiempo; por cierto, lo veo igual de joven que siempre —comentó Elisabeth sonriente.

—Esos modales tan refinados y de perfecta señorita solamente pueden ser de Elisabeth Lowell —dijo sonriente el viejo tendero mientras la abrazaba fuertemente con cariño—. A ver que te vea —expresó apartándola de sí para fijarse otra vez en su nueva imagen—. Apenas te reconocería si no fuera por tus exquisitos modales. ¿Y bien? ¿Vienes para quedarte, o te irás con tu arte a otra parte? —bromeó el señor Templen.

—Por ahora me quedaré un tiempo —respondió Elisabeth—, hasta que decida qué hacer. ¡Quién sabe! A lo mejor monto aquí un negocio propio y me quedo para enseñarles a todos lo que es el arte.

—Oh, aún recordamos en este pueblo tu artística colaboración a la cabalgata aquel año —se rio Jeff al rememorar viejas trastadas de esa jovencita.

—¡Señor Templen! —lo regañó Elisabeth entre risas—. Eso fue solamente la travesura de una joven alocada.

—¡Ah, pero qué travesuras! Nos pasábamos días hablando de ti y del chico de los Taylor. Por cierto, Alan se ha convertido en un hombre de éxito, ha abierto una tienda de muebles y ha hecho algún que otro arreglo a casas ruinosas llegándolas a transformar en auténticas maravillas. Si te quedas deberías comprar una de sus casas, los forasteros se pelean por adquirirlas.

—Por ahora no sé dónde me quedaré, lo más probable es que vaya a casa de mis padres. Por cierto, ¿ha visto a mis hermanos? Tengo que hablar con ellos sobre eso precisamente.

—Ah, sí, pequeña, hace un momento me dijeron que estaban los dos en el bar de Zoe junto con Alan tomando unas cervezas.

—Bien, entonces será mejor que me marche antes de que se larguen de allí —contestó Elisabeth con un brillo travieso en los ojos que no engañaba a nadie.

Cuando Doña Perfecta salió por la puerta, Jeff levantó el teléfono y, con una sonrisa, comentó.

—La chica de los Lowell ha vuelto y está muy cambiada, apuesto veinte a que Alan Taylor no la reconoce.

Todos los hombres en el bar de Zoe volvieron sus ojos hacia la puerta cuando una despampanante rubia de pelo corto liso y ojos azules entró por ella.

Sus caderas se bamboleaban sobre unos tacones rojos de infarto. Su falda de tubo podría parecer sobria si no fuera porque se pegaba a todo su cuerpo como un guante, torneando su hermoso trasero. La elegante blusa roja se adhería a su cintura, moldeando sus pechos y mostrando a través de su escote el bordado negro de una selecta ropa interior. Una chaqueta negra que completaba su atuendo colgaba del hombro despreocupadamente mientras caminaba con decisión hacia una de las sillas vacías que se hallaban junto a Alan Taylor.

—¿Estás solo? —le susurró al oído inclinándose hacia él y mostrándole su ropa interior.

—Sí, estoy solo, ¿quieres una copa? —preguntó el Salvaje devorándola con la mirada.

—Pues ahora que lo dices, estoy sedienta. ¡Hola, me llamo Amanda! —dijo alegremente tendiéndole la mano.

Él cogió con delicadeza su mano y se la llevó a sus labios, besándola con ternura; luego le dio la vuelta despacio y besó su muñeca, seduciéndola con sus labios. Cuando por fin la dejó escapar, se presentó con un tono seductor que la hizo temblar.

—Me llamo Alan Taylor, ¿qué hace una chica como tú por aquí?

—Agobiada por la gran ciudad, he venido a este recóndito pueblecito, pero me aburro con facilidad, ¿me puedes decir qué puedo hacer para divertirme? —preguntó mientras sus finos dedos acariciaban provocativamente su muslo, acercándose cada vez más a su miembro.

—Si quieres podemos quedar esta noche para cenar en un buen restaurante, luego te puedo enseñar lo que tú quieras. —Él movió su femenina mano lentamente hasta depositarla sobre su erección y mostrarle lo que en verdad quería enseñarle.

—Vale, de acuerdo —dijo Elisabeth tragando saliva e intentando retirar su mano—. Pero quedamos aquí y luego me guías hasta el restaurante.

Al final Alan dejó su mano libre; ella se puso en pie decidida a marcharse, pero él se bajó del taburete, la cogió bruscamente y la pegó a su firme cuerpo mientras le susurraba al oído:

—A las siete y media aquí, no lo olvides, rubita.

Después de besar su cuello la dejó ir temblorosa hacia la salida y, cuando por fin estuvo fuera del alcance de su vista, sonrió satisfecho hacia sus amigos, que se dirigían furiosos hacia él.

—¿Se puede saber quién era ésa? —gritó furioso Josh.

—¡Sí! ¡Dices que te mueres por Elisabeth y, a la primera tía buena que se te pone por delante, la olvidas! —recriminó Dan.

—¡Si piensas que te vamos a ayudar a conquistar a nuestra hermana cuando ya estás pingoneando por ahí, estás loco! —continúo Josh

—¿Habéis acabado ya con vuestro sermón? —preguntó Alan hastiado.

—¡No! —contestaron los dos hermanos furiosos, y antes de que los Lowell se aliaran para pegarle un tiro, Alan los interrumpió.

—Lo mejor que podemos hacer es dejarlo en manos de papá y su escopeta, seguro que él...

—Chicos, chicos, ésa era vuestra hermana —aclaró Alan dejándolos con la boca abierta.

—¡Eso no puede ser! —exclamó Josh.

—¡Ni siquiera nos ha saludado! —se quejó Dan.

—Se ha hecho pasar por otra chica; no sé por qué pensó que yo no la reconocería —comentó Alan.

—Tal vez porque está muy cambiada —señaló Josh.

—Reconocería a tu hermana aunque se vistiera con un saco de patatas y se rapara al cero. Además, los zapatos que llevaba se los regalé yo —sonrió lobunamente al recordar el día en el que la obsequió con ese presente.

—Sigo sin creer que esa chica pueda ser Elisabeth, está demasiado bien para ser ella —comentó Dan enfadado.

—Pues ve a casa de tus padres y, si la misma rubia que estaba insinuándose a mí no está abrazando a tus padres, te regalo todas las reformas de tu desastroso apartamento.

—¿Y las de la clínica? —añadió Josh.

—También las de la clínica —concedió Alan antes de que sus amigos corrieran hacia la salida dándose empujones para ver quién llegaba antes a casa de sus padres.

Él por su parte siguió deleitándose con su fría cerveza, intentando descubrir a qué quería jugar Elisabeth con él haciéndose pasar por otra; fuera lo que fuese, pensaba divertirse con ella mientras lo averiguaba.

Sus lujuriosos pensamientos fueron interrumpidos cuando recibió una llamada de sus amigos pidiéndole perdón y confirmando lo que él ya sabía; rio ante las absurdas quejas de ambos por haberse quedado sin su premio, y prometió hacer las reformas gratis si lo ayudaban a distraer a Don Perfecto para que no se encontrara con Elisabeth.

Tras colgar sin más ante las absurdas peticiones de reformas de sus amigos, Zoe, curiosa, le preguntó:

—Alan, ¿quién era esa chica, la rubia del traje negro? Su cara me suena.

—No me extraña, Zoe, esa rubia era Elisabeth Lowell, mi querida Doña Perfecta —confirmó Alan pidiéndole otra cerveza.

—Ésta corre por cuenta de la casa; después de todo, hoy paga Jeff —respondió Zoe alegremente alejándose hacia la cocina.

«¡Fiel, las narices!», pensaba Elisabeth dirigiéndole otra sonrisa fingida a Alan, quien no dejaba de devorarla con los ojos. Desde que habían entrado en el restaurante no había dejado de sobarla sutilmente. Parecía ser que su vestido de diseño italiano lo traía loco: se trataba de un vestido de tirantes, rojo, corto por las rodillas, entallado, con un insinuante escote por delante y por detrás, ya que enseñaba gran parte de su espalda. Llevaba los mismos zapatos rojos que esa mañana y un bolso rojo de noche que hacía juego con ellos.

Se había vestido para seducir, pero creyó que él

se resistiría un poco más ante los avances de una desconocida. Quitó una vez más la mano que por debajo de la mesa acariciaba su muslo hacia lugares más prohibidos mientras intentaba sonsacarle información.

—¿Y no estás esperando a nadie especial? —preguntó Elisabeth

—Sólo a ti, rubita —contestó él atrevidamente.

—Entonces, ¿en estos momentos no hay nadie en tu vida ni lo habrá dentro de poco? —quiso saber Elisabeth molesta.

—Bueno, para serte sincero hay una chica con la que me voy a casar, pero primero tengo que convencerla de que soy perfecto para ella.

—¿Ah, sí? ¿Y cómo lo harás? —indagó algo enojada.

—No te preocupes, ella no puede resistirse a mis encantos —se vanaglorió Alan sonriendo a Doña Perfecta.

—¿Y cómo es esa mujer con la que piensas casarte?

—¿Ella? Testaruda, quisquillosa, en ocasiones algo despiadada, no sabe cocinar, constantemente pierde los zapatos porque acaba tirándomelos a la cabeza...

—¡Vaya, qué virtudes! —ironizó Elisabeth interrumpiéndolo, mordiéndose la lengua para no insultarlo.

—Sí, ¿a que es perfecta? —exclamó Alan, poniendo una vez más la mano sobre su muslo.

Elisabeth, ya desquiciada, apartó bruscamente su mano y se dirigió hacia los lavabos de señoras.

—Idiota descerebrado, batracio apestoso, sapo

y mil veces sapo... —insultó al espejo sabiéndose sola.

Cuando oyó abrirse la puerta, intentó mantener la compostura simulando retocar su maquillaje, hasta que unas fuertes y masculinas manos le rodearon la cintura y la pegaron contra un musculoso cuerpo.

Miró al espejo donde su atacante le devolvía la mirada risueño mientras besaba lentamente su cuello. Elisabeth vio a Alan confusa y excitada, su cuerpo se recostó contra el de él, languideciendo ante sus caricias, que habían pasado de rozar su cintura por encima del vestido a agarrar uno de sus pechos con una de sus hábiles manos, torturando con sus dedos el enhiesto pezón. Elisabeth gimió estimulada por sus manos.

—Mi mujer perfecta también es apasionada —besó su cuello—, hermosa como ninguna otra —lo lamió—, una gran artista —la mordisqueó suavemente—, y es la única mujer en la que puedo pensar día y noche.

Una de sus manos se dirigió hacia su entrepierna y alzó su vestido introduciéndose en su braguitas de encaje.

—¿Y por qué no estás con ella? —se estremeció Elisabeth confusa, intentando resistirse a él.

—Lo estoy... —comentó adentrando uno de sus dedos en su húmedo interior—. Elisabeth... —Sacó el dedo y lo introdujo de nuevo, lentamente, acariciando en el proceso su clítoris, haciéndola gemir—. Cuando te pongas esos zapatos... —introdujo otro dedo dejando que ella moviera sus caderas desesperadamente contra su mano, mientras sacaba uno de sus pechos del confinamiento de su vestido y lo pellizcaba produciendo a la vez dolor y placer—, recuerda quién te los regaló.

Elisabeth no pudo más y se convulsionó contra su mano llegando al orgasmo mientras gritaba de placer. Su cuerpo extenuado y tembloroso se apoyó en él mientras su cerebro desconectado intentaba recordar las palabras de Alan.

Cuando juntó todas las piezas del rompecabezas, se apartó furiosa de él y lo encaró llena de ira.

—¡Lo sabías! ¡Desde un principio sabías que era yo y no me dijiste nada!

—Quería averiguar lo que te traías entre manos. ¿Qué pasa, Elisabeth? ¿No te gusta que jueguen contigo, pero tú sí puedes jugar conmigo? —preguntó Alan molesto con su manera de actuar.

—Sólo quería saber si aún te acordabas de mí —respondió Elisabeth confusa.

—¿Seduciéndome con otro nombre?, ¿haciéndote pasar por otra?

—No..., no quería llegar tan lejos —comentó arrepentida.

—¿Eso es lo que has aprendido en Nueva York, a tirarte a desconocidos en los lavabos de los restaurantes? —Alan se dejó llevar por su furia y en el mismo instante que estas palabras salieron de su boca supo que eran un error—. Lo siento, Eli...

Elisabeth no aceptó sus disculpas y cruzó su cara de una bofetada.

—¡No soy tu novia, Alan Taylor! ¡No soy tu amante para que me exijas nada, y a partir de ahora no soy siquiera tu amiga! Para tu información, he tenido la oportunidad de tirarme a muchos hombres, pero estaba trabajando duro y no mezclo el placer con los negocios. Querías cuatro años para demostrarme algo y lo has hecho: ¡eres el último hombre del mundo con el que me casaría! Te ha sobrado tiempo para demostrarme lo imperfecto que eres.

Elisabeth salió del baño con restos de lágrimas en los ojos, sin correr, sin descontrolarse, con un perfecto y rápido paso que marcaba la salida de una diosa.

Alan corrió detrás de ella dispuesto a ponerse de rodillas para obtener su perdón, pero el destino fue más rápido que él y Alan observó desde lejos y sin poder hacer nada como a Elisabeth se le caía el bolso al suelo cerca de unos caros zapatos de hombre y un elegante traje negro de Armani. El hombre se agachó junto a ella y educadamente la ayudó a recoger sus cosas mientras le tendía uno de sus inmaculados pañuelos blancos para que enjugase sus lágrimas; ella sonrió ante una broma del engalanado hombre de negro y, cuando se incorporaron, como Alan temía, Don Perfecto la acompañaba fuera del local con suma elegancia.

Había visto el magnífico encuentro desde fuera como un simple espectador de una pésima película romántica, y esa historia no le gustaba nada, ya que él era el malo.

Destrozado por la idiotez de sus actos, llamó a sus amigos para que lo ayudaran a arrastrarse para obtener el perdón de su hermana.

—A Elisabeth nunca debes hacerla enfadar —señaló Dan.

—Porque Elisabeth nunca perdona —añadió Josh.

Sus amigos eliminaron así las últimas esperanzas que tenía su estúpido corazón de no haberla perdido para siempre.

Capítulo 14

Todo Whiterlande estaba revolucionado con la vuelta de Elisabeth.

Cada vez se parecía más a la niñita impecable que era antes de que Alan Taylor se cruzara en su camino. La mitad del pueblo estaba feliz de que Doña Perfecta hubiera encontrado a su media naranja, ya que ella y George William Worthington III, quien era conocido ya por todos como Don Perfecto, eran indiscutiblemente la pareja ideal.

Pero eso era sólo lo que pensaban algunos, ya que la otra mitad de la población de este pequeño pueblo estaba a favor de Alan Taylor *el Salvaje*. Estos aburridos lugareños mantenían que, sin las discusiones entre Elisabeth y Alan, todo sería mucho más tedioso; por lo tanto, si alguien tenía que estar con Elisabeth, que fuera aquel que la hacía ser ella misma y no un clon de la perfección.

Como las discusiones sobre este tema comenzaron a hacer que los vecinos se enemistaran, el jefe de policía lo solucionó de la manera simple en la que siempre habían remediado estas disputas: Zoe limpió el polvo a su vieja pizarra, que llevaba un par de años en el trastero, y la dividió en dos mitades. En una de ellas escribió «Don Perfecto» y en la otra, «El Salvaje».

A partir de ese día se admitieron apuestas: ¿quién se casaría finalmente con la querida Elisabeth? ¿El hombre perfecto o el salvaje apenas domesticado?

—¡Se aceptan apuestas, señores! —gritó Zoe felizmente en su bar, celebrando la pérdida del hastío y la llegada de Doña Perfecta de nuevo a su hogar.

Dan entró en el bar de Zoe a tomar una cerveza y, como pasaba últimamente cada vez que cruzaba esa puerta, todos y cada uno de los ojos que allí había se dirigieron expectantes hacia él. Zoe le sirvió incluso antes de que él pidiera, y los parroquianos volvieron sus asientos hacia él esperando impacientemente a que hablara.

—Alan lo lleva fatal —comentó Dan señalando los puntos marcados en la pizarra.

—Las apuestas están cinco a uno, y por ahora el Salvaje no ha conseguido ningún tanto —señaló Zoe.

—No, la verdad es que no le va nada bien. Mi hermana no atiende sus llamadas, le devuelve sus regalos y, al mismo tiempo, sigue saliendo con Don Perfecto.

—¿Y qué hace Alan mientras tanto? Porque hará algo, ¿no?

—Sí, hacer que Josh y yo lo acompañemos continuamente a espiar las citas de Elisabeth. En lo que va de mes ha tenido más citas conmigo de las que ha tenido jamás con mi hermana.

—Tal vez con un bonito presente consiga que lo perdone.

—Compitiendo con ese tío es imposible: si Alan manda un hermoso ramo de flores silvestres, Don Perfecto manda dos docenas de rosas rojas. Que decide regalarle un tierno oso de peluche, Don Perfecto envía un peluche de un panda de un metro de alto... y así llevamos todo el mes. Y encima, como Elisabeth sigue furiosa con Alan, le devuelve todos sus regalos hechos pedazos: las flores las desmenuza, los peluches los apuñala...

—¿Cómo está Alan? —preguntó Zoe preocupada.

—Pues abatido por los desplantes de Elisabeth y furioso con Don Perfecto. He tenido que convencerlo más de una vez de que no puede secuestrar a ese tío y abandonarlo en el desierto.

—Entonces, ¿por quién apuestas? —indagó interesada en anotar a un nuevo jugador.

—Por Alan, siempre por Alan —contestó apoyando a su amigo.

—Pero, por lo que me has dicho, Alan no puede ganar.

—Me da igual, mi hermana no es un juego y, a pesar de que ese tipo sea Don Perfecto, no veo en sus ojos lo que sí veo en los de Alan.

—¿Y qué es lo que no ves en Don Perfecto para que no te guste para tu hermana? —se interesó Zoe por el bien de su futuro negocio de apuestas.

—Amor, no veo en su rostro al loco enamorado que veo cada vez que miro a Alan. Así que, como soy un romántico empedernido, apuesto por el amor, apuesto por Alan —dejó veinte dólares en la mesa, reafirmando sus palabras—. Además, esta noche vamos a perseguir a Elisabeth en otra de sus citas y Alan está más decidido que nunca. Le ha comprado hasta un anillo de compromiso por si en algún momento consigue quedarse con ella a solas. Deséame suerte —pidió mientras se disponía a marcharse—, después de todo, es la primera vez que me llevan a un restaurante elegante a cenar para pedir la mano de mi hermana, espero que no acabe pidiéndomela a mí, porque, como esto siga así, Josh y yo vamos a ser los que más citas románticas hayamos compartido con Alan.

Dan cerró la puerta del bar tras de sí y ése fue el momento en el que se abrieron las apuestas acerca de quién sería el futuro marido de Doña Perfecta. Al terminar la tarde los números no favorecían para nada al Salvaje, aunque ya se había decidido que finalmente era Dan quien más citas había tenido con el chico de los Taylor.

El restaurante era el más caro y romántico del pueblo, sumamente elegante, con sus pequeñas e íntimas mesas apartadas del mundo iluminadas por unas velas aromáticas con olores a esencias, y una orquesta de música clásica en directo.

George me había cogido por sorpresa ese día diciéndome que tenía preparado algo especial para mí. Como recordatorio de la noche en que nos conocimos, llevaba el mismo vestido, aunque me había comprado otros zapatos. Ya no quería nada que proviniera de Alan Taylor. Mi vecino había sido y seguiría siendo por siempre jamás un salvaje, le había devuelto cada uno de sus malogrados intentos de hacer las paces y no atendía a sus estúpidas súplicas de perdón.

¿Es que no se daba cuenta de que él no era mi hombre perfecto, que al fin había encontrado a alguien con quien ser feliz? Un hombre que cumplía todas y cada una de mis expectativas. ¿Por qué simplemente no se rendía y me dejaba en paz?

Yo por mi parte lo estaba intentando; apenas recordaba su molesta presencia excepto por las noches cuando, dormida y sin poder evitarlo, rememoraba los momentos que había pasado entre sus brazos. A la mañana siguiente me despertaba y me prometía a mí misma no volver a pensar en él, borrarlo para siempre de mi mente, pensar sólo en George, sustituir la presencia de Alan por la de George en mis sueños.

Pero, aunque mis sueños comenzaran con el príncipe azul, siempre terminaban con el hombre imperfecto. Mi mente estaba algo confusa, pero también decidida a tener al mejor y ése sin duda alguna no era Alan Taylor. Él tenía tantos defectos como puntos había en mi lista o más...

—¿Qué te ocurre, Elisabeth? Esta noche estás algo distraída —intervino George interrumpiendo mis pensamientos.

—Perdóname, George, estaba algo abstraída recordando alguno de mis problemas.

—Pero esta noche es una velada especial para

nosotros, así que no se te permite estar triste —me riñó suavemente alzando mi rostro entre sus manos mientras me hacía responder a una de sus hermosas sonrisas.

—¿Y cuál es la sorpresa que me tienes preparada? —pregunté, muerta de curiosidad.

—¡Ah! Eso lo sabrás al final de la noche, mientras tanto disfruta de la comida. Aquí es exquisita. —Señaló al camarero que me tendiera la carta y yo observé extasiada las delicias que se describían en ella, preguntándome cuán elevado serían los precios para que no los hubieran indicado junto a los platos.

Él eligió un sublime vino tinto, luego despidió al camarero con un elegante gesto de su mano y me recomendó pedir un solomillo a la pimienta con verduras escaldadas. Yo estuve de acuerdo, y él, con una sola mirada, hizo que el camarero atendiera a sus demandas con celeridad y eficacia.

Mientras llegaba la comida charlamos sobre su trabajo, que era realmente aburrido, pero él lo hacía ameno contándome anécdotas de clientes y compañeros de lo más divertidas.

Yo por mi parte le hablé de mi estancia en la galería de arte, de lo mucho que había aprendido y de todo lo que me quedaba por saber. Le recomendé algunas obras de arte y él me aconsejó alguna que otra inversión. La comida pasó rápidamente entre risas y coqueteos.

Cuando llegamos a los postres, George pidió una botella de champán para los dos. Me pregunté si querría emborracharme para llevarme a la cama, pero yo sabía que él era un perfecto caballero y nunca haría eso. Así que lo miré sorprendida con la copa de champán en la mano mientras él se levantaba y caía ante mí, de rodillas. Con la hermosa melodía de un violinista que se acercaba a nosotros como fondo, extrajo una pequeña caja que me ofreció como el más preciado de los presentes.

La abrí emocionada, encontrando en ella el anillo más hermoso que había visto jamás, un enorme diamante relucía deslumbrándome, a la vez que George me preguntaba:

—Elisabeth Lowell, sé que llevamos juntos poco tiempo pero nada más verte supe que eras para mí la pareja perfecta. ¿Quieres hacerme el hombre más feliz del mundo aceptando ser mi esposa?

Por unos instantes me quedé muda y confusa con todo lo que ocurría a mi alrededor; luego recordé que eso era lo que siempre había soñado.

—¡Sí! —grité alegremente mientras me arrojaba a sus brazos y besaba sus labios, que a pesar de ser perfectos no me hacían estremecer.

—¡Joder, no me lo puedo creer! —exclamó Dan haciendo revolverse inquieto a Alan en su asiento, con ganas de darse la vuelta y ver lo que estaba ocurriendo con sus propios ojos, ya que, a pesar de estar en una mesa cercana, sus dos amigos lo habían obligado a ponerse de espaldas a ellos por si Elisabeth lo reconocía y acababa reprendiéndoles.

—¿Qué? ¿Qué ocurre? ¿Qué ha hecho? —preguntó Alan nervioso.

—Ha pedido uno de los vinos más caros de este

lugar, ¿por qué no nos invitas a uno de ésos? —se quejó Dan a su amigo.

—Porque vosotros no sois mi tipo —alegó Alan enfadado—. ¿Qué más hacen?

—Están conversando y ella se ríe mucho —relató Josh atento.

—¡Yo sé leer los labios! —indicó Dan emocionado.

—¿Y qué dicen? —pidió Alan a su amigo.

—En estos momentos él le pregunta si le agrada el vino, Elisabeth contesta que está delicioso y que nunca ha probado nada igual. Entonces él se ríe diciéndole que se puede gastar todo el dinero que pueda y más, y que nunca será tan tacaño como Alan Taylor, que no es capaz de invitar a sus amigos a una copita.

—¡Alégrate de que no te dejara encerrado en el coche con las ventanillas medio bajadas! —señaló Alan, furioso—. Josh, ¿puedes oír lo que dicen?

—Sí, espérate que conecto mis poderes arácnidos y saco mi superoído —ironizó Josh.

—Tal vez si me acercara... —comentó Alan intentando incorporarse.

—¡Ah, no, eso sí que no! —exclamaron ambos hermanos volviéndolo a sentar.

—Como Elisabeth descubra que estás aquí, nos matará lentamente... —explicó Josh.

—Y luego enterrará nuestros cuerpos en el jardín —continuó Dan.

Un camarero bastante pedante se acercó a su mesa, los miró de arriba abajo observando que sus atuendos, a pesar de ser de etiqueta, no eran tan caros y elegantes como los de los clientes a los que estaba habituado ese establecimiento. A pesar de ello, se acercó con educación y se dirigió a ellos:

—Buenas noches, caballeros, disponemos de una espléndida carta de vinos, y nuestra especialidad de esta noche es el *filet mignon* acompañado de setas rústicas adornado con un toque de esencia de perejil fresco.

—¡Joder, qué rico! ¡Yo quiero uno de ésos! —exclamó un emocionado Dan.

—Yo otro, por favor —confirmó Josh dispuesto a sacarle el dinero a su amigo.

—¿Y usted, señor? —preguntó el camarero a Alan, que no dejaba de mirar a sus amigos con reproche.

—Yo sólo quiero un güisqui, se me ha quitado el apetito y, para ellos, dos vasos de agua —comentó antes de que eligieran un vino selecto que dejara su cartera vacía.

El camarero se marchó extrañado por el comportamiento de los clientes de esa mesa y no tardó mucho en traer la copa de Alan y las botellas de agua para acompañar la comida. Según el cocinero, era un sacrilegio no beber un buen vino mientras se deleitaban con el sabor de sus platos; el camarero estuvo a punto de comentarles este hecho a sus clientes, pero, tras ver el rostro irascible de uno de ellos, desistió de hacer comentario alguno.

—¿Qué narices está pasando ahora? —gruñó Alan, enfurecido, a sus amigos, que en esos momentos habían parado de espiar a su hermana y se deleitaban con el sabor de su cara cena.

—Creo que se está poniendo de rodillas... —masticó Dan con la boca abierta.

—Y un violinista está tocando para ellos —relató Josh pacientemente.

—¡Joder, tío, lo llevas crudo! —sentenció Dan a la vez que terminaba su plato.

—¿Por qué? ¿Qué pasa? —instigó a su amigo Josh, quien guardó silencio.

—Acaba de ofrecerle el pedrolo más grande que he visto en mi vida; si ella no se casa con él, me lo pido yo —respondió Dan.

—Tú no eres tan guapo como Elisabeth —intentó bromear Josh.

—¿Y ella qué dice? ¿Qué le ha contestado? ¿Qué hace? —solicitó Alan a sus amigos, lleno de impotencia.

—Lo siento Alan —consoló Josh a su amigo—. Ella ha respondido que sí.

Alan, repleto de ira y resentimiento hacia el hombre que le había arrebatado a su único amor, clavó el cuchillo con el que había estado jugando todo el tiempo en el panecillo más cercano, imaginándose que éste era el cuello de míster perfecto. Dejó allí el cuchillo mientras sacaba de sus pantalones la sencilla alianza de oro que tenía grabado sus nombres; los leyó una y otra vez, y la agarró fuertemente en su puño. Después, simplemente la devolvió a su bolsillo.

El camarero se acercó a la mesa una vez más, impaciente por deshacerse de esos clientes nada habituales. Se asustó al ver el amenazante cuchillo clavado en el pan y preguntó, algo atemorizado, pero insolente:

—¿Desea el señor que le traiga otro panecillo para apuñalar?

—No, gracias, tráigame la cuenta —pidió Alan tendiéndole una tarjeta de oro que sólo los clientes VIP llegaban a conseguir—. Y dígale a Marcelo que el viernes próximo vendré a traerle esos muebles especiales que me pidió para el bar.

El camarero entregó el mensaje y fue seriamente reprendido por el dueño por intentar cobrarle al hombre que había convertido ese restaurante poco antes ruinoso en el lujoso y elegante establecimiento que era en ese momento.

Alan fue invitado por el propietario a la zona del bar, donde se le ofreció barra libre para él y sus amigos; Marcelo no tuvo que insistir demasiado para que aceptara: en esos instantes lo que más necesitaba era una copa.

Dos horas después, lo que menos necesitaban los tres amigos era probar una gota más de alcohol.

—He estado a esto —dijo Alan, señalando entre sus dedos un espacio muy pequeño— de conseguir casarme con tu hermana.

—No me lo creo, esa lista parecía imposible —balbuceó Josh dando otro trago a su copa.

—Ya tenía logrados cuatro puntos, casi seis si le hacía admitir que soy bueno en la cama, y de repente aparece Don Perfecto salido de la nada y, ¡pum!, todo se va a la mierda —gesticuló un tambaleante Alan.

—¿Sabes lo que tienes que hacer? —intervino Dan cogiendo una servilleta de papel.

—No voy a permitir que ese estúpido niño mimado se quede con ella, yo sé que la puedo hacer mucho más feliz de lo que podrá hacerla él con todos sus espléndidos encantos. Así que no voy a tirar la toalla —decidió Alan poniéndose en pie y acabando su copa de un trago.

—¡No quiero que abandones, he apostado por ti! Lo que tienes que hacer es una lista con las cualidades de tu chica perfecta y restregársela por las narices para que esté igual de jodida que tú por su culpa —aconsejó Dan.

—¿Qué es eso de que has apostado por mí? —preguntó Alan tremendamente confuso.

—En el bar de Zoe hay una pizarra donde se admiten apuestas sobre quién se casará con Elisabeth y, tío, ¡casi nadie apuesta por ti! Y eso que todo el pueblo participa —confesó Dan tambaleándose en la silla.

—¡Dame, yo empiezo con la lista! —gritó Josh mientras le arrancaba la servilleta a su hermano y sacaba un bolígrafo de su chaqueta—. La mujer perfecta —recitó mientras escribía torcido—. A ver, primero: tiene que ser lista —apuntó.

—¡Qué dices! —exclamó Dan arrebatándole el papel y tachando el primer punto—. Lo de ser lista está sobrevalorado. Lo que ha de tener son unas buenas tetas —decretó Dan.

—Pero mi mujer perfecta ya sé cómo es: mi mujer perfecta es Elisabeth. Es lista, guapa, una gran artista, cabezota, apasionada... —dictaminó el enamorado Alan.

—¡Calla, calla! No sabéis hacer la lista, sois un par de nenazas —señaló Dan a su amigo Alan y a su hermano Josh—. Tiene que tener muchas tetas —escribió Dan.

—Sí, ¡por lo menos dos! —especificó Josh riéndose a carcajadas.

—¡Tíos, estáis borrachos! —informó Alan.

—¡Sí! ¡Como una puta cuba, pero esta lista la terminamos! —pronunció Dan decidido.

Y la lista de la mujer perfecta de Alan se realizó en un bar a las dos de la madrugada por tres amigos borrachos que apenas podían escribir.

Cuando la lista estuvo acabada, los Lowell mandaron a Alan en un taxi a casa de sus padres para que le recitara a su hermana cada uno de los puntos que ella nunca podría llegar a cumplir, porque no era perfecta.

Capítulo 15

A las tres de la madrugada, un hombre totalmente ebrio gritó bajo la ventana de su amada dispuesto a llamar su atención. Al ver que ésta no mostraba señal alguna de interesarse por sus tonterías de borracho, trepó torpemente por el árbol cercano a su ventana dispuesto a hacerse oír.

Se coló en la habitación de Elisabeth tan sigilosamente como un elefante en una cacharrería, y cayó al suelo al tropezar con una silla, desplomándose sin saber cómo volver a ponerse en pie. Una mujer furiosa encendió la luz de su habitación y, mirándolo irritada, lo increpó:

—¿Se puede saber qué haces aquí, Alan Taylor?

Alan se dispuso a pedir perdón cuando recordó por qué motivo estaba allí. Decidido, se puso torpemente en pie y, cuando el suelo dejó de moverse, se dirigió hacia ella sacando la lista del bolsillo de sus pantalones y comenzó a recitar cada uno de sus puntos.

—Quiero que sepas que yo también he hecho una lista sobre mi mujer perfecta.

—¿Y no podías esperar a mañana para comentármela? —inquirió molesta, sentándose en la cama a la espera de que Alan comenzara con sus desvaríos.

—No, por una vez te vas a sentar y me vas a escuchar —ordenó Alan con firmeza.

—Alan, ya estoy sentada.

—Mejor, pero no te muevas tanto que me distraes —añadió Alan tambaleándose, mientras exponía su primer punto—. Uno. Que tenga muchas tetas (por lo menos dos) —comentó entre risas.

—Por ahora tu mujer ideal se parece más a una vaca que a una persona —ironizó Elisabeth—, como el siguiente punto sea que tenga cuernos y rabo, comenzaré a pensar que tienes un tremendo problema.

—¡Calla y escúchame con atención! Dos. Que tenga un buen culo para poder apoyar la cerveza.

—Estoy confusa, ¿quieres una mujer o un aparador con tetas?

—Tres. Que hable poco, tan sólo lo necesario (para decir «sí» a todo lo que yo diga).

—Decididamente, Alan, lo que me estás describiendo es una muñeca inflable, seguro que ella no te negaría nada, aunque tampoco podría mantener una conversación contigo.

—Cuatro. Que no me interrumpa con sus cotorreos cuando esté viendo los deportes.

—Sí, la muñeca hinchable es tu mejor opción hasta ahora —concluyó Elisabeth, quien, irritada por la falta de sueño, añadió—: te regalo una por tu cumpleaños si me dejas dormir de una maldita vez, Alan.

—Cinco. Que nunca me diga «ya te lo dije». Ésta es la última y más importante de todas —finalizó Alan orgulloso mientras le tendía la lista a Elisabeth.

—¿Y se puede saber por qué estúpida razón has subido hasta mi cuarto a estas horas de la noche para relatarme una lista de lo más majadera?

—Para demostrarte que yo también podía hacer una lista y que tú tampoco eres perfecta. ¿O es que acaso cumples con alguno de estos puntos?

—No, ni quiero hacerlo, porque hay algunos hombres a los que les gusto tal y como soy —señaló acercándose a él mientras lo golpeaba en el pecho con el arrugado trozo de papel que le había dado.

—Pero yo nunca te pediría que fueras así —intervino Alan—, porque tú me gustas con tus defectos y virtudes, sin ellos no serías tú. Pero tú..., tú buscas una perfección que no existe.

—¡Sí, existe! He encontrado a un hombre que cumple cada uno de mis requisitos y me voy a casar con él —sentenció Elisabeth empujando su musculoso pecho e intentando apartarlo de su lado.

—No, no cumple todos tus requisitos —declaró abrazándola fuertemente para evitar que se alejara mientras la miraba codiciando sus besos.

—¿A qué te refieres? —suspiró Elisabeth, con la boca no muy lejos de sus labios.

—A que sus besos nunca serán especiales y tampoco será el mejor amante del mundo para ti

—alegó avasallándola con sus labios, devorando su boca con ardor y haciéndola responder a su lengua que buscaba hambriento su sabor.

Ella gimió, atrayéndolo, agarrándolo del cuello a la vez que él la izaba contra su cuerpo. Elisabeth se agarró con las piernas a su cintura y comenzó a restregarse contra su erección. Mientras caminaba, Alan decidió ir hacia la cama, eliminando el estorbo de su ridículo pijama por el camino.

La camisa de rayas voló por los aires, y cuando al fin la depositó en su lecho, le arrancó bruscamente los minúsculos pantalones, arrastrando con ellos sus escuetas braguitas.

Alan devoró con sus ojos el hermoso cuerpo de Elisabeth, y permaneció vestido mientras decidía cómo torturarla como castigo a su larga espera.

Comenzó besando sus pechos, metiéndolos en su boca, lamiendo y succionando sus pezones, para luego mordisquearlos produciéndole pequeñas punzadas de dolor que no tardaron en convertirse en un placer sublime. Ella se retorcía arqueando su espalda, ofreciéndose a él.

Alan alzó su cuerpo para deleitarse aún más con sus jugosos senos. Sus manos acariciaron lentamente los femeninos muslos haciendo que los separase para poder acceder a su húmedo interior.

Introdujo uno de sus dedos, arrancando de su cuerpo gritos de placer. Añadió un dedo más, y acarició con el pulgar el clítoris, haciéndola convulsionarse desesperada contra su mano en busca de un placer que no terminaba de culminar.

La juguetona lengua de Alan se deslizó despacio por su cuerpo dejando tras de sí sus enrojecidos y erguidos pezones; lamió y besó su cintura, descendió hacia su delicado ombligo y continuó besándola más allá de éste.

Alan arrastró el cuerpo de Elisabeth hasta el filo de la cama y él se puso de rodillas ante su sexo húmedo y dispuesto. Besó sus húmedos rizos rubios y alzó sus piernas sobre sus hombros. Su lengua no tardó en iniciar una tortura llena de pasión, haciéndola gritar su nombre una y otra vez; sus lametones eran lentos y largos, recorriendo todo su interior, haciéndola estremecerse y contonear sus caderas buscándolo.

Cuando ella intentaba moverse más rápido contra su boca, él la obligaba a detenerse, llenando de frustración su cuerpo necesitado. Tras lo que a Elisabeth le parecieron horas de tormento en las que gimió, protestó y se quejó porque se le negara el orgasmo, Alan sonrió satisfecho contra su feminidad y hundió lentamente la lengua acariciando su clítoris, a la vez que sus dedos volvían a penetrarla profundamente con movimientos rápidos y certeros que la hicieron gritar su nombre al convulsionarse ante su lengua y contraerse contra sus dedos, llegando al fin al orgasmo tan ansiado.

Saciada e irritada por los juegos de su ávida boca, Elisabeth permaneció tumbada en la cama, en la misma postura, sin mover un solo músculo.

Alan se apresuró a incorporarse y a deshacerse con celeridad de su ropa.

—¿Qué haces? —preguntó un poco aturdida aún por su orgasmo.

—Según tú, cometer un error —susurró Alan mientras se situaba sobre su cuerpo colocando las largas y perfectas piernas sobre sus hombros y la penetraba fuertemente de una sola embestida llegando a lo más profundo de su ser, haciéndola chillar.

—Pero para mí esto es el paraíso —expresó entrecortadamente, moviéndose cada vez con más fuerza y más rapidez en su interior. Alan acarició de nuevo su clítoris con una de sus manos, volviéndola a excitar y humedeciendo más su interior, provocando que sus estocadas pudieran ser más placenteras.

Cuando su cuerpo no pudo más, se contrajo sobre el duro miembro de Alan, y Elisabeth gritó llegando a su segundo orgasmo mientras arrugaba fuertemente entre sus manos las blancas sábanas de su cama. Él aumentó el ritmo cogiéndola con fuerza de las caderas, arremetiendo con violencia en su húmedo interior, llegando a la culminación del placer y derramándose en ella.

Alan se desmayó exhausto encima de Elisabeth a la vez que ésta intentaba ordenar sus confusos pensamientos.

—Alan, estoy confundida..., puede que tú no seas tan imperfecto para mí después de todo —dijo Elisabeth mientras acariciaba la fuerte espalda de Alan, que permanecía sobre ella llenando todavía su lánguido cuerpo con su miembro.

—Puede que tenga que replantearme la lista, ¿por qué nunca puedo resistirme a ti? —murmuró aturdida.

La respuesta de Alan fue un sonoro ronquido cerca de su oído que por poco la deja sorda.

—¡No! ¡No te puedes haber quedado dormido

después de lo que hemos compartido! —protestó furiosa mientras forcejeaba para quitárselo de encima.

Cuando por fin pudo apartarlo de sí, comprobó airada el poderoso y fuerte cuerpo desnudo que tenía junto a ella. Sus músculos eran perfectos, parecía que aún continuaba ejercitándose a pesar de no seguir jugando al fútbol, ya que sus piernas seguían siendo firmes, sus poderosos brazos tenían una buena musculatura y su abdomen estaba marcado por el ejercicio diario.

A pesar de que su rostro mostraba algún que otro duro rasgo de deportista, seguía siendo el hombre más atrayente de todos, con sus ojos castaños color miel y sus largos cabellos negros.

Dirigió una lenta mirada hacia su miembro, que pese a permanecer en reposo seguía teniendo un buen tamaño, y fue entonces cuando se encolerizó, ya que se dio cuenta de que no habían utilizado precaución alguna y ella no tomaba la píldora anticonceptiva.

¿Lo habría hecho adrede para no dejarle opción alguna, para que tuviera que elegirlo a él de entre todos los demás, para obligarla a casarse con él?

Acalorada por el momento de ira, Elisabeth intentó despertarlo varias veces para exigirle explicaciones, pero era una masa de músculos inamovible que roncaba como un camionero. Cansada por todo lo ocurrido esa noche, le dio la espalda al varonil cuerpo de Alan que ocupaba prácticamente toda la cama y se tapó con la sábana, declarando indignada:

—No puedo resistirme a ti, pero lo intentaré.

Alan abrió los ojos en medio de un infernal dolor de cabeza. Era como si un elefante le hubiera pateado los sesos. Los primeros rayos de sol lo hicieron gemir; se incorporó con lentitud para comprobar finalmente que no estaba en su cama, y que un bonito cuerpo desnudo descansaba junto al suyo. Al intentar recordar lo ocurrido aquella noche le sobrevino una fuerte punzada de dolor, pero las pocas imágenes que acudieron a su memoria le hicieron sonreír satisfecho.

Su Elisabeth se había rendido nuevamente entre sus brazos y los dos habían disfrutado de una magnífica noche de sexo desenfrenado.

Él acarició despacio el hermoso rostro de su amada, apartando sus ahora lisos mechones de pelo y, emocionado, apartó con delicadeza la sábana que cubría su desnudez para deleitarse con su belleza: sus senos habían crecido un poco, haciéndolos perfectos para abarcarlos con sus rudas manos, y su trasero era firme y perfecto para acoger su miembro entre sus duras nalgas. Las curvas de su cuerpo se habían moldeado, dándole un toque entre mujer adulta y sexy gatita que lo hacía volverse loco. Sus piernas seguían siendo largas y torneadas a pesar de que ella fuera más pequeña que él. Su rostro era, sin duda, de inigualable belleza, con sus suaves cabellos rubios y sus preciosos e intensos ojos azules que le hacían pensar en el majestuoso color del cielo después de una tormenta.

Sus rasgos constituían una mezcla entre la princesa perfecta y un duendecillo malvado. Eso era lo que más le gustaba de ella: su capacidad para pasar en unos segundos de ser Doña Perfecta a un travieso diablillo que intentaba parecer inocente.

Una fresca brisa penetró por la ventana y ella se acurrucó más, en busca de calor, mientras mascullaba entre sueños.

—Idiota descerebrado.

—Seguro que se refería a mí —suspiró Alan resignado mientras cubría otra vez su desnudo cuerpo con la sábana.

Al parecer, lo ocurrido la noche anterior no había aclarado mucho las cosas entre ellos dos, pero él había sacado una cosa en claro: Elisabeth no amaba a Don Perfecto, porque, de lo contrario, no hubiera pasado la noche entre sus brazos gritando constantemente su nombre.

Sonrió decidido besando sus labios, para desearle los buenos días.

Tras arrancar un suspiro de su boca, Elisabeth se despertó algo desorientada, y Alan supo el momento preciso en el que rememoraba lo ocurrido, porque fue entonces cuando lo miró furiosa, echándole toda la culpa y apartándose de él mientras enrollaba la sábana en su cuerpo como si de una toga se tratase.

—¡Vete de aquí, Alan! —vociferó Elisabeth histérica.

—Pero, preciosa, tenemos que hablar —repuso Alan sentándose en el lecho sin molestarse en vestirse—. Sé que cuando llegaste al principio del verano me comporté como un idiota, pero estaba celoso y... No tengo perdón, pero quiero que me perdones y que empecemos de nuevo.

—¡Tú y yo no tenemos nada, Alan Taylor, y

nuestro trato se rompió en el preciso instante en el que planeaste cómo echar a George del pueblo! Me prometiste que no lo harías, que me dejarías en paz ¡y me has mentido!

—¡Joder, Elisabeth, me he controlado! Ni siquiera le he tocado un pelo a ese señoritingo al que tengo ganas de asesinar. ¡Pero no me pidas que renuncie a ti porque eso no puedo hacerlo! Te quiero, Elisabeth, y nunca dejaré de luchar por estar contigo.

—¡Me prometiste dejarme en paz cuando lo encontrara! —insistió Elisabeth—. Cuando tú estás cerca no me dejas pensar, no puedo aclarar mis ideas y todo se confunde en mi mente —explicó entre lágrimas descontroladas.

Alan la abrazó fuertemente contra su pecho, consolándola y limpiando con dulzura su rostro con el dorso de la sábana.

—Si no estás segura de que él sea tu príncipe perfecto, no te puedes casar con él aunque te lo haya pedido. Sobre todo después de que lo hayamos hecho sin protección, podrías estar embarazada de mí.

Elisabeth lo apartó de su lado llena de rabia y lo encaró.

—¿Cómo sabías tú que George me pidió ayer la mano en matrimonio?

—Porque te estaba espiando, como en todas las citas que has tenido con ese estúpido niño mimado —confesó sin arrepentimiento alguno al ser descubierto.

—¿Con qué intención viniste ayer a mi cuarto? ¿Querías relatarme una estúpida lista o querías acostarte conmigo para dejarme embarazada sin darme opción alguna a elegir?

—No lo sé, Elisabeth, estaba borracho y hablé de muchas cosas con tus hermanos...

—¿Con qué intención? —exigió Elisabeth trastornada.

—¡Joder, Elisabeth! No te voy a mentir diciéndote que no se me pasó por la cabeza dejarte embarazada, pero si lo hice te juro que fue inconscientemente y...

—¡Fuera! —chilló tirándole la ropa—. ¡Vete antes de que coja la escopeta de mi padre y te pegue un tiro, que es lo que debí hacer ayer cuando entraste en mi habitación! —señaló finalmente indicándole la ventana como única vía de escape para su retirada.

Alan se vistió rápidamente antes de abrir la ventana y volverse con la determinación marcada en el rostro.

—Elisabeth, esto no va a quedar así —declaró Alan sin perderla de vista mientras se marchaba y ella cerraba con pestillo su ventana, recordándole con ello que nunca había sido invitado a su cama.

En el bar de Zoe todos los asistentes estaban un poco decaídos al saber que sus apuestas sobre los chicos de las familias Taylor y Lowell habían finalizado. Ya no podrían decidir quién sería el vencedor en una pelea, o quién fastidiaría más al otro en alguno de los actos públicos de la comunidad.

Ya no habría más pizarras con anotaciones ridículas ni botes repletos a repartir entre algunos.

Ninguna ronda correría por cuenta de la casa cuando hubiera empate y no podrían meterse con Jeff diciéndole que se dedicara a echar las cartas en la televisión cuando ganara varias veces seguidas.

Ya no habría tardes alocadas donde recordaran con cariño las viejas hazañas mientras intentaban averiguar cuáles serían las nuevas.

Esa mañana Dan Lowell había entrado deprimido al local y, entre trago y trago de una infusión especial que hacía Zoe para remediar la resaca, había relatado cómo fue la pedida de mano de su hermana y su respuesta: un rotundo sí que había dejado a Alan Taylor destrozado y dándose a la bebida, lo cual explicaba la resaca del demonio que traía Dan encima cuando cruzó la puerta del establecimiento.

Tras pagar las apuestas a los ganadores, Zoe borró la pizarra algo deprimida, pues le gustaba pensar que Elisabeth se casaría alguna vez con Alan Taylor y que tendrían unos preciosos diablillos que darían tanta guerra como ellos.

«En fin —pensó aburrida mientras limpiaba las mesas—, la vida es así, cuando menos te lo esperas aparece al fin tu príncipe azul»; aunque éste, para su gusto, era un poco estirado.

¡Ay, cuánto se habría divertido todo el pueblo viendo el día a día en la vida de esos dos! Cuando Alan olvidara un aniversario, o cuando Doña Perfecta colmara la paciencia del Salvaje; o cuando él se pusiera nervioso como hacían todos al tener su primer hijo, o cuando a éste lo educaran con ideas tan distintas como tenían ambos...

Los niños podrían haberse parecido al Salvaje y

las niñas, a Elisabeth, o al revés, y siempre los hubieran hecho reír como lo hacían sus padres.

Pero ahora Elisabeth se casaría con George William Worthington III y tendrían hijos perfectos e impecables que nunca darían una voz más alta que otra y que siempre guardarían la compostura.

Todos los parroquianos suspiraban aburridos esa tarde cuando la puerta del bar se abrió con violencia dando paso a un Alan Taylor de lo más salvaje que nunca hubieran visto en la vida: sus pelos estaban revueltos y sus ropas, tremendamente arrugadas. Se sentó en la barra algo impaciente y, cuando Zoe se dirigió a tomarle nota, preguntó:

—¿Y la pizarra y las apuestas? ¿Dónde están?

Zoe lo miró confundida, preguntándose quién sería el chivato que había soltado la lengua sobre las apuestas.

—No sé de qué me hablas —contestó Zoe intentando aparentar inocencia.

—¡Vamos, Zoe, enséñamela! Dan me lo contó todo ayer en medio de nuestra borrachera.

—No sé para qué quieres que te la enseñe ahora. Está vacía —comentó Zoe despreocupadamente mientras sacaba la pizarra de la cocina ante la insistencia del Salvaje.

—Es una pizarra muy grande —señaló Alan mientras la observaba.

—Es que apostaba todo el pueblo.

—Excepto Elisabeth y yo, ¿verdad?

—Siempre hemos procurado mantenerlo en secreto, no queríamos que os sintierais ofendidos ante una sana diversión.

—Ya veréis la que va a formar Elisabeth cuando se entere —sonrió Alan divertido a todos los clientes.

—Intentaremos que no se entere, ya sabes lo delicada que es...

—Sí, tanto como un puercoespín. Pero guarda la pizarra a buen recaudo porque esta vez Elisabeth se va a enterar de las apuestas.

—¿Por qué? ¿Es que sospecha algo? —quiso saber Zoe preocupada.

—No, se va a enterar porque esta vez yo voy a hacer una apuesta.

—Alan, ¡tú no puedes hacer una apuesta si estás relacionado con ella!

—¡¿Qué te juegas?! —retó mientras se dirigía hacia la pizarra y apuntaba algo en ella. Luego puso un cheque en la barra y sin decir nada más se marchó dejando a todos intrigados y muy confusos con su comportamiento.

Los parroquianos que se hallaban en ese momento en el bar corrieron entre empujones hacia la pizarra. Jeff, que como siempre fue el primero en llegar, leyó en voz alta para que todos oyeran lo que Alan había escrito en ella.

«¿Se celebrará la boda de Elisabeth Lowell con Don Perfecto?», era la frase principal que daba paso a la apuesta, donde la pizarra había sido dividida en dos mitades: en una se leía claramente «Sí» y, en el otro lado, «No».

—Alan Taylor apuesta que no —confirmó Jeff a todos los presentes.

—¿Y cuánto dinero apuesta, Zoe? —preguntó un jugador, curioso.

Zoe levantó el cheque de la barra del bar, lo

abrió despacio y lo observó asombrada mientras contestaba a sus amigos y vecinos:

—¡Alan Taylor apuesta veinte mil dólares!

Todo el bar guardó silencio sorprendido durante unos segundos. Después se abrieron las apuestas y esta vez no favorecían para nada a Don Perfecto porque, si el Salvaje se atrevía a jugar tanto dinero a una simple apuesta, era más que seguro que planeaba algo.

Capítulo 16

Desde que Elisabeth anunció en su casa la noticia de su inminente boda, todo estaba descontrolado en el hogar de los Lowell: sus hermanos le hacían un profundo vacío por no haber elegido a su amigo del alma; su padre la miraba en silencio sin apenas dirigirle la palabra, siempre meditabundo y distraído, y su madre estaba llena de euforia ante la perspectiva de una boda.

Los preparativos avanzaban de forma acelerada. Elisabeth, su madre y la madre de George, una señora un poco estirada, elegían a los invitados, las tarjetas, los adornos florales, la iglesia...

Todo era agobiante.

Elisabeth tenía que permanecer siempre en medio de su madre y su futura suegra para que no se tiraran de los pelos, porque, en el mismo momento en que se conocieron, surgieron chispas de odio entre ellas.

Todo empezó con una simple presentación antes de una elegante cena. George, amablemente, presentó a su madre Anette y a su padre Henry a los señores Lowell. Todo fue cordialidad y sonrisas hasta que George se excusó durante unos instantes, ya que había visto a unos amigos que deseaba saludar.

Fue entonces cuando todos descubrieron lo larga y bífida que era la lengua de la señora Worthington.

—Bueno, ¿y cómo fue que mi hijo y tú os conocisteis? —preguntó Anette aparentando amabilidad.

—Fue en un restaurante como éste —respondió Elisabeth con una sonrisa—. Yo me alejaba enojada con mi cita fallida cuando tropecé con él y, en cuanto nos vimos, supimos que éramos perfectos el uno para el otro.

—Bueno, no eres tan perfecta como otras de las chicas con las que ha salido mi hijo, pero servirás. Después de todo, él te ha elegido. Te tienes que sentir halagada porque entre miles de mujeres te haya elegido a ti —comentó la señora Worthington prepotente.

Su marido reaccionó abriendo los ojos, escandalizado por su ataque gratuito, pero, sin reunir el valor para enfrentarse a la perfidia de su esposa, simplemente bebió toda su copa de un trago y pidió más vino al camarero.

John Lowell frunció el ceño enfadado, dirigiéndoles una mirada asesina a sus futuros parientes en la que podía leerse claramente «cuando llegue a casa, saco la escopeta»; luego miró con lástima a su hija y continuó cortando su filete, imaginando que era la larga lengua de alguna que otra señora.

Sarah Lowell, por su parte, no guardó silencio.

—Mi hija es perfecta, pregunte a todo el pueblo de Whiterlande y le comunicarán lo mismo que yo. Tal vez sería su hijo quien tendría que estar agradecido, ya que no es la primera vez que se declaran a mi pequeña. ¿Podría usted decir lo mismo de su hijo?

—Hay muchas mujeres que van detrás de mi George, tanto por su fama como empresario como por su fortuna. Seguro que su hija tiene algún encanto oculto por el que los chicos caen rendidos a sus pies —insinuó repasando reprobatoriamente la apariencia de Elisabeth.

—¡Mi hija es una gran artista que ha trabajado en una de las mejores galerías de arte de Nueva York! —manifestó con orgullo Sarah Lowell.

—¡Ah, sí! ¿Ha expuesto algo? Tal vez tenga alguno de sus cuadros en mi hogar.

—No, aún no ha expuesto nada, pero seguro que algún día lo hará.

—Entonces en Nueva York trabajabas sólo vendiendo cuadros de otros con más talento que tú y, ahora que has vuelto, ¿a qué te dedicarás, querida? —preguntó maliciosamente Anette.

—Ha ocurrido todo tan rápido que realmente no sé lo que haré con mi vida profesional.

Antes de que su futura suegra la acusara de cazafortunas y de que su madre saltara por encima de la mesa para morder en la yugular a la mujer que osaba insultar a su hija, apareció la impasible presencia de George que calmó a todo el mundo con unas simples palabras.

—Ella hará lo que quiera con su futuro, mamá,

y cualquier cosa que haga me parecerá perfecta, porque ella es la mujer idónea para mí.

La escandalosa lengua de Anette cesó de exhalar su veneno cuando su hijo volvió junto a ellos, y a partir de ese momento se comportó con amabilidad y educación, aunque los Lowell ya habían sacado sus conclusiones sobre su futura familia política y, si no fuera porque con ello serían unos padres nefastos, encerrarían a su hija con tal de no verla unida a ese montón de...

—Caracoles en salsa de Rioja amenizado con pasas —presentó el camarero colocando una bandeja en la mesa a la que todos los Lowell miraron con asco, debido a su aspecto poco apetecible, mientras que por su parte Anette la atacó con deleite, dejándola en pocos minutos vacía ante la mirada de asombro de Sarah Lowell, que susurró a su marido:

—Ahora comprendo por qué es así: de lo que se come, se cría.

Y el señor Lowell sonrió por primera vez esa noche ante las ocurrencias de su mujer.

Elisabeth, desesperada una vez más, intentaba que sus tarjetas no fueran de un horrible color marrón vetusto, porque le agradaba a Anette, o de color limón chillón, porque le gustaba a su madre. Finalmente, después de dos horas de discusión para elegir sólo unas tarjetas, golpeó frustrada el libro de muestras contra la mesa, se levantó alterada y susurró:

—Necesito un respiro. —Y se alejó de las dos

irritantes mujeres que habían decidido hacer de su boda un campo de batalla.

En el porche, su padre descansaba tomando una cerveza bien fría sentado en una de las viejas sillas. Cuando la vio aparecer, le tendió la botella solícito y Elisabeth se la arrancó de la mano, sentándose junto a él para tomarse un descanso.

—¿Estás segura? Todavía puedes huir —preguntó John Lowell entusiasmado ante una posible respuesta afirmativa.

—Es mi hombre ideal, papá —respondió Elisabeth.

—Sí, pero ¿es tu media naranja?

—Papá, eso es lo mismo.

—No, no lo es —rechazó el señor Lowell—, mi mujer ideal era una hermosa chica como las que aparecen en las revistas masculinas, pero en cuanto conocí a tu madre supe que no podría vivir sin ella, y no tardé en darme cuenta de que ella era mi media naranja.

—Creo que George es perfecto para mí. Papá, ¿por qué no has comentado nada sobre mi boda hasta ahora? Siempre permaneces callado y a veces pareces ausente —indagó Elisabeth algo preocupada por su reacción.

—Todavía me estoy haciendo a la idea de que mi pequeña se casa; si parezco estar en otro mundo es porque aún recuerdo esos momentos en los que jugaba contigo, y no me puedo creer que hayas crecido tan rápido y que ahora te vayas a ir de casa. Me parece que fue ayer cuando le estabas golpeando la cabeza al vecino con tus zapatos.

—Papá, fue ayer: lo golpeé con mis zapatos

nuevos por intentar jorobarme las invitaciones de boda al llamar al encargado para poner su nombre en ellas.

—Últimamente está de lo más fastidioso, ¿verdad? —preguntó su padre sonriendo ante las travesuras del vecino.

—¡No me deja en paz! —se quejó Elisabeth—, a cada paso que doy, intenta arruinar todo lo que he hecho.

—Parece que no quiere que te cases. ¿Por qué será? —insinuó el señor Lowell riendo.

—Papá, ¿qué intentas decirme? —preguntó Elisabeth algo molesta.

—Cariño, ese hombre está loco por ti desde que tenía diez años. Cuando era pequeño me pedía tu mano por lo menos una vez al mes, y cuando fue adulto no sé cuántas veces más. ¿Sabes lo que me ha dicho ahora? Que no me preocupe por nada, que no te casarás con Don Perfecto. Incluso todo el pueblo comenta que ha apostado veinte mil dólares a que la boda no se llevará a cabo.

—¡Ese gusano miserable no puede haber hecho eso!

—Pregúntaselo tú misma: está en la antigua casa de los O'Brian haciendo reformas.

—¡Sí! —comentó decidida mientras buscaba sus llaves en el interior de la casa—. ¡Ahora mismo voy a cantarle las cuarenta a ese don juan de pacotilla! ¿Quién se cree que es para decir que no me casaré...?

John Lowell sonrió alegremente mientras veía a su hija alejarse furiosa en busca del único hombre que conseguía sacarla de sus casillas. Ésa era su verdadera Elisabeth, pensaba John, y no la Doña Perfecta que todos creían.

Sarah Lowell salió de la casa farfullando insultos como una camionera, y es que nadie que pasara más de dos segundos a solas con Anette era capaz de mantener un lenguaje educado.

—¿Dónde demonios ha ido Elisabeth? —preguntó Sarah desquiciada al pensar en tener que volver nuevamente al interior de la casa y enfrentarse sola a esa vieja maliciosa.

—Creo que ha ido a arreglar una casa —señaló John tendiéndole su cerveza.

—¿Con el chico de los Taylor?

—Sí.

—¿Qué crees que pasará? —preguntó Sarah pensativa.

—¿Esos dos en una casa medio en ruinas? ¡Quién sabe! O la terminan de arreglar o la derrumban con sus discusiones.

—Me refería a ellos dos.

—No lo sé; por cierto, ¿cuánto tenemos ahorrado? —preguntó sonriente el señor Lowell a su mujer.

—¡Oh, John Lowell, borra esa sonrisa de tu boca! ¡Por nada del mundo voy a dejarte apostar en el bar de Zoe!

Mientras Alan amartillaba las bisagras de las nuevas puertas de las habitaciones, oyó el chirriar de unos neumáticos pertenecientes a un estruendoso deportivo. Sonrió satisfecho al reconocer los furiosos pasos que se dirigían hacia él por el nuevo parqué de la casa, y esperó impaciente el siguiente movimiento de Doña Perfecta, que no tardó mucho en hacerse esperar.

Un precioso zapato de tacón de color azul voló hacia su cabeza precedido de un grito airado de mujer; Alan lo esquivó por muy poco mientras se alejaba de la loca mujer armada aún con el otro de sus peligrosos tacones.

—Alan Taylor, ¿cómo has podido? —gritó encolerizada.

—¿Qué he hecho ahora? ¿Acaso no me he mantenido lejos como me pediste que hiciera?

—¡No! ¡No te has mantenido lejos! ¡Cada dos por tres estás haciendo cosas para estropear mi boda! ¡Primero fueron las invitaciones que tengo que elegir de nuevo porque alguien que no estaba invitado puso su nombre en ellas como si fuera el novio...!

—Admite que mi nombre queda mejor junto al tuyo que el de Don Perfecto —añadió Alan con sorna.

—¡Luego fueron las flores, elegidas por un hombre con pésimo gusto!

—Creí que te gustaban las flores silvestres.

—¡Y por último me entero de que has apostado a que mi boda no se celebrará! ¿Quieres dejar de fastidiar mi enlace? ¡Ya te he dicho una y mil veces que no me casaré contigo!

—Y yo una y mil veces que no lo harás con Don Perfecto.

—¡Tú no tienes derecho alguno a decidir sobre mi futuro! —exclamó amenazándolo con el zapato que le quedaba.

—Tú me lo diste cuando, después de prometerte con ese petimetre, te acostaste conmigo.

—¡Eso..., eso fue un error!

—Un error que no hubiera ocurrido si de verdad amaras a ese hombre perfecto tuyo —sentenció Alan enfrentándose a ella.

—Yo lo quiero... —contestó Elisabeth débilmente.

—¡Y una mierda! —insistió Alan cogiéndola entre sus brazos y arrojando al suelo el zapato que tenía agarrado como un arma.

—¡Dime que no se te acelera el corazón cuando estás entre mis brazos, dime que no te falta el aire teniéndome tan cerca, dime que tu cuerpo no se estremece ante lo que sabes que quiero hacerte...! —declaró Alan juntando más su cuerpo con el de ella.

—No me... ocurre... nada de... eso —contestó Elisabeth nerviosa e impaciente mientras se humedecía los labios.

—No quieres admitirlo, bien, pues dime que pare. —A continuación Alan devoró la boca de Elisabeth con impaciencia, dirigiendo su cuerpo contra la pared y haciendo que rodeara su cintura con sus bonitas piernas. El hermoso vestido azul que llevaba puesto Doña Perfecta se arrugó entre las manos de Alan cuando éste lo alzó hábilmente para acariciar sus dulces muslos y su firme trasero por encima de su liviana ropa interior de encaje negra.

Alan devoró su cuello, y Elisabeth arqueó su espalda contra la dura pared ofreciéndole sus pechos, algo que él aceptó deseoso bajando su escote bruscamente y liberándolos de la presión de sus vestiduras. Ella no usaba sujetador, por lo que sus perfectos senos se bambolearon frente a la golosa boca de Alan, con los pezones erectos y excitados a la espera de sus caricias.

Él los lamió lentamente con su áspera lengua para luego succionarlos duramente y mordisquearlos sin miramiento alguno, castigándola con su placer. De la boca de Elisabeth no emergió protesta alguna, solamente gemidos de placer a la vez que sus manos buscaban el fuerte cuerpo masculino, acariciando y arañando excitada su fornida espalda.

Alan cogió una de sus manos y lamió cada uno de sus dedos, besando la palma de ésta, mientras su otra mano jugueteaba con sus húmedas braguitas. Elisabeth echó la cabeza hacia atrás, extasiada, cuando comenzó a acariciar su clítoris y sus manos impacientes comenzaron a buscar el botón de sus pantalones... En ese momento su pasión fue interrumpida bruscamente por el sonido de un coche que se acercaba a la casa.

Fue como si un cubo de agua fría cayera sobre ella. Miró sorprendida a Alan mientras éste se alejaba e intentaba recomponer sus ropas. Ella por su parte intentó mostrar una apariencia un poco menos culpable que no delatara lo que habían estado haciendo hasta hacía poco contra una sucia pared.

—Parece, ricitos —se pavoneó Alan acariciando su liso cabello que tras días sin plancharlo comenzaba a ondularse—, que no puedes pedirme que pare.

—No, ¡pero lo haré! —contestó furiosa a sus provocaciones.

—Y, dime, ¿Don Perfecto besa tan bien como yo? ¿Te ocurre lo mismo cuando estás entre sus brazos? ¿O sólo es conmigo con quien sale tu lado salvaje?

—Sus besos son simplemente perfectos —señaló Elisabeth regocijándose con su dolor.

—Sí, princesa, pero hay un problema con eso —susurró Alan en su oído.

—¿Cuál? —preguntó Elisabeth, confusa.

—Que a ti te gustan más los besos salvajes —finalizó Alan acallando sus posibles protestas con un beso demoledor. Después simplemente salió a atender a un posible nuevo comprador de la casa que había estado arreglando hasta la interrupción de Elisabeth.

Ella estuvo a punto de marcharse furiosa hasta que se fijó en quién era el nuevo comprador; entonces decidió quedarse.

Una rubia despampanante con un estrecho y escueto vestido rojo bajó lentamente de un moderno deportivo, enseñando en el proceso al completo sus largas piernas y parte de su voluminoso escote.

Cuando sus ojos vieron a Alan, lo devoraron despacio. Elisabeth se colocó con rapidez al lado de éste para salvarlo de las garras de esa mujer, pero ella apenas le dedicó una mirada; como si a su lado no tuviera la menor oportunidad, la descartó como a un simple insecto y comenzó a preguntar a Alan por la casa mientras a cada paso que daban se insinuaba no muy sutilmente.

—Buenos días, soy Alice —se presentó la mujer tendiéndole una tarjeta con su teléfono—. Mi hermano me ha dicho que esta casa estaba en venta y que preguntara por Alan Taylor.

—Ése soy yo, señorita —respondió Alan sonriente intentando tenderle una de sus manos, ya que su otro brazo estaba ocupado por Elisabeth, que se había cogido a éste como si de una lapa se tratase en cuanto la rubia hubo salido del coche.

—¿Y ella es? —preguntó Alice sin importarle mucho la respuesta.

—Es una amiga que ha venido a ayudarme con las reparaciones.

—¿También se dedica a reparar casas? —preguntó la rubia, extrañada.

—No, ella es una gran pintora y licenciada en Bellas Artes —comentó mirándola orgulloso—. Quiero intentar convencerla de que me ayude con las casas pintando hermosos murales de paisajes en las distintas habitaciones; seguro que podré venderlas más caras y sacar mucho más dinero por ellas.

—¡Es una idea muy original que no carece de atractivo! Pero, dígame —solicitó Alice agarrándose lascivamente a su otro brazo—, ¿qué paisaje podría interesarme ver a mí cuando me despierto por las mañanas?

—Un elegante París, o tal vez una hermosa Venecia.

—Puede que disfrutara del paisaje, pero sólo si me acompañara la persona adecuada —comentó la rubia acariciando con sus suaves uñas el fuerte brazo de Alan.

—Pues entonces esta casa no es para usted,

porque yo había pensado en dibujar un cementerio o tal vez un monasterio —increpó una molesta Elisabeth a la rubia.

—Oh, ¡pero yo deseo ver la casa para decidir si es la adecuada o no! —se quejó la mujer sin dejar de aferrarse a Alan en ningún momento.

—No se preocupe, yo se la enseñaré —concluyó finalmente una Elisabeth harta, con una malévola sonrisa en el rostro—. Alan tiene que continuar con las reparaciones, no querrá interrumpir su trabajo, ¿verdad? ¡Claro que no! —concluyó Elisabeth por ella, y seguidamente la arrastró por toda la casa, mostrándole habitaciones que no conocía e inventando historias espeluznantes para disuadir su interés por la vivienda y, de paso, por Alan Taylor.

Pero la rubia sólo la miraba por encima del hombro, preguntándole continuamente «¿de verdad?», mientras seguía empeñada en quedarse en ese lugar.

Cuando terminó la visita guiada, su paciencia se agotó al ver cómo la mujer devoraba a Alan con ojos lascivos al observarlo trabajar en el salón sin camisa debido al ardiente calor, con su increíble y fuerte torso sudoroso desnudo.

—Me encantaría dejar la marca de mis uñas en su espalda... —susurró la rubia en celo.

Y ésa fue la gota que colmó el vaso: Elisabeth tropezó y tiró a la rubia encima de unos botes de pintura que en esos momentos permanecían abiertos. Alice gritó airada, insultando a Elisabeth en medio de un gran charco de pintura blanca que cubría prácticamente todo su cuerpo y parte del suelo.

Después de que Alan la ayudara a incorporarse, la rubia gritó unos cuantos insultos más y finalmente se marchó dando tumbos en su elegante deportivo.

Alan caminó decidido hacia Elisabeth, la acorraló contra la pared y se enfrentó a su enfurecido diablillo.

—Ésa es la muestra de celos más descarada que he visto.

—¡Yo no estoy celosa! —gritó Elisabeth a la cara de Alan.

—Sí, claro, pregúntaselo a la rubia —contestó Alan riéndose de ella.

Elisabeth, rabiosa, se deshizo de la prisión de sus brazos y le lanzó la pintura del cubo que quedaba aún sin derramar.

Un Alan teñido de blanco la miró asombrado y sonriendo lobunamente la persiguió por toda la casa para darle un cariñoso abrazo, pero nunca llegó a atraparla, ya que Elisabeth se dirigió con gran agilidad y rapidez hacia su coche y, mientras arrancaba su deportivo, gritó:

—¡Yo no estoy celosa!

Cuando Elisabeth llegó a casa de sus padres, aún despotricando contra la rubia y Alan, su padre le tendió una cerveza, sonriente.

—Ha llamado Alan, dice que no has heredado mi talento para las ventas.

—No convenía vendérselo a esa rubia de silicona sin sesos en la cabeza; seguro que, en cuanto la tuviera, haría reformas atroces.

—También me ha comentado que como pintora eres un desastre. Has ensuciado todo el parqué nuevo. ¿No se supone que tenías que pintar en las habitaciones y no en el salón?

—¿Alan te comentó esa ridícula idea de pintar las paredes con paisajes...?

—No me parece ridícula en absoluto, tienes mucho talento, ¿y qué mejor forma de darte a conocer que haciendo lo que te gusta en un gran lienzo, dejando un cuadro único para cada hogar?

—Papá, qué cosas más bonitas dices... —comentó Elisabeth abrazándolo con cariño.

—No son palabras mías, sino de Alan. Así fue cómo me convenció para que te dejara entrar en el negocio.

—¿Te ha comentado Alan algo más de mí? —preguntó Elisabeth rezando para que Alan no le hubiera contado a su padre nada de lo ocurrido.

—Me comentó que conociste a tu cuñada y que no te cayó demasiado bien.

—Yo no he conocido aún a la hermana de George —se extrañó Elisabeth a la vez que su madre salía exultante de alegría al porche.

—¡Por fin me he librado de esa arpía! —exclamó alegremente—. ¡Gracias a Dios que una histérica le ha lanzado un cubo de pintura a su hija y se ha tenido que marchar para ayudarla a quitarse el potingue de encima!

Elisabeth entró en casa desolada, decidiendo que definitivamente ése no era su día cuando la voz de su padre la detuvo.

—También me ha dicho que habías perdido algo, y que, si querías recuperarlo, lo llamaras.

Elisabeth revisó su bolso, su cartera, las invitaciones, su ropa, hasta que al fin se fijó en su mano derecha: donde debería estar el grandioso diamante de George no había tal cosa, sino una sencilla alianza de oro con bonitas incrustaciones.

Por dentro estaba grabado su nombre y, ¡cómo no!, el de Alan.

—Oh, ¡ahora mismo voy a llamarlo! —espetó decidida mientras marcaba bruscamente su número y, tras varios intentos sin recibir contestación alguna, dejaba un largo mensaje repleto de insultos en su contestador.

Capítulo 17

Ese día Elisabeth deseaba más que nunca que todo el asunto de su boda finalizara pronto, pues llevaba toda la mañana probándose vestidos de novia, a cual más ridículo y tortuoso que el anterior.

Parecía que su cuñada se quería vengar del lamentable asunto del cubo de pintura obligándola a embutirse en vestidos en los que ni siquiera podía caminar. Por el contrario, su suegra le elegía vestidos de lo más pomposos que eran el doble de grandes que ella y la hacían torpe y lenta, ya que al andar arrasaba con todo lo que hubiera a su alrededor.

—¿No te gusta éste, querida? —preguntó Anette emocionada.

—Le queda fantástico, mamá —comentó con una pérfida sonrisa su malévola cuñada.

Elisabeth se miró una vez más al espejo y rogó porque la imagen que contemplaba ante ella no fuera cierta, pero al abrir nuevamente los ojos su reflejo no desapareció: el vestido de novia por la parte superior era perfecto, se ajustaba a su figura como un guante, era de corte palabra de honor y tenía unas pequeñas mangas con hermosos adornos a los lados.

Hasta ahí todo estupendo. Pero de cintura para abajo era tremendamente abultado e incómodo, como las faldas de las princesas de las películas del siglo XVII, o incluso más exagerado, todo lleno de encajes y bordados.

«¡Tierra, trágame!», pidió Elisabeth frente al espejo mientras sus futuras parientas políticas planeaban cómo meterla en la iglesia con ese vestido.

—No sé, aún no me he decidido —dudaba Elisabeth.

—¡Pero si has visto más de veinte vestidos! —protestó ruidosamente Alice.

«Sí —pensó Elisabeth—, cada uno más feo e incómodo que el anterior.»

—Eres un poco indecisa, ¿verdad? —señaló Anette como si fuera un gran defecto.

«Seguro que me hubiera decidido si me hubierais dejado elegir a mí, en lugar de traerme todas las monstruosidades que encontrabais por el camino. Podéis ser todo lo sofisticadas que queráis, pero tenéis el gusto en el culo», pensó Elisabeth, aunque finalmente dijo:

—Creo que este estilo no va conmigo.

—Bueno, no te preocupes: mamá y yo elegiremos algunos vestidos más. Después de todo, nosotras entendemos más de moda que tú —señaló altanera Alice.

—Tal vez yo debería mirar alguno para ver si...

—¡Quita, quita! ¡Tú relájate mientras nosotras elegimos el vestido de tu gran día! —profirió Anette alejándose decidida, seguida de cerca por la arpía de su hija.

En el momento en el que Elisabeth se quedó al fin sola en el vestidor, se bajó torpemente del estrado y buscó en su bolso el teléfono móvil para llamar una vez más a su torturador, que hacía semanas que no cogía el teléfono.

Mientras esperaba nuevamente que saltara su contestador, se entretuvo deleitándose con la copa de champán que la exclusiva tienda del pueblo les había ofrecido para amenizar la elección del vestido.

—Al habla Alan, ¿qué puedo hacer por ti, ricitos? —contestó una alegre voz.

Elisabeth se tragó rápidamente el champán de una sola vez y se dispuso a gritar toda y cada una de sus quejas al estúpido de Alan Taylor.

—¡He estado semanas intentando contactar contigo! ¿Dónde demonios te habías metido y qué narices has hecho con mi anillo de compromiso?

—Si no me localizabas en el móvil, siempre podrías haber venido a mi casa, ya sabes donde vivo.

—¡Ni loca pongo un pie en tu casa! Conociéndote hubiera acabado en tu cama.

—Pues ahora que lo dices...

—¡No me puedo creer que creyeras que acabaría yendo a tu casa! ¡Ni loca! ¿Me oyes? ¡Ni loca!

—Entonces, ¿cómo voy a devolverte el anillo si no puedo verte? ¿Dónde estás ahora?

—Ahora mismo estoy eligiendo mi futuro vestido de novia —comentó Elisabeth orgullosa.

—¡Eso tengo que verlo! —indicó Alan jocoso—. Conociendo el gusto de tu futura familia política, seguro que te han vestido como un buñuelo con lazos.

—¡Eso es mentira! —contestó mientras fruncía el ceño ante su imagen, que no distaba mucho de la descripción de Alan—. Mi familia política tiene un gusto impecable.

—Aja, ¿dónde estás? —rio Alan muy entretenido.

—¡Tú no puedes aparecer por aquí! No eres bienvenido...

—¿A que estás en la tienda de novias de Madame Mirage?

—No se te vaya a ocurrir...

—Aparecer —terminó Alan con sorna mientras cerraba su móvil delante de ella y la rodeaba admirando su horrendo vestido—. Tienes razón, no tienen un gusto malo, simplemente es pésimo. ¡Dios! ¿Puedes siquiera andar con eso?

—¡Fuera de aquí antes de que mi familia aparezca! —gritó Elisabeth señalándole la salida.

—¿Qué crees que pensarán ellas cuando les enseñe esto? —dijo sacando la alianza de George de su bolsillo.

—¡Dámela! —exigió Elisabeth, intentando arrebatársela mientras se movía con dificultad por culpa del vestido.

—¡Ah, no tan rápido! —comentó Alan volviendo a guardar la alianza—. ¿Qué me darás a cambio de ella? —preguntó lascivamente mientras recorría su cuerpo con los ojos.

—¿Cómo que qué te daré? Lo que haré será

denunciarte como ese anillo no vuelva a estar mañana en mi dedo.

—Bien, ¿y le describirás a la policía con todo lujo de detalles cómo lo perdiste? —preguntó irónico—. Porque, si a mí me preguntan, tendré que decir toda la verdad. Ya sabes que no me gusta mentirle a la policía.

—Alan Taylor, ¿me estás chantajeando?

—No, digamos más bien que te estoy dando tiempo para que elijas correctamente.

—¡Eres una sucia sabandija! —exclamó enfurecida mientras le arrojaba a la cabeza todo cuanto estaba cerca de ella.

—Elisabeth, como no te calmes vas a tener que explicarles a tus queridas parientas el motivo de este alboroto —sonrió divertido a la furiosa novia.

—¡Me da igual! Y quiero que te quede claro una cosa, Alan: no voy a volver a acostarme contigo jamás. Por más que intentes manipularme para que caiga en tus redes, eso no pasará nunca más.

—Entonces, cielo, creo que guardaré este anillo tan valioso hasta que decidas venir a por él. Ya sabes dónde encontrarme —repuso Alan dispuesto a marcharse del vestidor cuando de repente oyó las animadas voces de dos chillonas mujeres que se dirigían hacia el probador donde se hallaba Elisabeth.

—¡No puedes marcharte por allí, te verán mi suegra y mi cuñada y se preguntarán qué narices haces aquí! —señaló Elisabeth presa del pánico ante el posible desastre.

—¿Por dónde demonios salgo? No hay otra salida que no sea ésa, y me parece ridículo esconderme de las dos arpías.

—¡Por favor, Alan, escóndete! No quiero que hablen más de nosotros. Bastante comenta ya todo el pueblo gracias a tu maldita apuesta —rogó Elisabeth atormentada.

—Bien, pues tú me dirás dónde me meto, porque soy un hombre lo bastante grande como para no poder ocultarme en una habitación de por sí minúscula. No hay nada tan grande en este lugar como para que quepa dentro.

Elisabeth recorrió con la vista rápidamente cada uno de los rincones del vestidor, intentando hallar un espacio adecuado a las dimensiones del cuerpo de Alan. En su desesperación por esconder su presencia no deseada de los ojos maliciosos de su futura familia, admiró una vez más su horrendo pero a la vez inmenso vestido y comentó mientras lo alzaba:

—¡Abajo!

—¡Debes de estar de broma! Ni loco me meto ahí —indicó Alan exasperado.

—Te prometo ir a tu casa para recuperar el anillo —anunció Elisabeth con un suspiro poniendo fin a sus protestas.

—¡Que conste que hago esto por ti, que si por mí fuera...!

—¡Sí! ¡Sí, vale! ¡Pero escóndete rápido! —lo apremió Elisabeth con urgencia.

Volvió a ponerse en el estrado para las pruebas y Alan se escondió bajo su inmenso vestido. Efectivamente el vestido era tan gigantesco que podían caber por lo menos dos como él bajo ese espantoso atuendo.

Mientras Elisabeth recibía con amabilidad a su cuñada y a su suegra en el vestidor de nuevo, Alan, tremendamente aburrido ante las conversaciones de encajes, volantes, gasas y sedas, decidió divertirse un rato y comenzó a acariciar despacio las suaves piernas de la novia por encima de las ligas de seda.

—¿Tienes frío, querida? —preguntó atentamente Anette al verla temblar.

—¡No! —gritó Elisabeth aporreando su vestido ante los ojos atónitos de su suegra—. Son los nervios —intentó aclarar.

Alan, sonriente aunque algo molesto por el golpe de Elisabeth, decidió vengarse de ella, así que lentamente le bajó las braguitas y acarició su apetecible triángulo de rizos rubios que tanto lo tentaba.

Sus dedos acariciaron lánguidamente su interior cada vez más húmedo.

Elisabeth, por su parte, ahogó un gemido y cerró con fuerza los ojos sin poder creerse lo que Alan se atrevía a hacer debajo de su vestido.

—Parece ser que éste le gusta, mamá —comentó Alice ante la reacción de Elisabeth.

Y ésta, al abrir los ojos, vio ante sí un horrendo vestido lleno de plumas blancas.

—No..., no creo... que... sea... el adecuado —gimoteó ella acalorada.

Alan, maliciosamente, agarró con decisión sus nalgas, acercó su boca a la dulce feminidad de Elisabeth y se dispuso a devorarla sin piedad alguna, mientras ella simulaba que él no estaba allí. «Veamos cómo lo haces, ricitos», pensó Alan mientras introducía uno de sus dedos en su húmedo interior sin dejar de jugar con su lengua alrededor de su clítoris.

—¡Dios, sí! —gritó Elisabeth extasiada apretando con fuerza los volantes de su vestido.

—¿Ves, hija, como éste era más de su agrado? —señaló Anette ante un vestido lleno de moños y lazos.

Elisabeth intentó protestar ante la aterradora idea de ser vista con eso puesto, pero sus piernas se doblaron ante los temblores próximos al orgasmo. Trató de resistirse, pensar en cosas desagradables, pero la lengua de Alan le impedía pensar en nada y, cuando él introdujo otro de sus dedos en ella y fue sacándolos despacio e introduciéndolos con firmeza, ya no pudo más.

—En mi opinión, el vestido que lleva es el más favorecedor de todos —declaró Anette.

—Sí, a mí también me gusta— confirmó Alice.

—¿Tú qué opinas querida? —preguntaron Anette y Alice a la espera de una respuesta.

—¡Síííí! —exclamó Elisabeth en medio de un orgasmo que la dejó temblorosa y ligeramente aturdida.

—¡Bien! Entonces éste es el elegido —sentenció Anette con una sonrisa de satisfacción al ser uno de los vestidos que ella había propuesto.

—¿Qué? —preguntó Elisabeth confundida ante la conversación de las dos mujeres.

—Cariño, ¿qué te pasa? Estás muy distraída. ¿Éste es el vestido por el que te has decidido? ¿Sí o no? —planteó Anette molesta ante su indecisión.

—Si no lo es, cámbiate rápido, no tenemos todo

el día para que te decidas —apremió bruscamente Alice.

—¡No! —gritó Elisabeth ante la idea de quitarse el vestido y que descubrieran a Alan.

—¿No es el vestido que has elegido entonces? —preguntó Anette desilusionada.

—No, no quiero quitármelo, es... —Elisabeth pensó en sus opciones y viéndose finalmente sin salida alguna contestó—: tan hermoso..., sin duda es el elegido.

—¡Oh, estoy tan feliz por ti, querida! Vamos a ver a la modista para que te tome el bajo y para pagar esta hermosura. ¡Estarás espléndida, los dejarás a todos sin palabras! —manifestó emocionada Anette saliendo del vestidor en compañía de su hija y dejando finalmente a Elisabeth a solas.

Alan se apresuró a salir de debajo del vestido antes de que Elisabeth la emprendiera a golpes con su persona y, observándola con detenimiento, comentó:

—Sin duda alguna los dejarás a todos sin habla.

—¡Alan Taylor! ¿Cómo se te ha ocurrido hacerme eso debajo del vestido? —chilló alterada mientras se ponía las braguitas blancas de encaje que él había osado quitarle.

—Estaba aburrido y tú, un poco estresada, así que decidí hacerte un favor —dijo sonriente acercándose a ella todo lo que el abultado vestido le permitía—. ¿Y ahora me dirás cuándo vendrás a mi casa a recuperar el anillo?

—¡Cuando tú no estés, Alan Taylor, cuando tú no estés!

—¡Eso no es justo, ricitos! Yo he cumplido

muy gustoso con mi parte del trato —contestó pasándose lentamente la lengua por los labios, deleitándose aún con su sabor.

—Sólo te dije que iría a tu casa a recuperarlo, no cuándo.

—Todavía faltan algunos días para la boda, yo me puedo atrincherar en mi hogar para esperarte, pero ¿puedes tú permitirte subir al altar sin tu anillo? —provocó Alan mostrándole el anillo y alejándolo de su alcance mientras se marchaba de la minúscula habitación jugando con él.

La modista llegó acelerada y se topó con un hombre la mar de feliz que jugaba con una alianza. Apenas le prestó atención hasta que él le comentó:

—Madame Mirage, sus vestidos son auténticas obras de arte, y el que ha elegido la novia... apenas puedo expresar con palabras lo feliz que me ha hecho.

Sólo cuando el hombre se hubo ido de su local, Madame Mirage cayó en quién era el risueño individuo que la había saludado y, mientras arreglaba una de sus creaciones más alocadas, se preguntó qué narices hacía en su tienda Alan Taylor. ¿Sería verdad lo que se comentaba en el bar de Zoe sobre su apuesta?

—¡Oh, hija, por fin has llegado! —acudió Sarah emocionada al ver a su pequeña—. ¿Por qué no me cuentas cómo de hermoso será tu vestido? —preguntó solícita Sarah Lowell.

—Es el vestido más horrendo, más abultado y

más lleno de encajes que he visto en mi vida —contestó Elisabeth terriblemente indignada.

—Pero por lo menos será cómodo... —intentó indagar Sarah para saber por qué razón su hija había escogido algo así para el día de su boda.

—No puedo dar dos pasos sin llevarme por delante todo lo que tengo a mi lado.

—Bueno, será barato entonces, ¿no? —quiso saber Sarah preguntándose por qué su hija, que hasta ese día no se había preocupado mucho por el valor de las cosas, comenzaba a medir su economía.

—Vale más que toda la tienda entera de Madame Mirage; por suerte lo paga mi suegra.

—¿Se puede saber por qué te has comprado algo tan caro, feo y ridículamente incómodo, si no te gusta? —preguntó Sarah algo alterada—. ¡Seguro que te has dejado engatusar por esas dos brujas! Es por eso, ¿verdad?

—No, las estaba manejando perfectamente hasta que...

—¿Qué ocurrió, hija mía? —inquirió Sarah Lowell finalmente preocupada.

—¡Alan Taylor! —fue lo único que masculló ella, además de una retahíla de insultos dirigidos a él mientras subía con escandalosas zancadas hacia su habitación.

Alan Taylor había salido esa noche en busca de compañía, pero no de una mujer, bastantes problemas tenía ya con una como para intentar complicarse con otra. Además, su cerebro solamente podía pensar en una cosa: ¿cómo demonios hacer que Elisabeth rompiera con Don Perfecto?

Podría conseguirlo en un segundo si le contaba a George William Worthington III cómo reaccionaba Elisabeth ante sus caricias, cómo le devolvía sus besos con la misma pasión, o cómo le era imposible negarse a que él tomara su cuerpo una y otra vez, donde fuera y como quisiera, porque ella, aunque nunca lo reconociera, era suya, y eso no lo podría cambiar nunca ningún Don Perfecto venido de fuera.

Pero con esto, además de decir definitivamente adiós a ese petimetre, también la alejaría de él por completo. Había esperado demasiado tiempo para estar con ella y no quería estropearlo todo, así que, a pesar de lo que sus instintos le decían, Alan esperaba pacientemente a que Elisabeth cambiara de opinión.

Bueno, tan pacientemente como podía.

En el bar de Zoe se tomaba una cerveza esperando la presencia de su amigo Dan o tal vez de Josh, que le contarían la reacción de Elisabeth al llegar a casa, pero la persona que ocupó la silla próxima a la suya fue la despampanante y sexy Alice Worthington, aunque para su gusto también era demasiado caprichosa.

—Hola, guapo, ¿qué hace un hombre como tú tan solito? —se insinuó mientras le acariciaba un brazo con sus inmaculadas uñas.

—Tomar una cerveza y esperar a unos amigos.

—¿Y no prefieres compañía femenina? —añadió acercándose cada vez más a él.

—No, gracias —contestó Alan deshaciéndose de su abrazo.

—¡Pero a ti qué te pasa! —exclamó Alice indignada por el rechazo—. No tienes pareja, estás soltero; entonces, ¿qué te impide relacionarte conmigo?

—Estoy enamorado de otra —confesó Alan sin alterarse en absoluto por sus gritos y su chillona voz.

—¿Y se puede saber quién es esa chica tan especial? —ironizó Alice.

—Elisabeth Lowell —contestó Alan sin inmutarse mientras seguía bebiendo su fría cerveza.

—Pero..., pero esa chica está prometida, ¡va a casarse con mi hermano! —señaló Alice confundida.

—Eso ya lo veremos —retó Alan levantándose con brusquedad y dejando un billete en la barra.

Alan se marchó del bar de Zoe sin volver la vista atrás.

La reacción de la rubia fue mirarlo enfurecida mientras marcaba el número de su hermano y le contaba una por una las palabras que había dicho Alan sobre su futura esposa.

«Bien —pensó Alan mientras se alejaba—, ya era hora de que Don Perfecto se enterara de que tiene competencia.»

Capítulo 18

Faltaba un solo día para que Elisabeth Lowell se convirtiera en Elisabeth Worthington, y la novia estaba que echaba humo porque el estúpido de su vecino todavía no le había devuelto su preciado anillo de compromiso.

¡¿Cómo se suponía que iba a subir al altar sin el anillo de George?! ¡¿Qué le iba a decir en el momento en que le preguntara por él?! Hasta ahora había conseguido evitar comentarle el extravío de la alianza sugiriéndole que era tan caro que le daba miedo que se lo robaran, por lo que lo tenía guardado en la caja fuerte. A saber dónde narices guardaba realmente Alan Taylor su anillo, seguro que lo tenía por algún lugar tirado despreocupadamente.

Elisabeth había esperado hasta el último momento para darle la oportunidad a Alan de ser una buena persona y devolver el objeto robado, pero estaba visto y comprobado que el Salvaje nunca había sido una buena persona.

¡Decidido! Ésa era la noche en la que recuperaría su anillo, no podía esperar ni un segundo más a que ese majadero hiciera lo correcto, pero ni loca iría sola: esperaría a que él no estuviera en casa y cometería un allanamiento de morada con la inestimable ayuda de sus hermanos. Seguro que ellos no le negarían nada de lo que les pidiera, después de todo era su encantadora hermana pequeña y ellos la adoraban.

—¿Estás loca? ¡Ni por todo el oro del mundo te voy a ayudar a robar en casa de nuestro amigo Alan! —exclamó Josh tras escuchar la proposición de Elisabeth.

Ella miró suplicante a Dan a la espera de su respuesta.

—Elisabeth, tú sabes lo alocado que soy, pero, en serio, ¿allanamiento de morada? ¿No te parece algo demasiado drástico? ¿Por qué no le pides el objeto que te ha quitado y ya está?

—¿Es que acaso no creéis que lo he intentado, que no le he suplicado y llorado que me lo devuelva?

—Elisabeth, tú no sabes suplicar, seguro que más bien se lo has ordenado —sentenció Josh.

—¡Sois mis hermanos, se supone que tenéis que apoyarme en todo!

—Sí, Elisabeth, pero no en un robo. Además, ¿qué es eso tan importante que te ha quitado, a ver? —quiso saber Josh, interesado.

—Mi anillo de pedida —murmuró después de unos momentos de indecisión en los que no supo si contárselo a sus hermanos o no—. ¡Vale, me robó descaradamente mi alianza de pedida y se niega a devolvérmela! ¿Cómo me presento mañana ante el altar sin ella?

—¿Se puede saber cómo te robó Alan tu anillo de pedida sin que te dieras cuenta? —indagó Dan asombrado.

—¡Eso no es de vuestra incumbencia! —contestó Elisabeth sonrojada al recordar el momento exacto de la pérdida del anillo.

—¿Has intentado emplear la amabilidad y el encanto, para variar, a la hora de pedirle que te lo devuelva? —curioseó Josh.

—¿Crees que eso me va a funcionar con Alan Taylor, el hombre que me lleva torturando desde pequeña?

—Elisabeth, os torturabais mutuamente, por eso nos negamos a meternos en medio de vuestras peleas —señaló Josh.

—Bien, si no me ayudáis me veré obligada a decirle a George que vais a su despedida de soltero. Sé que estáis deseosos de asistir —chantajeó Elisabeth admirando la cara de espanto de sus hermanos—. Ah, y no tendré más remedio que sentaros junto a mi cuñada y a mi suegra, ya que creo que no hay otro sitio libre para vosotros.

La cara de sus hermanos pasó del espanto al horror en pocos segundos. Esperó a que asimilaran la terrible situación antes de añadir:

—Claro que, si me ayudáis, siempre puedo excusaros con George o buscaros otros asientos más adecuados, quizá junto a las damas de honor.

—¡Joder, Elisabeth! Si nos lo pides así... —comentó Dan.

—... no podemos negarnos —finalizó Josh.

Alan estaba sorprendido ante la inusual petición de George William Worthington III de que acudiera a su hogar para tomar medidas para unos nuevos muebles que pretendía encargar. Sobre todo porque ése era el día previo a su boda y también el día previsto para su despedida de soltero.

En el momento en el que tocó el timbre, el mismísimo dueño de la casa en persona abrió y lo invitó a entrar, lo condujo a su despacho y le sirvió una copa mientras lo invitaba a sentarse.

Por su parte, Alan prefirió permanecer de pie, al mismo nivel que su odiado competidor, y esperar a ver qué tenía que decirle, porque sin duda ese día no había sido llamado para hacer ningún trabajo, sino para ser intimidado por el dinero y el poder de Don Perfecto. Aunque había un problema con eso: él nunca se dejaba intimidar por nadie.

—Bien, ¿para qué me has llamado? —preguntó Alan impaciente ante la pasividad de George.

—Creo que ya lo sabes; no obstante, te lo recordaré: mañana es el día de mi boda y quiero que dejes en paz a mi mujer —ordenó mirándolo fríamente.

—Todavía no te has casado —repuso Alan—, aún tengo la esperanza de que Elisabeth recapacite y te deje plantado en el altar.

—¿Crees de verdad que Elisabeth haría algo

así? Ella es educada y culta, una perfecta señorita; si tuviera dudas, ya la hubiera dejado.

—Tú conoces a Doña Perfecta, pero yo conozco a Elisabeth Lowell, y créeme cuando te digo que ella es capaz de eso y de mucho más.

—¿No te has preguntado nunca por qué sólo tú conoces la parte más desagradable de ella? ¿No será porque no le gustas?

—Oh, sí que le gusto —contestó Alan sonriendo ladinamente.

—Entiendo —comentó George flemáticamente, sin mostrar furia alguna—. Que hace años os hubierais acostado no te da derecho alguno sobre ella.

—Elisabeth es mía y, aunque decida casarse contigo, siempre será mía —indicó Alan con decisión.

—Y dime, entonces, ¿por qué no se casa contigo mañana en vez de conmigo? —preguntó maliciosamente George.

—Porque, según ella, tú eres su hombre ideal —refunfuñó molesto Alan.

—Ah, entonces ella te ha dicho que no... ¿cuántas veces? ¿Y cuántas más te tendrá que rechazar para que desistas? —insistió George metiendo el dedo en la llaga.

—Eso es entre ella y yo.

—Sí, pero desde mañana pasará a ser problema mío. Cuéntame cómo podrás seguir aquí viéndola vivir su vida a mi lado, tener mis hijos...

—Yo...

—Y si has pensado en convertirme en un cornudo, te diré que no me agrada en absoluto; además, ¿has meditado sobre cómo podrá vivir ella consigo misma si me es infiel?

—Ella no se casará contigo —insistió firmemente Alan.

—Pero, si decide hacerlo, te diré que no me convence para nada la idea del divorcio, así que, aunque se dé cuenta después de la boda de que ha cometido un error, según tú, yo ya no la dejaré escapar.

Tras una breve pausa, George continuó:

—Dime cómo solucionamos este asunto: ¿la metemos a ella en nuestra lucha diaria y la hacemos tremendamente infeliz o uno de los dos se marcha mañana del pueblo y no vuelve a aparecer nunca más en la vida de Elisabeth? ¿No te gusta tanto hacer apuestas? ¡Pues apostemos! Si ella se casa conmigo mañana, tú te vas para siempre. Si por el contrario me abandona en el altar, soy yo el que se larga de aquí sin mirar atrás —propuso George William Worthington III.

Alan miró la mano extendida de su enemigo a la espera de que aceptara el acuerdo. Tras pensar en lo que sería su vida diaria observando desde lejos a Elisabeth con otro, estrechó su mano cerrando el trato.

—Espero que a pesar de tu apodo seas todo un caballero y cumplas con tu parte del trato —sugirió George.

—No te preocupes, Don Perfecto, yo cumplo siempre mi palabra. Espero que tú también porque, si tengo que sacarte del pueblo, yo no actuaré como un caballero.

—¡Yo siempre mantengo mi palabra! —replicó George indignado.

—Bien, mejor para ti. Y ahora te dejo, tú tienes mucho que hacer en tu despedida de soltero y yo tengo que impedir una boda: la tuya.

—Espero que no hagas nada demasiado drástico para intentar impedirla.

—No te preocupes, ¿qué tendrías que temer de un hombre al que todos apodan el Salvaje? —concluyó alegremente mientras se terminaba la copa de un trago y se marchaba decidido hacia su hogar a esperar la visita de Elisabeth, porque estaba totalmente seguro de que esa noche sería visitado por la novia en su búsqueda desesperada del anillo.

Alan sonrió mientras palpaba en su bolsillo, donde se hallaba oculto el ostentoso diamante de George. «¡Pobrecito! —pensó Alan mirando a Don Perfecto—, aún no sabe que juego sucio.»

—¿Me queréis explicar por qué narices habéis venido a robar vestidos de blanco? ¡Un poco más y os ponéis un letrero luminoso en el culo! —gritó Elisabeth a los descerebrados de sus hermanos.

—Perdón, no sabía que había una etiqueta de vestimenta para cometer un robo —comentó Josh sin arrepentirse en absoluto de llamar la atención.

—¡Pues la hay! —exclamó Elisabeth, sulfurada—, ¡negro, joder, negro para que no se te vea en la noche! ¡No blanco luminoso ni amarillo chillón! ¡Simplemente negro! ¿Es que no ves las películas de ladrones?

—No me gusta ese género, ¿por qué tengo que admirar a un tipo que le roba a otro por diversión?

Que se gane el dinero como todo el mundo: trabajando —zanjó Josh.

—¡Pues no sabes lo que te pierdes! ¡Las de *Ocean's Eleven* están muy bien! —comentó Dan emocionado—. Además, hay unas chicas que...

—¿Hemos venido a robar o a hablar de cine? —cortó Elisabeth con enfado.

—Hombre, si tenemos dos posibilidades, yo preferiría el cine —bromeó Dan.

—¡No, me vais a ayudar! Para eso sois mis hermanos —concluyó Elisabeth.

—Está bien, si insistes... —se resignaron los dos mansamente al recordar las consecuencias de no prestar su ayuda a su inestimable hermana.

—Bueno, ahora vamos a comprobar si alguna de las ventanas está abierta y me aupáis para que yo pueda entrar en la casa y abriros la puerta.

—La de la cocina está abierta —apuntó Josh.

—¡Bien! Pues ayudadme a entrar —ordenó Elisabeth dirigiéndose hacia la ventana de la cocina.

Josh elevó a Elisabeth, y ésta intentó entrar, pero la ventana sólo estaba ligeramente entreabierta, así que al final Elisabeth quedó atrancada y sin poder moverse hacia fuera o hacia dentro de la casa. Simplemente gritaba y pataleaba escandalosamente apremiando a sus hermanos a que la sacaran de allí.

—¡No te preocupes! Ahora mismo entramos —explicó tranquilamente Josh—. Debo de tener la llave por alguna parte —dijo tanteando sus pantalones.

—¡No me digas que tienes una llave de la casa de Alan! —chilló Elisabeth—. Entonces, ¿me puedes decir, Josh Lowell, por qué narices estoy atorada en esta maldita ventana?

—Por impaciente —repuso Dan mientras los dos la dejaban pataleando para dirigirse con lentitud hacia la entrada.

Finalmente sus hermanos se dignaron a entrar en la cocina, pero en vez de ayudarla fueron hacia el frigorífico y rebuscaron en él, sacando dos cervezas frías que se tomaron con gran tranquilidad mientras estudiaban qué podían hacer para sacarla de allí.

—La ventana está demasiado atrancada. Voto por dejarla aquí e irnos a celebrar la despedida de soltero de George por nuestra cuenta —propuso Dan alegremente.

—No sé..., ¿adónde podríamos ir? —contestó Josh ignorando los gritos de Elisabeth.

—Hay un club en las afueras del pueblo donde las tías hacen estriptis, y me han dicho que hay un espectáculo donde una de ellas se agarra de la barra únicamente con las tetas, ¿te imaginas cómo deben de ser? —manifestó Dan emocionado.

—¡Eso no me lo pierdo! —comentó Josh olvidándose de su hermana, que parecía un animalillo salvaje capturado en una trampa.

—¡No seréis capaces de dejarme aquí así! ¡Os juro que os pondré junto a los más desagradables parientes de George durante el resto de vuestra vida! —gritó Elisabeth histérica.

—Bueno, bueno... Ya te sacamos, sólo estábamos de broma —dijo Dan resignado a quedarse sin ver el espectáculo de la chica, la barra y las tetas.

Los Lowell comenzaron a tirar de su hermana

hacia el interior de la casa hasta que oyeron el ruido inconfundible de la furgoneta de Alan; fue entonces cuando los muy cobardes la soltaron y salieron corriendo, dejándola a ella incrustada en la ventana de la cocina como a una ladrona cualquiera.

Ella les gritó, les suplicó que volvieran para sacarla de allí. Finalmente acabó malciciéndolos e insultándolos mientras esperaba al dueño de la casa en una posición algo comprometida.

—Este culito me suena —declaró un Alan sonriente acariciando el trasero de Elisabeth sensualmente.

—¡Estate quieto, Alan Taylor! ¡No tienes ningún derecho a sobarme! —gritó ella furiosa.

—¡Ah, pero si es el precioso culito de Elisabeth Lowell! Cariño, si querías ofrecerte a mí, no hacía falta que te pusieras en una posición tan complicada: con que me esperaras en la cama, bastaba.

—¡No me estoy ofreciendo! —chilló Elisabeth removiéndose inquieta.

—¿Estás segura? La otra opción es que has intentado colarte en mi casa, ¡chica mala! —exclamó Alan dándole varias palmadas en el culo.

—¡Alan Taylor, sácame de aquí! —pidió una llorosa Elisabeth.

—¿De verdad estás atrapada? —preguntó Alan algo preocupado.

—Sí —lloró Elisabeth desesperada—, y no puedo ni salir ni entrar en la casa.

—Vale, tranquilízate, preciosa, yo te sacaré de

ahí —dijo acariciando mansamente el trasero de Elisabeth.

—¡Deja de sobarme! —vociferó ella entre lágrimas.

Elisabeth esperó impaciente a que Alan diera la vuelta a la casa y entrara en su hogar. No tardaron mucho en oírse sus pasos decididos hacia la cocina, donde la encontró encajada en la ventana situada encima del fregadero gritando como una histérica, llena de dolor.

—Tranquila —susurró suavemente Alan mientras sacaba su caja de herramientas y se disponía a desmontar la ventana.

Tardó unos quince minutos en desmontar todo el marco para que Elisabeth pudiera salir con facilidad. La alzó por encima del fregadero y la sentó en la barra de la cocina para poder examinar sus heridas.

Subió lentamente su jersey, donde encontró un leve enrojecimiento en la zona de la cintura y le aplicó una pomada para calmar las magulladuras, tras lo que le propinó un rápido beso en los labios, intentando apaciguar sus sollozos y su nerviosismo.

—Ya está, Elisabeth, ya ha pasado todo —murmuró estrechándola con fuerza entre sus brazos.

—Menos mal que has llegado. Los burros de mis hermanos me iban a dejar así toda la noche.

—Pero si Josh tiene una llave —indicó Alan confuso.

—Lo sé, pero se querían vengar de mí por obligarlos a acompañarme y no me lo dijeron —Elisabeth lloró desconsolada mientras se abrazaba con firmeza a Alan.

—Bueno, ricitos, ya ha pasado todo, cálmate —pidió Alan limpiando gentilmente sus lágrimas con el dorso de su mano.

—Gracias, Alan —dijo mimosa acurrucándose contra su robusto pecho.

Alan sonrió satisfecho al verla en el sitio al que siempre había pertenecido: sus fuertes brazos, que una vez más se negaban a dejarla marchar.

—¿Por qué has venido, Elisabeth? —preguntó Alan levantando su rostro para que se enfrentara a su acusadora mirada.

—A por el anillo —titubeó Elisabeth.

—Entonces ya sabes lo que quiero a cambio —dijo Alan señalando el dormitorio.

—¡No es justo! ¡Eso es chantaje! —le recriminó Elisabeth alejándolo de ella.

—¡No me digas lo que es justo! ¡No es justo que tenga que ver cómo te casas con otro cuando tú y yo sabemos que me amas a mí! ¡No es justo que me pase todas las noches muerto de celos preguntándome si ésa será la noche que pasarás en los brazos de Don Perfecto! ¡No es justo que me rechaces por una estúpida lista, y no es justo que tenga que pasarme el resto de mi vida intentando olvidarte cuando sé que no lo voy a conseguir jamás! —confesó un inquieto Alan sin dejar de moverse por la estancia—. Sólo te pido una última noche para guardar tu recuerdo, mañana te volveré a preguntar si te quieres casar con Don Perfecto y, si es así, desapareceré para siempre de tu vida y no volveré a molestarte jamás.

—Sabes que no cambiaré de opinión, Alan —sentenció Elisabeth bajándose de la encimera.

—Déjame intentarlo —suplicó Alan acercando sus labios a los suyos.

—Nuestra última noche —confirmó Elisabeth ensimismada mientras besaba con delicadeza a Alan, dándole con ello una respuesta.

Alan la atrajo fuertemente contra su cuerpo, profundizando el beso con una pasión infinita. Luego la tomó entre sus brazos y la llevó en silencio por las escaleras hacia su habitación.

Allí la depositó en la cama que había hecho para ella, en la habitación que hacía años compartieron durante las tórridas noches de verano en las que él podía evitar a sus hermanos.

—Al final convertiste este cuarto en tu dormitorio —comentó asombrada Elisabeth, ya que ésa era la habitación que ella había utilizado cuando pasó sus días en esa casa.

—Sí, me traía muy gratos recuerdos —sonrió Alan.

—Es muy bonita —elogió Elisabeth fijándose en los hermosos muebles de madera que adornaban el lugar.

La gran cama tenía tallados a mano pequeños relieves de hojas de árboles; las dos mesitas de noche hacían juego con la cabecera, y el armario de cedro descansaba en un rincón de la estancia rematando la belleza natural del conjunto. Un par de alfombras antiguas y hogareñas descansaban en el suelo, junto a la cama, y un gran espejo de cobre se situaba junto a la cómoda cerca del cuarto de baño.

—La hice pensando en ti, en que tú vivirías aquí, conmigo —contestó Alan pensativo, admirando la estancia.

—Alan, yo... —comenzó a decir ella apenada.

—Ni una palabra, Elisabeth, quiero que seas mía por última vez en la que debería ser nuestra cama, en el que debería ser nuestro hogar.

Alan la besó poniendo fin a sus protestas y la tumbó con delicadeza en el colchón. Ella profundizó en el beso, agarrándolo del cuello y besándolo a su vez con la desesperación de saber que no habría un mañana.

Alan le quitó la ropa con lentitud sin dejar de mirarla continuamente a los ojos. Su jersey negro voló por la habitación, al igual que sus pantalones; su ropa interior no tardó mucho en seguir el mismo camino y muy pronto estuvo completamente desnuda debajo de él.

Alan admiró su cuerpo con cariño, mientras con suavidad acariciaba cada una de sus curvas, memorizándolas en su mente para sus futuras noches solitarias. Luego pasó a besar y a lamer cada parte de su delicioso cuerpo, no quería olvidar su sabor.

Acarició sus pechos con adoración, besó sus senos con deleite y succionó sus pezones llenando su cuerpo de una intensa lujuria.

Elisabeth se arqueó impaciente contra su cuerpo cuando él comenzó a acariciar su húmeda feminidad con dedos expertos, y no pudo quedarse quieta, pues deseaba tocarlo, besarlo, amarlo, como él la estaba amando a ella. Le quitó con timidez pero con impaciencia su camisa, luego la camiseta interior, que arrojó despreocupadamente a un lado, para acariciar ávidamente su musculoso torso. Tocó despacio los fuertes músculos con sus delicadas manos y lo hizo estremecer cuando llegó a la cintura de su vaquero, que desabrochó temblorosa, y sólo con su ayuda logró despojarlo del resto de la ropa.

Ella lo atrajo hacia su cuerpo caliente y necesitado, y Alan se introdujo despacio en su interior, gimiendo de placer, embelesándose con el modo como lo acogía en su húmedo y ardiente cuerpo.

Sus acometidas fueron lentas pero placenteras, haciéndola gritar de necesidad. Elisabeth arañó su espalda atrayéndolo más hacia su cuerpo, rogándole que no parara, y él la complació entrando más profundamente en su interior y con más fuerza.

Llegaron a la vez a la cima del éxtasis y descansaron uno en brazos del otro, como dos amantes fugitivos intentando no pensar en el mañana.

Hicieron el amor durante toda la noche, en todos los sitios, con desesperación porque el tiempo parecía acabárseles.

Cuando el sol comenzó a despuntar, Alan la abrazó una vez más entre sus poderosos brazos y le preguntó seriamente, mirándola a los ojos:

—¿Te casarás hoy?

—Sí —contestó Elisabeth decidida mirándole a los ojos.

Él, sin dejar de mirarle a los ojos ni un instante, le quitó lentamente su anillo y lo sustituyó por el de Don Perfecto, la besó con ternura en los labios antes de decirle que se iba. Luego desapareció, y por más que Elisabeth lo buscó por toda la casa para preguntarle qué quería decir con esas palabras, no lo halló.

La casa que tantos recuerdos guardaba estaba ahora vacía y, sin su presencia, parecía desamparada.

Capítulo 19

El día de la celebración de su boda, la novia llegó a las cinco de la mañana a casa de sus padres. Entró silenciosamente por la puerta principal con los zapatos en la mano para evitar el ruido de sus pasos en el sensible y viejo parqué, pero todo cuanto hizo para evitar la escrutadora mirada de sus familiares fue en vano, pues en el gran sillón del salón esperaba sentado su hermano Josh mientras Dan dormitaba como una marmota en el sofá.

—¿Qué hacéis aquí? —preguntó Elisabeth sorprendida.

—Relevé a papá hace dos horas —comentó Josh a la vez que propinaba una patada a su hermano para despertarlo—. Como siempre, estaba tremendamente preocupado por su pequeña y nosotros no podíamos decirle dónde estabas, ¿verdad?

—Gracias por no contar nada, Josh, eres un buen hermano —alabó Elisabeth agradecida.

—No, soy un buen amigo. No quería que papá

fuera a casa de Alan y lo apuntara con su escopeta. Porque supongo que habrás pasado la noche allí.

—Sí —confesó Elisabeth avergonzada—. ¡Pero nada de esto habría sucedido si vosotros no me hubierais dejado allí sola y atrapada! —reprochó a sus hermanos.

—Y cuando te acostabas con Alan todos los veranos desde los dieciocho años, ¿también nosotros teníamos la culpa? —preguntó irónicamente Dan.

—¿Él os contó eso? —preguntó Elisabeth molesta—. ¡No tenía ningún derecho!

—Me lo dijo a mí cuando me confesó, loco de contento, que te amaba y que quería formar una familia contigo. Me lo reveló antes de conocer a Don Perfecto y sentirse como una mierda porque ese hombre cumplía todos y cada uno de los puntos de tu lista y eso lo dejaba a él fuera de la ecuación —explicó Josh con enfado.

—¿Cómo puedes decir que eres perfecta, si eres la mujer con más defectos del mundo? —añadió Dan disgustado.

—Yo no soy así... —objetó Elisabeth indecisa.

—Eras una niña repelente e insufrible hasta que apareció Alan y te convirtió en una cría revoltosa y divertida —recordó Dan.

—Desprecias continuamente los sacrificios de Alan por intentar ser un hombre que no existe; sin embargo, alabas a ese petimetre con el que pretendes casarte y que no ha hecho ningún esfuerzo por merecerte —continuó Josh disgustado ante la ceguera de su hermana.

—¿Cómo puedes elegir pasar el resto de tu vida

junto a un hombre que no amas por una estúpida lista? ¡Estás desperdiciando la posibilidad de ser feliz el resto de tu vida! —gritó Dan furioso sin dejar de pasearse por el salón.

—Yo amo a George... —contradijo apocadamente Elisabeth.

—¡Sí, claro, por eso te acuestas con Alan! —la acusó Dan.

—¿Sabes qué es lo peor de todo? Que has jugado con Alan durante todos estos años y le estás rompiendo el corazón a un hombre que realmente te ama —recriminó Josh a su hermana.

—Pero yo no amo a Alan —aclaró entristecida Elisabeth.

—¡Sigue diciéndote eso, algún día acabarás por creértelo! —apuntó Dan saliendo colérico de casa de sus padres.

—Yo sólo quiero que mañana no te arrepientas de nada. — Josh abrazó cariñosamente a su hermana.

—No te preocupes, Josh, George es el mejor hombre del mundo —declaró Elisabeth decidida mirando a los ojos a su protector hermano.

—Sí..., pero ¿es el mejor para ti? —insinuó saliendo tranquilamente en busca de su hermano, para calmar sus ánimos. Dan no debía cometer ninguna locura en la boda de su hermana; después de todo, la decisión de su futuro le pertenecía únicamente a ella y a nadie más.

A pesar de que sus planes de futuro fueran un tremendo error.

Elisabeth subió a su habitación lentamente; su cuerpo parecía no tener ánimos, estar sin vida, como si le faltara algo, y en medio de todo el caos de su boda sólo podía pensar en dónde estaría Alan.

Se duchó como si de un autómata se tratase. Sin apenas percatarse de nada pasaron las horas y llegó el momento de ponerse el vestido. Su madre, junto con sus damas de honor, Annabel y Vanessa, dos amigas de la universidad con las que compartió piso en Nueva York, la ayudó a vestirse con el pomposo y molesto traje de novia.

Sus amigas apenas habían llegado hacía dos días y todavía no conocían bien toda la historia, así que se quedaron impresionadas cuando su madre comenzó a recordar las aventuras de ella con su vecino.

Sarah Lowell se disculpó ante sus invitadas y salió de la estancia con la intención de traer unos refrigerios antes de partir hacia la iglesia. Ése fue el momento preciso que sus amigas aprovecharon para acribillarla a preguntas sobre su relación con Alan.

—Vamos a ver si lo entiendo —comenzó confusa Vanessa, una voluptuosa y rebelde morena de impresionantes curvas vestida de rojo—: tienes a un hombre que está loco por ti desde que era niño ¿y te casas con don estirado?

—No está loco por mí, simplemente tontea conmigo... Además, George es perfecto.

—Sí, es perfectamente aburrido —concluyó Vanessa acompañando sus palabras de un sonoro bostezo.

—Que a ti no te cayera bien no significa que sea malo para Elisabeth —intentó poner paz Annabel, una inteligente rubia de bonita figura a la que siempre tomaban los hombres por tonta.

—Ah, entonces te casas con Aburrington III porque ese tal Alan es feo o jorobado, ¿no? —insistió Vanessa decidida a saber la verdad.

—No, Alan es muy atractivo y, a pesar de sufrir una grave lesión que lo alejó del deporte profesional hace algunos años, su cuerpo es perfecto —comentó Elisabeth sonriente mientras peinaba sus rizos frente al espejo de su tocador.

—¡Te has acostado con él! —señaló Vanessa acusadoramente—. ¡Y te gustó mucho! —indicó emocionada.

—Entonces, Elisabeth, ¿por qué te casas con George? —quiso saber Annabel confusa.

—Porque él es perfecto y Alan es totalmente lo contrario a la perfección —insistió Elisabeth.

—¡Bah! Lo perfecto es tremendamente tedioso... —sentenció Vanessa ayudándola con su peinado.

—El hombre perfecto no existe —opinó Annabel entristecida.

—Pero George...

—Es humano, ¿verdad? Pues entonces tendrá sus defectos como todo el mundo; después de todo, los errores forman parte del hombre —sermoneó Vanessa.

—Aunque no de la mujer —recalcó Annabel sonriente, chocando la mano con su amiga mientras las tres rompían el silencio con escandalosas carcajadas.

La señora Lowell entró alegremente en la estancia contenta de que su hija estuviera feliz. Momentos antes parecía triste, sin vida, resignada a un destino que no quería. Ahora volvía a ser ella, y Sarah dudó por unos instantes en darle la carta que le había entregado Alan Taylor.

Pero le había prometido que se la entregaría a su hija, ya que Alan, extrañamente, se había negado a entrar en su hogar. El muchacho parecía desolado cuando lo dejó en el porche hablando con su marido sobre negocios. ¿Qué le habría sucedido para que perdiera su eterna sonrisa y su aire jovial de un día para otro? Posiblemente lo mismo que a su hija: una boda.

Sarah depositó los refrescos encima de la cómoda mientras se dirigía a su hija con indecisión.

—Alan Taylor me ha entregado esto para ti, me ha rogado que no lo abriera y cuando lo he invitado a entrar se ha negado. ¿Sabes lo que le pasa, Elisabeth? Parecía muy triste, no era el mismo Alan revoltoso que conocemos desde niño.

—Habrá madurado, mamá —comentó fríamente Elisabeth cogiendo con manos temblorosas el sobre.

—Sí, será eso —comentó despreocupadamente la señora Lowell, y tras unos instantes desapareció, llevándose consigo la bandeja con los vasos vacíos y el plato de aperitivos intacto.

Las impacientes amigas de Elisabeth la apremiaron a que abriera el sobre. Elisabeth las ignoró y las echó del cuarto, dispuesta a terminar con su impecable aspecto de novia ideal.

Ignoró el sobre durante unos minutos, haciendo como si éste no existiera, pero allí estaba, así que finamente lo abrió con lentitud sin saber qué podía esperar de Alan Taylor.

Nada la había preparado para aquello y sus ojos se llenaron de lágrimas en cuanto vio lo que contenía: una hoja doblada, de hacía años, donde ella misma había escrito una ridícula lista. Había sido tratada con cariño y conservada a pesar del paso del tiempo. Algunos puntos habían sido tachados, otros tenían anotaciones como «me falta poco» o «en un año lo consigo».

Después del punto número diez había uno más añadido por Alan, escrito de su puño y letra, que decía: «11. Que te quiera tanto como el estúpido de tu vecino».

Las lágrimas de Elisabeth se derramaron en silencio manchando el papel de su ridícula lista. Decidida a no estropear más su maquillaje, metió bruscamente la nota en el sobre y descubrió en él la sencilla alianza de oro que Alan le había puesto en una ocasión. Una vez más leyó la inscripción de sus nombres en su interior y, sin saber por qué, rompió a llorar con desesperación en el que sin duda debía ser el día más feliz de su vida.

Cuando bajó las escaleras hacia la limusina su aspecto era impecable: su vestido permanecía perfecto, sin mácula alguna que alterara su blanco radiante; su maquillaje era simple y realzaba sus rasgos de princesa de cuento de hadas, y sus rizos estaban intachablemente recogidos en un elegante peinado.

Nadie quedaba en la casa familiar para acompañarla, sólo su padre, que la esperaba pacientemente en el porche. Sus hermanos y su madre se habían marchado junto a las damas de honor hacia la iglesia para aguardar su gran entrada.

John Lowell se levantó con lágrimas en los ojos, sin poder creer que su hija finalmente se marcharía de su hogar para formar otro con un hombre que sin duda la adoraría y amaría tanto como se merecía. Y, si no, ya se encargaría él de que lo hiciera: por unos años aún permanecería cerca de su amada escopeta, por si ese Don Perfecto no era lo que parecía.

¡Qué bella estaba su Elisabeth! Su perfecta niña que hasta hacía poco acogía felizmente entre sus brazos y fingía con alegría que se casaba en el jardín trasero con su querido peluche Pinki, el cerdito.

Su hija descendió hacia él con ese encantador vestido y se quedó atascada en la puerta, por lo que el señor Lowell, sonriente, corrió en su ayuda sabiendo que, para él, Elisabeth siempre seguiría siendo su pequeña princesita, aunque en esos momentos hablara como un camionero.

—¡Maldito vestido del demonio! ¡Cuando termine este día juro que lo haré pedazos!

—Tranquila, querida, te ayudaré a salir —auxilió el señor Lowell tirando de su hija hacia el exterior de la casa.

Finalmente, tras algún que otro empujón y forcejeo, salió despedida hacia delante. Los rápidos reflejos de su padre impidieron que acabara en el suelo.

Elisabeth se dirigió hacia la limusina con paso

sereno, como de reina, y entró en ella no sin un poco de dificultad. Menos mal que la limusina que había contratado George para la ocasión era inmensa. Su padre, sonriente, se sentó junto a ella cuanto le permitió el voluminoso vestido.

—¿Sabes? Hoy he visto a Alan y me ha dado algo para ti —comentó el señor Lowell a la espera de la reacción de su hija.

—No quiero nada de él —contestó la novia a punto de llorar al recordar sus otros regalos.

—Pero éste siempre lo has deseado, desde niña. ¿Te acuerdas de la vieja casa del lago que le regalé a Alan?

—Sí, ahora es su hogar.

—No —negó el señor Lowell—, te la ha regalado. Ahora es tuya.

—Pero ¿dónde vivirá él? Era todo cuanto tenía —preguntó asombrada preguntándose el motivo del generoso regalo de Alan.

—No lo sé, me dijo que lo estuvo arreglando para ti durante todos estos años. Me comentó que no era justo que no disfrutaras de ella cuando, en realidad, siempre había sido tuya.

—Papá, ¿por qué se la regalaste a Alan aquella Navidad? —indagó Elisabeth con curiosidad.

—Porque siempre te estaba rondando y te protegía de todos. Pensé que te casarías con él y hasta hace poco él también lo pensaba.

—Yo no sé si podré aceptarla, papá —señaló Elisabeth llorosa—. Será mejor que se la restituyas. Después de todo, se la ha ganado.

—No creo que pueda, Elisabeth: Alan se ha marchado del pueblo esta mañana.

—Pues cuando vuelva se la devuelves y...

—No me has entendido, hija mía: se ha marchado para siempre —aclaró John Lowell justo antes de que la limusina se detuviese frente a la iglesia y una novia muy confusa se bajara del vehículo con dificultad.

Capítulo 20

Todo Whiterlande esperaba con nerviosismo el momento en el que la novia entrara en el templo. A pesar de que la boda hasta ahora parecía marchar sin contratiempo alguno, los vecinos del pueblo aún hacían apuestas sobre si Elisabeth terminaría por casarse con Don Perfecto o si huiría antes de llegar a pronunciar el «sí, quiero».

La iglesia estaba llena a rebosar; no sólo habían asistido al evento los familiares de ambos contrayentes, sino que todos y cada uno de los habitantes del pequeño pueblo esperaban con impaciencia presenciar el rito del matrimonio, ya fuera dentro o fuera del recinto.

La mitad de los presentes opinaba que Elisabeth sería raptada por Alan en mitad de la ceremonia; la otra mitad, que Elisabeth no llegaría a entrar en la iglesia. Solamente unos pocos osaban comentar que Elisabeth finalizaría la boda, casándose con el perfecto George.

Todo estaba listo: la iglesia estaba esplendorosa

con los adornos florales de delicadas rosas blancas. Lazos de seda de color nieve engalanaban los asientos de los invitados y una gran alfombra roja indicaba a los novios el camino hasta el altar.

El novio aguardaba pacientemente junto al altar; las damas de honor y sus acompañantes ya habían sido colocados en su lugar; la madrina permanecía al lado del novio y únicamente faltaba la imprescindible presencia de Elisabeth Lowell y su padre.

La pequeña orquesta de música clásica comenzó a tocar y los niños del coro entonaron una hermosa canción. Las puertas se abrieron y Elisabeth irrumpió de una forma atolondrada y desorientada.

Antes de que la novia comenzara a caminar hacia su futuro, una niña de unos cuatro años esparció pétalos de rosas lentamente por el camino. Elisabeth agarraba con fuerza el brazo de su padre mientras, absorta en sus pensamientos, continuaba preguntando por Alan sin prestar ninguna atención a lo que ocurría a su alrededor.

—¿Por qué se va, papá? —quiso saber Elisabeth confusa.

—Porque no quiere ver cómo haces tu vida con otro que no sea él —contestó murmurando el señor Lowell.

—Pero el pueblo es lo suficientemente grande para los dos...

—Cielo, si tu madre me dejara por otro y yo tuviera que ver día a día cómo rehace su vida junto a él, no podría soportarlo. Creo que Alan es un hombre muy fuerte, pero todos tenemos un límite, y ese límite para Alan eres tú.

—Pero no puede irse... —manifestó Elisabeth.

—Bueno, cariño, ahora lo que tienes que pensar es en tu futuro —indicó John Lowell ayudándola a caminar despacio hacia George William Worthington III.

Mientras Elisabeth se acercaba cada vez más a su novio, el dinero iba cambiando de manos a lo largo del enorme pasillo, pero alguna que otra persona se negó a pagar hasta presenciar el final de la hermosa ceremonia.

El pasillo se me hacía larguísimo.

Con cada paso que daba parecía alejarme más de mi destino en lugar de acercarme a él, y eso no me asustaba: no estaba impaciente por llegar junto a George ni por decir el consabido «sí, quiero» ni por comenzar una vida junto a él.

No estaba deseosa de que terminara mi boda para que todos me comenzaran a llamar señora Worthington. No sentía esos nervios previos a un casamiento que hacen imposible mantenerse serenas a las futuras esposas, pero sí que tenía todas las dudas del mundo cuando miraba a mi futuro marido.

Eso me hizo reflexionar sobre si verdaderamente él era el adecuado.

¿Por qué ahora, justo antes de que mi precioso sueño de la infancia se llevara a cabo, me daba cuenta de que eso no era en el fondo lo que yo deseaba?

Miré a George y lo vi perfecto: sin una arruga en su elegante traje, ninguna duda en su hermoso rostro... Era como siempre: la perfección personificada, y fue entonces cuando mi revoltosa mente comenzó a compararlo con Alan, el siempre desordenado y salvaje Alan.

Recordé cada una de sus trastadas de cuando éramos niños, rememoré mi primer beso, la primera vez que hice el amor, y todos y cada uno de los veranos que habíamos pasado juntos.

Comparé sus apasionados besos con los de George, que no me hacían arder como lo hacían los suyos. Me pregunté una vez más por qué aún no me había acostado con mi futuro esposo mientras que no podía evitar lanzarme a los brazos de Alan ante la menor de sus caricias.

¿Por qué no podía resistirme a él y sí al hombre que había decidido que era perfecto para mí? ¿Por qué podía hablar con Alan de todo y con George sólo de arte o de temas serios? ¿Por qué reía con él todo el rato ante bromas estúpidas y George nunca bromeaba? ¿Por qué era yo misma entre los brazos de Alan y simplemente Doña Perfecta en los de George?

Ante mí se planteó la pregunta definitiva y trascendental que marcaría mi futuro: ¿quién quería ser yo en realidad: la impredecible y alocada Elisabeth Lowell o la impecable y previsible Doña Perfecta?

Miré a todos mis vecinos y parientes. Los observé durante unos momentos sin dejar de caminar y noté cómo Zoe y Jeff discutían sobre una nueva apuesta, vi cómo mis hermanos intentaban coquetear con mis damas de honor con descarados gestos, cómo mi madre apuñalaba con la mirada, cuando creía que nadie la veía, a Anette Worthington. Me percaté de que el señor Philips, el jefe de policía, revisaba todas las entradas a la espera de alguna fechoría por parte de Alan y observé cómo mi futura cuñada me miraba con envidia y recelo.

Los miré a todos y decidí que, si ninguno de ellos era perfecto, yo tampoco tenía por qué ser Doña Perfecta. El diablillo rebelde que había en mí, ese que únicamente osaba salir en presencia de Alan Taylor, preguntó una vez más por qué él no estaba allí para raptarme o algo parecido. Fue entonces cuando comprendí que hasta el último momento había tenido la esperanza de que él aparecería en la iglesia para impedirme, como siempre, que cometiera un estúpido error.

Pero esta vez Alan había decidido concederme lo que tantas veces le había rogado: la libertad de elegir.

A pesar de que el hombre perfecto existía, él no era para mí.

Yo nunca podría ser feliz a su lado porque él no me enfurecería hasta el punto de desear tirarle un zapato, porque él no me haría ridículos regalos que me harían llorar, porque él no me exigiría que cumpliera mis apuestas con escandalosas proposiciones, o nunca me dedicaría la serenata más espantosa de mi vida. Ni me dibujaría un sapo que parecía una vaca, ni tampoco me diría mil veces al día que me quería sin dejar de insistir en ello porque dejar de hacerlo era sinónimo de abandonar, y él nunca abandonaba... «Hasta ahora», pensé, y las lágrimas comenzaron a brotar nuevamente de mis ojos.

No, no podía convertirme en Doña Perfecta si eso significaba no ver a Alan nunca más.

Sequé mis lágrimas, molesta con él por no haberse presentado y por hacerme ir tras él con ese estúpido vestido, así que me dirigí rápidamente hacia ese novio que no era para mí mientras la orquesta aumentaba el ritmo de la música siguiendo mis pasos.

—Lo siento, George, eres el hombre perfecto, pero no eres para mí —declaré decididamente por primera vez en mi vida.

—Él me lo advirtió, pero yo no quise creerlo —comentó George molesto.

—¿Quién te advirtió qué? —pregunté confusa.

—Alan me dijo que no te casarías conmigo, que lo amabas a él. Como le gustan tanto las apuestas, le propuse que, si tú y yo nos casábamos, lo mejor sería que desapareciera del pueblo; por el contrario, si él se casaba contigo, desaparecería yo.

—¡No tenías ningún derecho a echar a Alan Taylor de este pueblo! —grité furiosa mientras apretaba uno de mis puños con fuerza y, sin saber cómo, me encontré golpeando a Don Perfecto en la cara hasta tumbarlo en el suelo, donde lo increpé con muy malos modos—. ¡La única que tiene derecho a echar a Alan de este pueblo soy yo!

Luego me marché apresuradamente de la iglesia entre las risas de algunos, la indignación de otros y los intercambios de dinero por parte de casi todos.

Me detuve a las puertas de la iglesia sin saber qué hacer. ¿Cómo podía localizar a Alan? Le arranqué el teléfono móvil a uno de mis hermanos, que se había acercado nervioso, y después de varias llamadas sin respuesta a Alan descubrí que el muy cabezota no le había dicho a nadie adónde narices iba.

Miré con desesperación a todos lados en busca de una señal divina que me permitiera saber cómo podía volver a recuperar a mi hombre imperfecto y allí, delante de mí, encontré la respuesta.

Ignorando los gritos de advertencia de mis hermanos, desgarré la parte inferior de mi vestido y lo arrojé a la enfurecida Alice, quien pasaba por allí justo en ese instante, y me metí en el coche de policía del señor Philips.

Por suerte tenía las llaves puestas y, cogiendo desesperada la radio entre mis manos, supliqué a Colt, uno de los policías más jóvenes del cuerpo, que detuviera a un hombre sospechoso de robo de vehículo. Le di la descripción y la matrícula de Alan, luego puse el coche en marcha y me dirigí hacia las afueras del pueblo con la esperanza de que Alan me perdonara una más de mis trastadas después de confesarle mi amor.

A unos cinco kilómetros a las afueras de Whiterlande había sido detenido Alan Taylor mientras conducía tranquilamente hacia la casa de uno de sus antiguos amigos de la universidad.

Tras abandonar todo lo que tenía, y estando seguro de que no deseaba ver cómo Elisabeth se casaba con su príncipe azul y ambos vivían felices para siempre, a primera hora de la mañana había llamado su amigo Wayne Delafer, uno de los pocos con los que aún mantenía contacto después de tantos años, comentándole lo deseoso que estaba de cambiar de aires.

El ahora jugador profesional de fútbol americano no había tardado mucho en invitarlo a su lujoso hogar para que se divirtieran rememorando viejos tiempos.

Wayne, como buen amigo y compañero, le había ofrecido su casa para que descansara plácidamente mientras pensaba qué hacer con su vida, y en el momento en el que Alan decidía finalmente rendirse y dejarlo todo atrás conduciendo abstraído, aparecía Colt, un policía novato del pueblo, y lo detenía por un supuesto robo de vehículo. ¡Como si todo el pueblo no supiera que esa furgoneta era suya desde hacía años!

Tras intentar hacer entrar en razón al policía mostrándole los documentos del coche, frustrado e irritado por todo lo que ocurriría aquel día, le arrojó furiosamente los papeles a la cara, tachándolo de idiota.

Por ese motivo Alan permanecía ahora esposado y tumbado encima del capó de su coche, a la espera de que confirmaran su versión de los hechos.

Mientras intentaba una vez más convencer al necio novato de su error, el coche de policía del señor Philips aparcó junto al arcén; Alan respiró aliviado pensando que al fin se solucionaría todo cuando la puerta del coche se abrió y de él salió Elisabeth Lowell con un vestido de novia destrozado pero luciendo de lo más bonita.

De cintura para arriba Elisabeth podría protagonizar la portada de una revista de novias, de cintura para abajo lo único que la tapaba era una fina gasa de seda que le llegaba hasta las rodillas, dejando entrever con cada paso que daba un poco de su insinuante liguero blanco.

Definitivamente, era la novia más sexy e irresistible que había visto en su vida, y lo que más le dolía era que no era para él.

—Por última vez, señor policía, ¡hace años que soy el propietario de esa furgoneta! —intentó explicarse de nuevo Alan, ignorando deliberadamente la figura de la mujer que se dirigía hacia él.

—Hola, Alan, ¡tengo que hablar contigo! —dijo Elisabeth temerosa mientras intentaba acercarse a él.

—¡Hablaría contigo encantado si no fuera porque estoy siendo detenido y no puedo! —gritó ofuscado Alan.

—¡Pero es algo importante! —insistió acercándose al capó del coche, donde permanecía inmovilizado.

—¡Señorita, no se acerque más a este hombre! —repuso Colt—. Es peligroso, me lo han comunicado por radio hace unos minutos.

—Sí —confirmó Elisabeth—, lo sé. Lo he dicho yo, pero sólo era para que lo detuvieran rápidamente. Él nunca me haría daño.

—¡No estés tan segura! —gruñó Alan intentando incorporarse y siendo tumbado nuevamente contra el capó—. ¿Se puede saber por qué narices has hecho que me detengan, Elisabeth? ¿Es que estás loca? —exclamó irritado haciéndola enfadar.

—¡Sí! ¡Debo de estar loca para dejar plantado

a Don Perfecto en el altar por ti, porque a cada paso que daba hacia él solamente podía recordarte a ti y desear que me sacaras de allí antes de que cometiera un error! —chilló Elisabeth entre sollozos—. ¡Debo de ser estúpida si el único amante que he tenido en mi vida eres tú, y si el único con el que deseo pasar el resto de mis días eres tú!

—Pero, Elisabeth, yo no soy tu hombre perfecto, ¿lo recuerdas? —comentó Alan sonriente, encantado por la declaración de Elisabeth.

—Yo tampoco. He dejado plantado al novio ideal por ti y he robado ese coche de policía al pobre señor Philips para poder encontrarte.

—¿De verdad he sido el único hombre con el que te has acostado? —preguntó emocionado Alan.

—¡Eres increíble! Te confieso que te amo y tú de lo único que te preocupas es de que no me haya acostado con otros —señaló Elisabeth molesta.

—¡Señorita! ¿Acaba de confesar que robó un coche de policía? —intervino en ese momento el joven policía.

—Yo ya sabía que me amabas, solamente tenía que hacerte entrar en razón, pero los celos me han matado durante años pensando que podrías acostarte con otros. Y cuando llegó Don Perfecto lo vi todo negro al creer que podrías llegar a hacerlo con él. ¡No sabes cuántas noches he pasado en vela persiguiéndote a ti y a Don Perfecto a escondidas dispuesto a matarlo si te ponía un solo dedo encima!

—Por suerte para ti, George es un caballero, un caballero al que no volveré a ver en la vida y que estará eternamente enfadado conmigo.

—¡Señorita! ¡Debo arrestarla por robar un vehículo a la autoridad! —declaró Colt intentando llamar la atención de los dos enamorados.

—¿No querrás que yo me escape, verdad? —sugirió Alan intentando deshacerse del policía—, porque si me sueltas para detenerla, me liberaré y te puedo asegurar que yo soy mucho más peligroso que ella —intimidó Alan al novato.

Así que, mientras Colt pedía refuerzos a la comisaría, los dos amantes continuaron con su conversación ignorando por completo la autoridad del muchacho.

—¿Se enfadó mucho Don Perfecto cuando lo dejaste en el altar? —indagó Alan interesado.

—¡Qué va! Apenas se inmutó, pero entonces me contó lo de tu apuesta con él. Alan Taylor, ¿cómo se te ocurre prometer que te marcharías del pueblo?

—Pensé que era lo mejor. Después de todo, recuerdo que desde niña intentabas que me largara de aquí.

—Sí, pero sólo yo puedo hacer que te vayas del pueblo y así se lo dije a George antes de pegarle un puñetazo.

Alan lloró de risa mientras asimilaba que su preciosa y delicada Doña Perfecta le había arreado un golpe al novio en medio de una iglesia atestada de familiares de éste.

Mientras Alan no podía dejar de reír y Elisabeth le reprochaba que se estuviera burlando de ella, llegaron por todos lados coches de Whiterlande hacia el lugar donde se hallaba la pareja con el objetivo de presenciar el final del espectáculo de ese día. Finalmente, ¿habría boda o no?

—Bueno, ¿a qué estás esperando, muchacho? —gritó Jeff animando a Alan—. ¡Tenemos la iglesia, los invitados, el banquete y la novia! ¡Únicamente nos falta el novio, porque el otro ha puesto pies en polvorosa después del puñetazo de Elisabeth!

—Por lo visto no le gustan las mujeres fogosas —comentó Zoe sonriente.

—¡Venga! ¡Pídeselo ya de una vez, que hemos tenido que amarrar al cura para que no se fuera a otra ceremonia! —gritó impaciente Dylan, el mecánico.

—¡Vale, vale! —tranquilizó Elisabeth pidiendo finalmente silencio—. Alan Taylor, ¿quieres casarte conmigo a pesar de que no sea perfecta y de que nos pasemos la vida discutiendo?

—Elisabeth, ¡que es el hombre quien tiene que pedir la mano en matrimonio a la mujer y no al revés! —exclamó Diana, la directora del colegio, entre las risas de todos.

—Pero es que él me lo ha pedido muchas veces y yo no se lo he pedido nunca —se quejó Elisabeth ante la corrección.

—Estaré encantado de casarme contigo, Elisabeth Lowell, en cuanto me suelte la policía.

—Lo siento, pero hoy no habrá boda. ¡Ambos están arrestados! Usted, señorita, por robo de vehículo policial, y usted, señor, por resistencia a la autoridad —intervino el joven policía ante una multitud que no tardó mucho en enfadarse al ver los planes de boda frustrados.

Afortunadamente, Terence Philips, el jefe de policía, salió del coche de uno de sus vecinos antes de que todo el pueblo decidiera apalear conjuntamente al novato de su distrito.

—Colt, suéltalos a los dos antes de que me enfade. Todo ha sido un pequeño malentendido.

—¡Pero, señor! Ella le robó el coche.

—No, yo se lo presté —mintió descaradamente el buen hombre.

—Y él ha sido acusado de robo y resistencia a la autoridad.

—Ha habido un error en los archivos: esa furgoneta es suya y estoy seguro de que, en cuanto lo sueltes, se disculpará.

—Pero la ley dice...

—¡Colt! —gritó Philips—. ¡Suéltalo si no quieres que te degrade!

El novato soltó a Alan no sin protestar y refunfuñar, así como recitar todos y cada uno de los cargos de los que podía acusarlo.

Cuando Alan se vio al fin libre, corrió hacia Elisabeth y la estrechó con fuerza entre sus brazos. Ella le tendió el anillo que tenía grabado sus nombres y él se lo puso, prometiéndole la eternidad.

—Para mí siempre has sido perfecta —comentó Alan antes de besarla apasionadamente delante de todos.

La boda de Elisabeth se celebró cuatro horas más tarde de lo previsto.

Se decidió por unanimidad que era el enlace más extraño que jamás se había llevado a cabo en ese pueblo: los adornos florales estaban estropeados, los lazos que adornaban los asientos se hallaban casi todos caídos, y la orquesta y el coro habían desaparecido junto con los elegantes invitados del anterior novio.

Tuvieron que convencer a un amordazado sacerdote de que no era un pueblo de locos y que tenía que unir a esa feliz pareja por el bien de todos. El padre de Elisabeth la acompañó al altar junto con su inseparable escopeta.

—Papá, no hace falta que lleves el arma —expresó Elisabeth al verlo cargar con el trasto—. Alan me quiere mucho y nunca huiría de nuestra boda.

John Lowell se limitó a sonreír a su hija mientras le advertía en voz lo suficientemente alta para que todos lo oyeran:

—No es para obligar a Alan, hija mía, es para ti.

Elisabeth refunfuñó algo sobre su ingrata familia mientras miraba al novio. No iba perfectamente vestido: sus vaqueros estaba sucios y su camisa, arrugada; además, su rostro lucía alguna que otra mota de polvo del camino. No obstante, era el adecuado para ella, porque en esos momentos sólo podía pensar en lo feliz que sería a su lado el resto de su vida.

Tras la ceremonia, todos celebraron una gran fiesta en la que cada uno de los vecinos recordó alguna de las trastadas de los novios. Después de cortar la tarta, finalmente Zoe hizo traer la pizarra de su bar al gran salón de festejos.

—Bien —comenzó—. Jeff ganó la apuesta acerca del momento en el que Elisabeth rompería el enlace con Don Perfecto. —Jeff elevó las manos como vencedor ante los abucheos jocosos de la multitud.

—Dan Lowell fue el único en decir que Elisabeth golpearía a George —Dan se levantó e hizo una reverencia mientras comentaba:

—Estaba totalmente seguro de que mi hermana no me defraudaría.

Zoe siguió con su repaso de las apuestas tras las carcajadas de todos al recordar el instante exacto en el que el novio cayó redondo al suelo.

—Milisent Taylor vaticinó que su nieto sería arrestado —añadió Zoe jocosamente—. Pero eso es algo que casi todos habíamos previsto para este glorioso día; únicamente Josh Lowell presagió que su hermana también sería arrestada.

—Finalmente —continuó Zoe—, Alan Taylor apostó hace meses veinte mil dólares a que Elisabeth no se casaría con Don Perfecto, y unas semanas antes de la boda Don Perfecto apostó treinta mil dólares a que Elisabeth se casaría con él. Así que ahora, Alan Taylor, tienes en tu poder cincuenta mil dólares, en parte gracias a la amable generosidad de Don Perfecto.

Todos rieron felices ante la suerte de los novios en lo que había empezado como un pequeño pasatiempo en la pizarra de Zoe.

La boda terminó con unos maravillosos brindis por parte de todos.

El mejor de ellos fue, sin duda, el de Dan Lowell, quien alzó la copa sonriente y pronunció felizmente mirando a su hermana:

—¡Por los hombres imperfectos!

Todos los hombres estuvieron de acuerdo con él, pero muchas mujeres dudaron a la hora de alzar su copa.

Ante la insistencia de Colt, el novato, al final de la celebración Elisabeth y Alan fueron condenados a arresto domiciliario durante una semana en la maravillosa casa del lago que desde ahora sería su hogar.

Elisabeth se tumbó desnuda en su estupenda cama a la espera de su esposo, quien no se hizo mucho de rogar. Alan salió de la ducha portando una pequeña toalla enrollada en la cintura.

Sus ojos devoraron el hermoso cuadro que eran las curvas de Elisabeth, arrojó la toalla a un lado mostrando a su amada su perfecta desnudez y, mientras se colocaba sobre su cuerpo en busca de sus labios, le preguntó una vez más:

—Dime por qué soy perfecto para ti.

Alan no le permitió contestar a su pregunta, haciéndole olvidar la razón en busca de una desenfrenada pasión que celebraba la unión definitiva de dos cuerpos que se pertenecían.

Le hizo el amor sin descanso, sin dejar de mirarla a los ojos con adoración mientras penetraba en lo más profundo de su cuerpo llevándola poco a poco al placer más sublime. Y cuando él no pudo más, la siguió en la cumbre del placer derrumbándose junto a ella.

—Porque eres tú —contestó Elisabeth más tarde, saciada, entre sus fuertes brazos.

Epílogo

Vi cómo mi hija observaba al nuevo vecino de su abuela con cara de enfado antes de sacarle la lengua y entrar en casa en busca de su libreta, seguramente para dibujar una rana con cuernos o algo parecido.

Por desgracia, mi pequeña de tan sólo cinco años tenía el mismo talento para el dibujo que su padre, o sea, ninguno. En cambio, le encantaba ver trabajar a éste con la madera y quería ser como él: una manitas consumada.

Con sus pequeños rizos negros y sus ojos azules, mi hija Helena era una preciosidad que tenía el mal genio de su padre, aunque Alan aseguraba una y otra vez que el genio lo había heredado de mí, así como la cabezonería.

Observé atentamente cómo mi hija miraba a Roan Miller, el niño del nuevo matrimonio que había comprado la casa de enfrente de mis padres.

El chiquillo tenía siete años y parecía un perfecto principito, vestido impecablemente y sin una mancha que estropeara sus pulcras ropas, todo lo contrario que el diablillo de mi hija, con sus ropas sucias por el barro de perseguir sin descanso al pobre *Botitas* —gato al que le pusimos ese nombre en honor al primero— por el jardín con una gran pistola de agua regalo de sus tíos. «Cuando coja a mis hermanos, los voy a matar lentamente», pensé al ver de nuevo al pobre minino chorreando agua sobre los brazos de mi suegra.

Mi hija no cesó de hacerle burlas y gestos obscenos, aprendidos seguramente de sus queridos tíos, al niño que la miraba desde enfrente escandalizado y con los ojos abiertos. La reprendí con seriedad y dejó de hacer los gestos obscenos, aunque no abandonó las burlas cuando creía que yo no miraba.

—¿Se puede saber qué es lo que te ha hecho ese crío para que lo trates así? —pregunté finalmente a mi hija.

—Ese niño me ha dicho que, cuando crezca, si me convierto en una digna damisela, tendré el placer de ser su mujer.

Rompí en carcajadas al recordar en ese momento otra arrogante proposición que recibí en una ocasión cuando era niña, y miré al responsable de ella, que acababa de salir de casa de mis padres con una rica limonada para mí: «un nuevo antojo», pensé acariciando despacio mi pronunciada barriga.

—¿Y tú qué le contestaste, princesa? —preguntó Alan sonriendo, seriamente interesado.

—Que se metiera esa proposición por... —sin dudarlo, le tapé la boca a Helena.

—Hay que decirles a mis hermanos que dejen

de enseñarle ese vocabulario tan soez —comenté a Alan.

Él asintió sonriente mientras me daba el vaso y se dirigía hacia el niño que se acercaba con paso indeciso hacia la casa de los Lowell.

—Hola, pequeño, ¿cómo te llamas? Yo soy Alan Taylor —saludó Alan al vacilante niño que miraba con enfado a su hija—. ¿Qué te trae por aquí?

—Me llamo Roan Miller y vengo a pedirle la mano de su hija —pidió seriamente.

—¿No te parece que eres algo joven para querer casarte ya con alguien? —contestó Alan sonriendo al recordar las palabras que alguna que otra vez le había repetido su suegro cuando apenas era un crío.

—Sé que ella es la chica idónea para mí, aunque tendrá que crecer y pulir un poco sus cualidades.

«¡Por Dios, qué niño más pedante!», pensó Alan al observar que un mocoso como él tenía tan extenso vocabulario.

—Pero, verás, hay un problema —reveló Alan desalentando al pequeño al ver cómo Elisabeth se sentaba junto a su hija con su antigua libreta y ésta anotaba entusiasmada algo en ella.

—¿Cuál? Le prometo que soy de buena familia y que la trataré bien y nunca le faltará de nada —manifestó el pequeño Don Perfecto tratando de rebatir posibles objeciones.

—En estos momentos su madre le está contando cómo nos conocimos y hay una lista que no te va a favorecer en absoluto.

—¿Una lista? —preguntó Roan sorprendido.

—Sí, su madre hizo una lista a lo largo de los

años con todas las cualidades que debía tener su hombre ideal, y lo más probable es que ella decida hacer lo mismo.

—Me parece bien, yo soy un niño perfecto. Mis padres me lo dicen constantemente.

—Pero, pequeño, la perspectiva que cuenta no es la de tus padres ni la tuya, sino la de la mujer que hace la lista y, créeme, nunca llegarás a ser su hombre perfecto.

—¿Qué hizo usted, señor Taylor? —preguntó el muchacho terriblemente interesado.

—Intentar con todas mis fuerzas parecerme a su hombre perfecto y, cuando éste apareció, convencerla de que la lista no importaba.

—Entonces, ¿usted no llegó a ser nunca el hombre ideal de la señora Taylor?

—No, pero soy muy convincente —sonrió alegremente Alan al pequeño.

—¡Pues yo lo conseguiré y me casaré con su hija! —declaró muy convencido el niño sin dejar de mirar a su futura esposa como retándola a decir lo contrario.

Helena se sintió ofendida al ver cómo el molesto niño la miraba con intensidad, y cogiendo su lista gritó en voz alta mientras escribía lentamente en ella:

—¡Uno! ¡Que sea el mejor motorista del mundo y que tenga la mejor moto!

Eso era sin duda algo de lo más divertido del universo después de que su tío Dan le diera un paseo en su enorme y preciosa moto nueva.

—Tiene usted razón, señor Taylor, ¡esa lista me traerá problemas! —coincidió el vecino mientras se alejaba sin dejar de mirar hacia atrás, hacia donde la pequeña niña de rizos negros le sacaba de nuevo la lengua.

—¡Papá! ¡Papá! ¡Eres mi héroe! —gritó Helena mientras se lanzaba a sus brazos—. ¡Por fin me has librado de ese niño tan pesado!

—Algo me dice que volverá —indicó Alan sonriendo con complicidad a su esposa.

—Papá, mamá me ha enseñado su lista. ¿A que tú eres su perfecto príncipe azul? —preguntó Helena ilusionada.

—No, cielo, yo nunca llegué a ser su hombre perfecto —contestó Alan jugando alegremente a hacerle cosquillas a su hija.

—Entonces, mamá, ¿papá no es tu príncipe azul? —preguntó Helena desilusionada besando a su padre con cariño.

—Pues claro que no, es más que eso —respondió Elisabeth feliz, besando cariñosamente a su marido—. Él es mi perfecto sapo azul —contestó retándolo con la mirada mientras se dirigía rápidamente al interior de la casa.

Alan dejó a su hija en el suelo y entró en busca de su mujer.

La halló escondida en la cocina junto a Sarah, su madre. Sin preocuparse lo más mínimo por escandalizar a los presentes, Alan besó apasionadamente a su mujer. Cuando ella pudo recuperar el aliento, le recriminó con dulzura:

—Salvaje.

—Doña Perfecta —le recordó Alan antes de volver a sellar sus labios con un nuevo y apasionado beso.